CAPA E ILUSTRAÇÕES:
Maldição Art & Design
Levi Robine - Sasyk

REVISÃO:
Bianca Albuquerque
Clarissa Rachid
Isabella Lazaroni
Maria Victoria Oliveira de Lima

DIAGRAMAÇÃO:
Larissa Chagas | *lchagasdesign*


PAS DE DEUX: Asas da Destruição,
1ª EDIÇÃO, EDITORA EUPHORIA, 2024
CNPJ: 39.317.627/0001-06
Contato: sac@editoraeuphoria.com.br
Site: editoraeuphoria.com.br
Rio de Janeiro — RJ

**DADOS INTERNACIONAIS DE CATALOGAÇÃO NA PUBLICAÇÃO (CIP) (CÂMARA BRASILEIRA DO LIVRO, SP, BRASIL)**

Martineli, Gabriella
Pas de deux : asas da destruição / Gabriella Martineli. -- 1. ed.
-- Rio de Janeiro : Editora Euphoria, 2024.
ISBN 978-65-84923-23-2
1. Ficção brasileira 2. LGBTQIAPN+ - Siglas I. Título.
24-198089 CDD-B869.3

**Índices para catálogo sistemático:**
1. Ficção : Literatura brasileira B869.3 Cibele Maria Dias -
Bibliotecária - CRB-8/9427

"Se isso não consegue mais ressoar
Não faz mais o meu coração vibrar
Então isso pode ser considerado
a minha primeira morte"

*Black Swan, BTS*

Para Andria Maria

# AVISO DE CONTEÚDO SENSÍVEL

ESTA OBRA POSSUI CENAS QUE PODEM GERAR GATILHOS EM LEITORES MAIS SENSÍVEIS, SENDO ELAS: TRANSTORNO ALIMENTAR, USO DE DROGAS ILÍCITAS, ÁLCOOL, TRANSTORNOS PSICOLÓGICOS E SEXO EXPLÍCITO CONSENSUAL. NÃO É RECOMENDADA PARA MENORES DE 18 ANOS.

# O Tecido da Sua Sapatilha

O inverno em Nova Iorque podia ser muito traiçoeiro. Ren achava que daria conta, mas quando saiu do aeroporto, o vento gelado praticamente congelou as pontas de seus dedos. *Maldita hora que fui usar essas luvas idiotas,* pensou. Sua mãe bem que tinha avisado "luvas sem dedos não serviam para nada", mas como Ren era teimoso e estava acostumado com o frio do Japão, não imaginou que o inverno de Nova Iorque fosse cinco vezes pior. Fora que chovia *quase* todo dia.

Para sua sorte, janeiro voou como um furacão e fevereiro já estava aí. Ainda estava frio, mas não tanto quanto o primeiro mês do ano, o que era um ponto positivo para conseguir sair do Harlem sem congelar os ossos, e dessa vez usando luvas que cobriam por completo seus dedos. A *Bolshoi Ballet Academy* se localizava em Manhattan, na rua da Broadway, e era para onde Ren estava indo, com um grande sorriso no rosto e olhos brilhando, no meio da multidão nova iorquina. Havia uma esperança líquida de que dois mil e quinze seria o seu ano.

Depois de andar por longos minutos no frio, espremendo as mãos dentro do bolso do sobretudo para escondê-las da temperatura, Ren olhou para a fachada da Academia, sentindo que finalmente estava colhendo os frutos dos árduos anos dançando e tentando mostrar seu talento por meio de vídeos nas redes sociais. Foi uma surpresa, sim, quando recebeu uma carta da diretoria da Bolshoi convidando-o para fazer parte do corpo discente da Academia, porque não esperava, de forma alguma, que algo desse tamanho acontecesse tão de repente. Ele sonhava, sonhava muito, mas acreditar que um dia voaria do Japão para Nova Iorque para poder fazer parte de uma das melhores academias do mundo era surreal.

Ren beliscou o braço tantas vezes enquanto andava pelas ruas de Manhattan, que achava que ele poderia estar todo vermelho por baixo da roupa quente, mas não importava, pois sentir uma dorzinha dessas significava que estava acontecendo.

Sua mãe era Kiyoko Yamazaki, ex-bailarina formada pela *Royal Academy of Dance* de Londres, que estudou na Bolshoi e se consolidou em uma apresentação de "Don Quixote". Então, Ren sentia um pouco a pressão de ser filho dela, mesmo que Kiyoko não lhe cobrasse nada. Ela ficou animada com o convite e seu incentivo foi o que fez Ren aceitá-lo, porque o medo de falhar e não ser suficiente sempre brincava com seu sistema, como uma criança cheia de maldade. Sair do conforto de sua casa e da comodidade do estúdio simples que participava em Oita foi muito difícil, Ren achava que estar perto dos melhores sugaria parte de sua alma e ele não queria que isso acontecesse.

Ren amava dançar. Ele dançava desde muito pequeno, e o laço que criou no meio disso era forte demais. Ele não suportaria caso fosse rompido. Por amar tanto a dança, ele não queria que isso sumisse enquanto estivesse imerso naquele mundo cheio de competitividade escancarada e maldosa.

O prédio da Bolshoi era muito diferente do seu antigo estúdio em Oita. Ren ficou alguns minutos olhando para cima, observando as janelas fechadas e o pouco movimento na frente do prédio, até sentir o pescoço estalar. Ele arrumou a mochila no ombro, respirou fundo e empurrou a porta de vidro para conseguir entrar, sentindo o quentinho do aquecedor abraçar todo seu corpo. Ren se sentiu muito bem naquele ambiente, olhando para alguns bailarinos sentados no chão e outros se alongando, também havia bolsas por todos os lados e sapatilhas velhas em cima das cadeiras.

Ren olhou, meio perdido, para os lados, procurando alguém que pudesse orientá-lo, mas os bailarinos na recepção não pareceram notar sua presença ou, se notaram, não fizeram questão de ajudar. Ele ficou parado na recepção, com os olhos perdidos, buscando por algum professor. Demorou um pouco para alguém aparecer e caminhar, de maneira elegante, em sua direção.

Era um homem alto, talvez um ou dois centímetros a mais que Ren, com a pele morena meio bronzeada, cabelos castanhos, em um topete charmoso, claramente feito com gel, e um sorriso enorme, triangular, de dentes alinhados.

— Você deve ser Ren Yamazaki, estou certo?

Ren concordou com a cabeça, observando o homem à sua frente. Ele parecia ter uns quarenta anos mais ou menos, mas não passava disso, e era muito bonito.

— Que ótimo, estávamos esperando você chegar. Me chamo Christopher, serei seu professor de Balé Clássico de agora em diante.

Ren ia se curvar, mas se lembrou de que os costumes nova-iorquinos eram diferentes dos japoneses e estendeu a mão para cumprimentá-lo. Christopher sorriu para ele e passou a andar na sua frente com a elegância que um bailarino clássico deveria ter, guiando-o até uma sala grande, provavelmente a do dono da academia.

— Pode entrar, Ren. — Christopher deu espaço para que pudesse caminhar para dentro, com os dedos apertando a alça da mochila, os nós ficando esbranquiçados pela força exercida por suas mãos. — Sente-se aqui, vamos conversar.

— Hm... claro. — Ren deixou a mochila sobre as pernas grossas e se sentou de frente para Christopher.

Christopher se debruçou sobre a madeira da mesa, com os cotovelos erguidos e as mãos abertas embaixo do queixo, olhando na sua direção.

— Sabe por que está aqui?

— Não, senhor.

— Me chame de Chris, meus alunos só me chamam assim. Não sou tão velho para ser senhor ainda. — Ele riu, o que o fez criar algumas rugas de expressão nas bordas dos olhos. Ren gostou dele. Christopher não parecia ser tão rígido quanto imaginou, logo que apareceu no salão principal, e como normalmente professores de academias grandes eram. — Bom, você foi convidado para ser um dos nossos porque vimos suas aulas e seus vídeos no YouTube. Sua mãe foi uma grande inspiração para vários alunos aqui e devo te dizer que eu a conheci pessoalmente e até já dancei com ela.

Ren abriu a boca, surpreso, com uma boa sensação de saber que gostavam tanto assim de sua mãe.

— A minha mãe é realmente muito boa — concordou e mordeu os lábios, balançando as pernas, meio ansioso.

— Mas você não está aqui por causa dela, não pense nisso. Vimos seu talento e sua paixão pela dança nos vídeos que posta nas suas redes sociais e estávamos mesmo precisando de um bailarino que tivesse a sua delicadeza e movimentos tão belos, eles são lindos, Ren, você faz um *Pas de Chat* de tirar o fôlego.

Ren coçou a nuca, envergonhado.

— Obrigado.

— Devo lhe dizer que a concorrência aqui é muito acirrada, temos ótimos bailarinos, então talvez você tenha que se esforçar o dobro do que se esforçava no seu país. — Christopher agitou as mãos na frente do corpo e arrumou o cabelo, que nem sequer tinha saído do lugar por conta do gel que usava, e Ren balançou a cabeça, concordando. Ele sabia que estar na Bolshoi não seria como dançar na sua cidade. — Caso aceite ficar, terá direito a todas as aulas que cabem no seu horário, mas o Balé Clássico é obrigatório, já que foi para isso que te chamamos. Também terá direito à bolsa integral, que falamos na carta, e aos ensaios extras para a apresentação de inverno.

— Eu vou aceitar, sim.

Era o sonho de Ren seguir carreira como bailarino profissional, e ele sabia que se continuasse apenas em Oita não teria tanto sucesso quanto na Bolshoi. Então, deixar tudo de lado — menos Kiyoko, que não aceitou ficar no Japão sem ele, querendo apoiá-lo nessa nova jornada — não poderia ser em vão. Ren se esforçaria o máximo que pudesse para ser um grande destaque.

— Que maravilha! — Christopher bateu palmas, extremamente animado ao se levantar da cadeira. — Espere um minuto.

Ren olhou-o caminhar elegantemente até a porta da sala e colocar a cabeça para fora, olhando todos os cantos, até gritar por alguém, voltando minutos depois com uma garota alta, de pele branquinha e rosada, cabelos escuros presos em um coque apertado e bem alto, olhos grandes e verdes e mandíbula bem definida.

— Kathy, querida, você pode mostrar a Academia ao Ren? Ele acabou de chegar e irá fazer aula com vocês. — Katherine sorriu para Christopher, concordando.

— Olá, Ren, me chamo Katherine, mas normalmente me chamam de Kathy. — Ela estendeu a mão magra para cumprimentá-lo e Ren retribuiu, levantando-se e quase se curvando novamente.

— Oi, Kathy, sou Ren Yamazaki... mas, bom, pode me chamar como quiser. — Sorriu de volta, puxando sua mochila para caminhar ao lado dela para fora da sala.

— Vejo vocês na sala de Clássico em uma hora — Christopher gritou para os dois quando já tinham fechado a porta e sumido no corredor.

Joshua estava na sua aula particular de balé clássico, com Lorraine e a professora Abigail. Com seus braços esticados, meio curvados em segunda posição, fazendo um *Port de Bras* esplêndido. Linhas alongadas e precisas, com o queixo para cima e os olhos fixos nas costas elegantes de Lorraine, Joshua arrumou os dedos magros na barra de madeira e mudou o passo, conforme Abigail instruía. Em seguida, esticou as pernas e dobrou os pés, com as panturrilhas sempre para fora, o peito aberto e o queixo elevado.

— Respirem e desenvolvam o *développé* — Abigail instruiu, com os olhos esverdeados fixos nos seus dois melhores alunos.

Joshua recolheu as pernas, assim como Lorraine, para terceira posição e, em seguida, deslizou a planta do pé, envolto na sapatilha preta de couro pelo tornozelo, até subir novamente as pernas para o lado do corpo, com o braço direito subindo para a quinta posição e o esquerdo se firmando na barra.

— *En dehors* dos pés, Lorraine. Mantenham por dois minutos.

Abigail caminhou pela sala, com os braços atrás do corpo e os cabelos grisalhos presos em um coque apertado próximo à nuca. Ela parou atrás de Joshua e deslizou os dedos enrugados por seu braço, arrumando-o mais acima da cabeça, depois deu duas batidinhas nas suas coxas, fazendo-o contrair instantaneamente a musculatura, mantendo o *développé* erguido quase próximo a sua orelha.

— Podem descer com suavidade.

As pernas deles gracejaram para baixo, semelhante a plumas deslizando para fora do travesseiro, com as pontas dos pés esticados tocando o piso de madeira polida da sala.

— Ótima aula. — Abigail bateu palmas, desligando o som de Mozart, e encarou Joshua e Lorraine com aqueles olhos cheios de orgulho. — Vejo vocês daqui a uma hora.

Joshua e Lorraine agradeceram e pegaram suas coisas para saírem da sala, meio ofegantes e cansados. Abigail nunca pegava leve nas aulas particulares, ela tirava tudo que os alunos tinham, e por esse motivo era considerada a melhor professora da academia. Ao chegarem ao corredor, Joshua se abaixou para sentar no chão e tirou as sapatilhas dos pés, esticando os dedos e alongando as pernas na frente do corpo. Puxou a bolsa da Capézio e de lá tirou um maço de cigarros Marlboro preto, oferecendo um a Lorraine, que aceitou com lábios curvados.

— Toma, Ray, acende aí. — Ele estendeu um isqueiro velho, com a imagem da Estátua da Liberdade desgastada, para ela, guardando o resto do maço na bolsa e encostando as costas na parede sem tinta do corredor. Não podiam fumar ali dentro, mas nesse horário a maioria dos professores estavam dando aula, e Christopher estaria ocupado com algo que havia dito ser importante, então ninguém brigaria com eles naquele momento.

Lorraine acendeu seu cigarro e depois se inclinou para fazer o mesmo com o de Joshua, com os narizes quase se tocando, devolvendo o isqueiro para ele. A fumaça saiu longa dos seus lábios. Ele fechou os olhos, e soprou tudo o que podia para fora, com os dedos longos em volta do cigarro e uma perna caindo para cima das de Lorraine.

— Vai fazer o que depois da aula? — ela perguntou, tirando, com uma mão só, a sapatilha de ponta do pé, também puxou, com um pouco de dificuldade, a meia rosa para cima e mexeu os dedos cheios de esparadrapos.

— Ensaiar com minha mãe. — Joshua abriu os olhos, olhando para Lorraine, e inclinou o corpo para perto dela, tocando-a nos lábios, vagarosamente, quando ela retirou o cigarro de perto. O cheiro da nicotina deslizou firme por seu rosto, esquentando tudo em volta deles. — Mas se você quiser eu posso me atrasar um pouco. — Deu de ombros, voltando a tragar com mais força, dobrando as pernas quando um dos colegas de sala passou por eles e parou, observando-os com olhos cheios de reprovação.

— Eu podia contar para o Christopher que vocês dois estão fumando aqui, mas tem algo maior rolando e eu aposto que vocês não sabem.

— E o que é? — Joshua questionou com desinteresse, pouco se importando com a clara ameaça de Richard Moore.

Richard era da sua sala de Balé Clássico, um homem preto de pele retinta, de lábios grossos e olhos tão azuis que brilhavam sobre as luzes brancas da Academia. Eram intensos e bonitos, e Joshua o achava extremamente atraente e lamentava por tamanha beleza ser heterossexual.

— Parece que o Christopher estava conversando com um bailarino novo.

— Bailarino novo? — Lorraine perguntou, batendo no cigarro, já na metade, para tirar um pouco das cinzas acumuladas na ponta. — Nem teve teste recentemente.

— É isso que todo mundo quer saber. Ele estava com a Kathy, estão no segundo andar, vendo as salas, agora.

— Bailarino novo, é? — Joshua arqueou uma sobrancelha, com a fumaça de sua boca voando para longe, cinza e espessa. Ele forçou o corpo para cima, levantando-se e calçando um Mocassim de couro, para não estragar as sapatilhas no piso, pegou uma calça de moletom dentro da bolsa e vestiu por cima do legging preto. — Você disse segundo andar, certo?

— Josh, o que pensa que vai fazer? — Lorraine jogou a bituca de cigarro no lixo mais próximo, depois de apagá-lo na sola da sapatilha, olhando para Joshua arrumando a alça da bolsa no ombro, ainda segurando o cigarro entre os dedos.

— Vou dar as boas-vindas ao nosso novo colega.

E, então, saiu sem deixar margens para que Lorraine ou Richard dissessem alguma coisa que o impedisse de conhecer o novo bailarino.

Quando Joshua chegou ao segundo andar, jogou o cigarro na escada e parou no meio do corredor, que estava vazio por conta do horário das aulas. A maioria dos bailarinos estavam dentro das salas, porém, mais ao fundo, ele enxergou duas pessoas paradas, conversando. Ele reconhecia Katherine de longe: esguia, magrela e alta, sempre elegante e com um sorriso doce que dava nos nervos. Katherine não era a melhor bailarina, não chegava nem perto dele e de Lorraine, mas ela era adorada por todos os professores por ser gentil, carinhosa e muito esforçada.

Joshua não a suportava.

Ao lado de Katherine estava, provavelmente, o novo bailarino que Richard comentou, mais alto que ela, com cabelos escuros, pernas grossas e um sorriso tão irritante quanto o de Katherine. Eles conversavam, mas, de onde estava, Joshua não conseguia escutar absolutamente nada, então resolveu caminhar, como um abutre, para perto dos dois indivíduos sorridentes, parados no final do corredor. Seus passos silenciosos ecoando pelo chão de linóleo, os ombros sempre eretos, em uma postura impecável, que era difícil de se desmanchar.

— Ora, ora — murmurou quando estava próximo o suficiente para ser notado, atraindo a atenção deles. Katherine suspirou e deu um sorriso meio amarelo, o novo bailarino apenas o olhou cheio, com confusão nos olhos, tombando a cabeça para o lado. — Olá, Kathy.

— Oi, Joshua.

— E... olá, quem quer que você seja — Joshua cumprimentou com descaso o desconhecido, balançando as mãos na frente do rosto, com as sobrancelhas juntas e os lábios curvados em uma linha reta.

— Sou Ren Yamazaki — ele disse, e a voz doce de Ren, praticamente igualando com a de Katherine, doeu seus ouvidos. Ele franziu os lábios sem qualquer disfarce, não se importando se não soaria nada simpático.

— Hm, então você é japonês? — Ele moldou um sorriso presunçoso nos lábios, com a pele fina e morta descascando sobre os dentes.

— Sou sim. Me mudei para Nova Iorque tem alguns dias.

— Não pense que vai se sentir em casa, Nova Iorque não é receptiva como dizem.

— A Kathy já me disse. — Ren abriu um sorrisinho nada contente, não parecendo querer disfarçar que não tinha gostado nem um pouco de Joshua. Este já não se importava de qualquer forma, pois ele também não tinha gostado nada de Ren. — Eu imaginava que pudesse ter alguma diversidade, com esse tanto de pessoas aqui, mas parece que todo mundo é igual.

— É — Joshua chiou, meio infeliz, com as sobrancelhas grossas arqueadas —, tem mesmo muita gente aqui, mas não são todos iguais, alguns são piores que os outros.

— É melhor irmos, Ren, sua primeira aula de Balé Clássico já vai começar e o Christopher odeia atrasos — Katherine disse, puxando-o pelo pulso, arrastando Ren para longe. Joshua sabia que Katherine evitava estar muito perto dele, por causa de sua presença esmagadora. Saber disso com tanta clareza fazia seu ego inflar como um balão cheio de gás hélio.

Joshua suspirou e chiou, indignado.

Não gostou nadinha de Ren Yamazaki. Para ele estar na Bolshoi como um convidado era porque ele, possivelmente, seria um grande bailarino. Para Joshua, isso soava como uma grande ameaça para sua posição de primeiro lugar. Se esse fosse mesmo o caso, não deixaria Ren subir ou chamar a atenção de nenhum dos professores.

Ele faria tudo o que estivesse ao seu alcance — e até o que não estava — para continuar sendo considerado o melhor bailarino da *Bolshoi Ballet Academy*, nem que para isso precisasse sujar suas preciosas sapatilhas.

# PADRÃO DE BELEZA

A aula de Balé Clássico tinha acabado de começar. Todos que participavam dela entraram em silêncio, com suas bolsas penduradas nos ombros, deixando-as no canto da sala, nas prateleiras baixas, com três filas para que coubesse tudo e depois se alinharam em uma fila reta em frente ao espelho que pegava toda a parede dianteira.

Ren ainda se encontrava meio perdido, olhando todos os novos colegas que, além de Katherine e do tal Joshua, não trocaram uma palavra com ele e pareciam julgá-lo, com olhares tortos e narizes quase tocando o teto da sala. De qualquer forma, não era bem como se Ren fosse a pessoa mais sociável do planeta e estivesse se esforçando para que alguém fosse falar com ele. Kiyoko tinha alertado-o, antes que ele saísse de casa, que bailarinos profissionais tendem a ser temperamentais e mesquinhos — salvo alguns poucos, como Katherine —, e Ren precisaria tomar cuidado, ou cairia mais rápido que um foguete mal feito por uma criança brincalhona.

Estava nervoso, sentindo-se meio apreensivo por estar cercado de bailarinos profissionais. Sentia-se como um pedaço de carne jogado aos lobos famintos ou abutres raivosos, sedentos por pedaços apodrecidos no chão. Os meninos tinham posturas eretas, ombros largos e esguios, enquanto as meninas andavam de queixo empinado, pernas esticadas e braços magros e longos, elegantemente caídos ao lado dos quadris. Ren não se sentia parte do meio deles, parecia deslocado e fora de órbita, principalmente quando Christopher entrou na sala de aula, cumprimentando Abigail, com um aceno de cabeça, ao se colocar ao lado da mulher de expressão forte e fechada. Mas ao contrário dela, que olhava tudo como uma águia, Chris parecia ter uma aura menos pesada, já que sorria abertamente para cada um dos bailarinos, até chegar em Ren. Ele deu uma piscadela sutil e, então, voltou a endireitar a postura ao olhar o restante dos bailarinos na sala.

Ren sentiu o ar soprar de seu corpo, como um tornado.

— Está com medo, novato?

Ren virou o rosto minimamente para o lado quando ouviu a voz, grave e cheia de algo que ele não sabia dizer o que era, sussurrar próximo ao seu ouvido, com o cheiro forte de cigarro impregnado no hálito quente, acariciando a pele exposta de seu pescoço.

Joshua o olhava com um sorriso cretino no rosto e olhos intensos, em um tom bonito de azul cintilante, penetrando toda sua alma, exatamente como um abutre faminto. Ele soltou um riso baixo, mas não se afastou completamente de Ren, que fez menção de dar um passo para trás e foi impedido pelas mãos firmes, que o tocaram na cintura.

— Você não vai durar mais do que uma semana aqui — Joshua parecia disposto a testar sua paciência, sussurrando tão baixo para que ninguém, além de Ren, pudesse escutar. Ren já previa que teria muita dor de cabeça com aquele bailarino de expressão forte, mandíbula marcada e olhos intensos, que apertava sua cintura com força, com dedos grandes comprimindo sua pele por debaixo da malha branca.

Ren se virou minimamente, devolvendo o olhar que lhe era dado, com os olhos grandes e escuros presos nos olhos azuis de Joshua, que mantinha um sorriso presunçoso nos lábios rosados com cheiro de cigarro. Abriu a boca para responder, mandá-lo se foder e cuidar da própria vida, quando ouviu apenas uma única palma ecoar pelos cantos da sala ampla de balé.

— Quero todos em duas filas aqui no centro — Abigail disse, elevando o tom de voz para que todos os bailarinos na sala pudessem escutar.

Joshua se afastou no mesmo segundo, arrumando a postura e fechando a expressão do rosto. Por um instante, ele pareceu outra pessoa, olhando para Abigail com o queixo meio empinado e o peito estufado para a frente, com os pés em quinta posição e os braços alongados ao lado do corpo esguio.

O restante dos bailarinos pareciam todos muito iguais na postura e nos movimentos, quase se igualando a robôs, se não fosse pela leveza trazida nas pernas e nos braços. Mantiveram-se muito quietos, para que não fossem repreendidos por mal comportamento na aula de Balé Clássico.

Abigail Sloran era a melhor professora de Balé Clássico da Academia e a mais temida entre os alunos. Ela era severa e não aceitava falhas em suas aulas técnicas. Entretanto, qualquer um que conseguisse sobreviver às suas aulas se tornaria um bom bailarino no futuro.

— Temos dois avisos para dar a vocês — ela disse, com a voz uma oitava mais alta para passar severidade em seu tom.

— O primeiro, como vocês já devem ter notado, é o novo aluno. — Christopher apontou com a mão em direção a Ren, que abaixou a cabeça, envergonhado, quando todos os bailarinos o olharam em conjunto. — A partir de hoje, Ren fará parte do nosso quadro discente, e eu espero, mesmo, que façam ele se sentir super bem e acolhido aqui.

Ren conseguiu ouvir, ao seu lado, um resmungo entediado vindo de Joshua, com as sobrancelhas grossas dele em pé, olhando Christopher com cara feia.

— Nosso segundo aviso é que, também, a partir de hoje, vocês começarão a treinar para a apresentação de inverno e os primeiros testes serão na semana que vem — começou a dizer, cruzando os braços atrás do corpo e caminhando por entre seus bailarinos. — Iremos fazer "O Lago dos Cisnes".

Ren vibrou intensamente, com o peito subindo, quando puxou muito ar para dentro do corpo, veias vibrando e artérias pulsando forte, por causa da ansiedade que eclodiu por toda sua pele. "O Lago dos Cisnes", por mais clichê que pudesse parecer, era a peça que todo bailarino desejava fazer em algum momento de sua vida, e Ren sempre quis participar dela, mesmo que seu papel fosse para ser apenas um bailarino de fundo. Só de dizer que já havia dançado ao som de todas as músicas de Tchaikovsky, o reconhecimento era mais do que certo. Mas, ao seu lado, alguém não parecia tão contente com isso, pois ouviu Joshua resmungar novamente, soltando um xingamento baixo, seguido de lábios comprimidos em linha reta.

— Só que temos um porém — Christopher emendou, ainda caminhando por entre cada bailarino. — Esse vai ser diferente. — Ele parou no centro da sala, afastando duas meninas com gentileza, que abriram caminho sem reclamar. — A Princesa Odile não ficará com o Príncipe Siegfried, e sim com a Odette.

Todos arregalaram os olhos, surpresos, e Christopher soltou um risinho pelos lábios.

— Os dois cisnes serão os principais, e qualquer um de vocês vai poder pegá-los, independente se for bailarino ou bailarina.

— Isso quer dizer que qualquer um de nós pode ser o cisne? — Katherine perguntou, sorrindo, com a empolgação jorrando por todo o corpo dela.

— Exatamente.

Ren ouviu Joshua bufar mais uma vez. Não parecia nem um pouco contente com a notícia, mas tinha algo diferente nos olhos dele, que gritavam determinação, e de acordo com Katherine, Joshua nunca perdia os papéis principais.

No final da aula, depois de fazer uma sequência perfeita de um *The Fred Step*, com *Arabesque*, *Développe*, *Pas de Bourrée*, finalizar com um bonito *Pas de Chat* e repeti-la cinco vezes de cada lado, Ren sentia a exaustão derretendo por seu corpo, com os cabelos pretos grudando na testa e os pés doendo dentro da sapatilha.

Ren sabia que não seria fácil participar de uma companhia de dança em Nova Iorque, mas não imaginava que fosse tão pesado a ponto de fazê-lo perder todo o ar dos pulmões. Os bailarinos dentro daquela sala eram incríveis, todos tinham uma concentração exuberante e posturas eretas, pontas dos pés esticadas o tempo inteiro. E mesmo que não quisesse admitir, Joshua era muito bom, se não o melhor. Ele chamava a atenção enquanto dançava e fazia todos os passos com pura perfeição e maestria. Em alguns momentos, quando estava na barra, Ren se pegou observando a leveza dos passos dele.

Joshua conduzia Lorraine nos passos com uma facilidade absurda, carregando-a como se ela não pesasse quase nada, e Katherine contou que os dois eram parceiros de duetos desde muito jovens, então a química entre eles era de tirar o fôlego.

— Todos no centro — Christopher murmurou, colocando-se ao lado de Abigail.

Ren prendia a respiração toda vez que ela passava por perto, durante a execução de algum passo, e parecia sempre analisar todos os bailarinos, porque, de acordo com Christopher, eles já estavam praticando para “O Lago dos Cisnes” e tudo contava como pontos para receber os papéis.

— Semana que vem quero as folhas de suas atuais medidas e pesos — ele voltou a dizer, depois que todos os bailarinos estavam em duas filas retas intercaladas, em frente ao espelho grande. — E já iremos escolher alguns papéis de acordo com o desempenho de vocês nas aulas desta semana.

— Estão dispensados — Abigail disse, com um gesto de mão. — Menos Ren Yamazaki.

Ren parou no meio da sala, com os olhos escuros arregalados, e engoliu um bolo de saliva que se formou na garganta, quando observou Joshua passar ao seu lado e bater no seu ombro com força, com a respiração alta ecoando pela sala agora quase vazia.

Quando não tinha mais ninguém, Christopher pigarrou e sorriu.

— Você deve imaginar que não está aqui só por estar, que procuramos você por um propósito maior.

— É... — respondeu, incerto, tentando manter a postura ereta e não ser repreendido por Abigail.

— Não falamos na aula para não causar burburinhos, ainda mais porque temos bailarinos um tanto quanto... competitivos demais — disse em tom sugestivo, mas Ren entendeu a quem ele se referia naquele momento. — Você já tem um papel no "Lago dos Cisnes", Ren.

Ren arregalou os olhos, surpreso.

— Tenho?

— Você foi escolhido para ser nosso Cisne Branco, Odette.

Joshua não havia odiado a notícia da apresentação. Na verdade, ele estava radiante por dentro, sabendo que seria moleza pegar o papel principal quando era considerado o melhor bailarino da Bolshoi atualmente. E o que Joshua mais desejava no mundo todo era essa oportunidade para lançar sua vida no balé, depois que saísse da *Bolshoi Ballet Academy*. No entanto, quando começava a época de ensaios, as dores de cabeça, por se esforçar ao máximo, também se iniciavam, e a pior situação de todas era tentar se manter constantemente no peso adequado ou seria cortado da apresentação.

Quando saiu da sala de aula, puxou Lorraine para perto da porta, gesticulou com os dedos para que ela não fizesse barulho e encostou o ouvido na madeira, tentando escutar o que estavam falando com o novato metido a bom bailarino.

Fechou os olhos para tentar ouvir qualquer coisa, mas Christopher deveria saber que Joshua não deixaria nada passar batido e, por isso, falava mais baixo, para que ninguém, fora da sala, escutasse alguma coisa. Quando ouviu os passos de um deles se aproximando da porta, Joshua puxou novamente Lorraine pelo pulso, para se afastarem da maçaneta, escorou-se na parede, como se apenas estivessem ali por nenhum motivo específico, e cruzou os braços rente ao peito.

Ren saiu da sala com um sorriso ridículo no rosto, pois estava feliz com alguma coisa. Joshua sabia que ele ganharia privilégios, era um bailarino convidado, afinal, e bailarinos convidados nunca estariam ali apenas para ter aulas normais com os professores e não serem absolutamente ninguém na Academia. Joshua queria tanto tirar esse sorriso cínico do rosto dele, que não pensou duas vezes antes de segurá-lo pelo braço.

— Me espera lá em casa, Ray — Joshua disse, enxergando com o canto dos olhos Lorraine arquear uma sobrancelha, mas assentir, parecendo não querer perguntar ou discutir.

— Ei, me solta. O que você quer? — Ren puxou com força o braço do aperto de Joshua, mas ele o segurou com firmeza pelo pulso, arrastando-o para dentro de uma das salas vazias daquele corredor extenso, fechando a porta assim que entrou.

As salas eram quase todas iguais, com um espelho em uma parede ampla e barras de madeira nas outras paredes — algumas tinham lindos pianos de caldas para as aulas tocadas por Giovanni Bianchi, mas em suma, eram praticamente todas iguais.

Joshua parou em frente a Ren quando o soltou do aperto. A respiração quente batia com força contra o rosto irritado de Ren, o que fez Joshua rir, cheio de presunção, chegando um pouco mais perto, com um deboche claro exalando por todo o seu rosto quando o tocou com a ponta do nariz.

Ren quase rosnou de raiva, mas pareceu limitar-se a um simples ranger de dentes.

— Qual o seu problema comigo, hein?

Joshua o olhou intensamente, com seus cílios longos fazendo sombra no começo da bochecha.

— Conseguiu algum papel, não é? É por isso que está aqui. — Ele tinha olhos desafiadores para cima de Ren, querendo colocá-lo contra a parede. Joshua odiava perder papéis principais para novatos como Ren, que claramente não sabia como funcionava o meio artístico profissional. — O que você fez para deixar o Christopher tão interessado? Hm... Já sei! — Estalou a língua no céu da boca, apertando mais o nariz no de Ren. — Pagou um boquete pra ele, não foi? O Chris é um professor muito fácil de se comprar, por que acha que todos gostam dele?

Foi muito rápido: quando as palavras terminaram de sair dos lábios de Joshua, como um sopro fervente, a dor veio bem perto de sua bochecha, em um tapa estalado que o fez virar o rosto com força para o lado. Joshua tocou a pele ardente com a palma da mão e abriu um sorriso debochado para Ren quando voltou a olhá-lo.

— Qual a porra do seu problema? — Ren gritou, com raiva, com os punhos fechados ao lado do corpo, causando vergões esbranquiçados nas pontas dos dedos.

— Meu? Nenhum. Mas você já vi que tem vários.

Joshua levantou o queixo, desafiando-o, com o olhar ardente, mas ele apenas respirou fundo, como se procurasse paciência em algum lugar dentro do corpo, para não ser expulso no primeiro dia. E era exatamente isso que Joshua queria: fazê-lo perder a cabeça, para que não voltasse mais para a Academia e não tirasse um suposto papel que deveria ser seu e apenas seu.

— Me deixe em paz, Joshua.

Era até divertido deixar Ren irritado daquele jeito em menos de três horas. Joshua era mestre em fazer os bailarinos desistirem de continuar tendo ele como maior competidor e rival no ramo da dança, até mesmo em estilos que ele detestava com todas as forças, como balé moderno — um estilo de dança que Joshua não considerava digno de ter sido criado. Para ele, era só uma modalidade criada para os bailarinos que não tinham talento para executar passos clássicos e refinados.

Passou a língua entre os lábios, olhando para Ren e sua expressão de raiva líquida, que percorria as íris escuras como uma avalanche, pronta para escorrer por todos os poros dele. Joshua gostava de jogar daquele jeito, de encurralar suas presas, como um tigre feroz e faminto, e ver as reações transparentes. Era fácil deixá-los com medo, mas de alguma forma, os olhos escuros de Ren transmitiam tudo, menos medo das suas futuras ações, e aquilo deixava Joshua mais ansioso para jogar.

— Você só vai ter paz quando desistir.

E, então, se virou, batendo os ombros no peito de Ren, fazendo-o cambalear para trás, e saiu andando como se o chão fosse um amontoado de nuvens finas, até sumir pela porta. Joshua deixou Ren com o sangue fervendo para trás e uma vontade esmagadora de fazer muito mais do que só ameaçá-lo com o nariz empinado e um bater de ombros largos.

Quando Joshua chegou à rua de sua casa, Lorraine o esperava na calçada, com um cigarro entre os lábios e um casaco grosso aquecendo o corpo magro. Os cabelos loiros dela estavam soltos e caíam até a cintura, em grandes cachos feitos às pressas por um *babyliss*, provavelmente no camarim da própria Academia antes que ela fosse embora. Joshua achava Lorraine uma menina linda: tinha grandes olhos verdes e brilhantes, era elegante e muito talentosa, porém, não mais do que ele. Joshua gostava de tê-la como companheira de dança.

Ele passou por ela e acenou com a cabeça para que entrassem e saíssem do frio das ruas do Brooklyn. Quando Lorraine passou a andar lado a lado, Joshua puxou o cigarro de seus lábios cheios de gloss labial e tragou com força, com os olhos se fechando no momento em que puxou a fumaça para dentro, soltando tudo com um suspiro aliviado.

— Demorei muito? — perguntou quando passaram pela porta de entrada do sobrado e começaram a subir os lances de degraus até o andar que Joshua morava.

— Você sempre demora.

— Foi mal, eu precisei extravasar antes de voltar.

Toda vez que ficava estressado, Joshua procurava uma sala vazia na Academia e ensaiava até não sentir mais os pés e ter a pele queimando dentro da sapatilha. Ele fechava os olhos e só deixava o corpo levá-lo para algum lugar longe de todo o caos que ele mesmo criava dentro da cabeça, até sentir tudo ir embora, como gelo derretendo em um copo de limonada durante o verão.

Lorraine sabia muito bem disso, pois ela e Joshua se conheciam há anos. Por Joshua ter picos emocionais muito intensos, até mesmo para ele, extravasar, usando a dança como válvula de escape, era a solução perfeita para que ele não surtasse e fizesse alguma besteira, depois de aguentar por muito tempo. Joshua sempre extravasou tudo na dança. As emoções que sentia, no momento, escorriam por sua pele como lava quente pingando no chão junto aos pés, que pressionavam, firmes, o assoalho a cada finalização de um passo.

Subiram dois lances de degraus e caminharam por um amplo corredor, até chegar ao apartamento de Joshua. Ele buscou a chave na bolsa da Capézio e abriu a porta, sentindo o cheiro de arroz cozido. O estômago embrulhou no mesmo segundo, por estar com fome, mas precisava se manter em forma, ou seria cortado da apresentação.

— Mãe, cheguei!

— O jantar está quase pronto, Josh. Só vamos esperar seu irmão chegar da faculdade — ela gritou da cozinha, derrubando talheres e pratos, tentando terminar o jantar. Joshua sorriu, meio sem jeito, para Lorraine e depois deu de ombros, ao lembrar que ela já conhecia muito bem sua mãe e como ela era um furacão na cozinha.

— Não estou com fome agora — gritou de volta, puxando Lorraine pelo pulso —, eu como depois.

— Pelo menos seja educado e pergunte se Lorraine não quer comer alguma coisa!

Joshua bufou. Juliet sempre sabia quando ele estava com Lorraine no apartamento, mesmo sem ter a visão da sala de estar e da porta de entrada.

— Você quer comer?

— Não, eu tô legal. — Deu de ombros.

— Ela não quer comer! — gritou mais uma vez e puxou Lorraine para o quarto, batendo a porta com força, usando os pés, e encostando as costas na madeira.

Levou o que sobrou do cigarro para os lábios e sugou tudo com muita força, soprando fumaça espessa para longe logo em seguida. Jogou a bituca no cinzeiro de metal que tinha na cômoda, ao lado da porta, e andou devagar, até estar frente a frente com Lorraine. Ela sorria, cheia de segundas intenções, quando levou os dedos magros até o pescoço de Joshua, passando as pontas sobre a pele leitosa, chegando um pouco mais perto, até que ele sentisse o vapor do hálito dela muito próximo à sua boca.

— O novato te deixou mesmo estressado, você está todo duro e retesado — sussurrou, aproximando o rosto suavemente do lóbulo da orelha de Joshua. Ele fechou os olhos com força.

Soltou um longo suspiro quando a língua molhada dela tocou sua pele exposta, descendo pela extensão do ouvido até o início da mandíbula marcada.

— Ninguém me deixa estressado, Ray, eu que tiro a paciência de quem fica no meu caminho — sussurrou de volta, próximo aos lábios rosados, passando a ponta da língua na pele dela, que cheirava à nicotina e sabor de gloss labial de cereja.

— Então, ainda bem que eu não te tiro do sério, não é?

Joshua tocou a cintura dela, deslizando os dedos magros para dentro do casaco grosso que ela usava, querendo sentir mais a pele macia sob seu toque quente.

— É — soprou baixo, com um sorriso meio debochado preso nos lábios mornos —, ainda bem.

— Acho que você vai ter muito trabalho para tirar o novato de seu caminho, ele realmente é muito bom.

Joshua estava quase perdendo a paciência, mas suspirou mais uma vez e apertou a cintura de Lorraine com força, grudando a pélvis dela na sua, com o contato superficial fazendo ambos soltarem um curto gemido baixo.

— Você pode calar a boca e me beijar de uma vez, ou vai ficar com esse papinho chato?

— Não está mais aqui quem falou — ela deu a discussão por encerrada e puxou Joshua de uma vez pela nuca, juntando a boca com a sua, caindo para trás na cama quando ele impulsionou o corpo para cima e ficando entre as pernas magras de Lorraine. Ela suspirou, derretida e fechou os olhos, pronta para recebê-lo e tirar todo o estresse daquele dia que estava impregnado nas costas.

Além da dança, o sexo era seu outro método de escape para situações de estresse, porque precisava liberar tudo o que estava sentindo de alguma forma, e nem sempre o balé o aliviava completamente.

Lorraine não ficou para o jantar, mesmo que Juliet tivesse insistido para que ela comesse com eles. Esperaram Jeffrey chegar da faculdade para que Juliet colocasse a mesa e os três sentassem juntos. No entanto, haviam se passado pelo menos uns trinta minutos e Joshua continuava olhando para o prato cheio de arroz e ervilhas, com o ovo cozido espatifado no meio do prato, por causa do tanto de vezes que tinha apertado o garfo na comida.

Não estava conseguindo colocar nem uma garfada na boca, e seu irmão e sua mãe já tinham até saído da mesa e estavam lavando os pratos que haviam sujado, enquanto Joshua continuava sentado, com uma mão apoiando o queixo e a outra espetando o ovo e as ervilhas.

— Josh, você tem que comer — Juliet murmurou ao seu lado, e virou-se para olhá-lo.

— Eu disse que não estava com fome — respondeu, largando o garfo no prato, que fez um barulho agudo quando se chocou com a louça.

— Come pelo menos o ovo ou só o arroz, mas você não pode dormir sem comer. — Juliet pegou o garfo jogado no prato e espetou a ponta em uma parte do ovo meio revirado e amassado, levando-o até a boca de Joshua, que a abriu praticamente sem vontade. — Como vai dançar amanhã se estiver fraco? Já soube da apresentação, você tem que ficar forte para o corpo sustentar essas pernas longas, aí. — Ela riu e espetou mais um pedaço de ovo, esperando pacientemente que Joshua engolisse o que já estava na sua boca.

Ele o fez com relutância, com a cara fechada e o estômago embrulhando no mesmo momento que engoliu a comida.

— Mãe, eu não quero.

— Você não tem querer aqui, vai comer e pronto. — Juliet puxou uma das cadeiras da mesa e se sentou, levando mais uma garfada à boca de Joshua, que puxou o ar com força para dentro dos pulmões e revirou os olhos. — Não revire os olhos para mim, Joshua Anton Jones, eu sou sua mãe e só quero o seu bem. Depois disso, a gente vai ensaiar o tempo que você quiser.

— É por isso que ele é mimado assim — a voz de Jeffrey ecoou pelo cômodo da sala e Juliet olhou para o filho mais velho, que estava escorado no balcão de mármore que dividia a cozinha, com óculos de grau no rosto e cabelo alinhado: o típico penteado que professores nerds da faculdade usavam. — Você faz tudo o que ele quer na hora que ele quer.

— Só estou fazendo seu irmão comer — ela disse e voltou a levar mais uma garfada do ovo para sua boca. Ele demorou para aceitar desta vez, sentindo o estômago praticamente gritar em resposta.

— Dando comida na boca de um marmanjo de dezoito anos?

— Não enche a porra do meu saco, Jeff! — Joshua se levantou de uma vez da mesa, batendo as mãos no vidro com força, fazendo o prato tremer com o impacto. — Senta e come no meu lugar, se está achando ruim.

Juliet suspirou e olhou para Jeffrey com cara feia, vendo Joshua sair da sala e se trancar no quarto.

— Viu o que você fez? — Juliet reclamou, levantando-se também e pegando o prato, ainda cheio, da mesa, pedindo a Jeffrey para jogar o resto da comida na lixeira e lavar a louça que sobrou. — Eu ia conseguir fazê-lo comer pelo menos metade do prato desta vez.

No quarto, assim que bateu a porta com força contra suas costas, Joshua correu para o banheiro, sentindo o bolo que estava preso na sua garganta subir até a ponta da sua língua. Ele enfiou o dedo dentro da boca e se ajoelhou em frente ao vaso sanitário, sentindo tudo vir de uma só vez.

Engasgou e ofegou, com pingos quentes de suor escorrendo pela lateral do rosto.

Joshua sentiu os olhos arderem e deu descarga, fazendo força para se levantar e escovar os dentes, enxergando tudo meio embaçado no reflexo do espelho.

Mesmo que aquilo lhe fizesse mal, sabia que tudo estava apenas começando: todo o estresse e a pressão de ser o melhor dançarino da *Bolshoi Ballet Academy* caía forte, como um tijolo, em suas costas, e toda a temporada de ensaios estava no início. O caminho seria árduo e longo, e um padrão de beleza precisaria ser mantido até o final, com o corpo e os passos delicados do balé em perfeita sincronia, para que pudesse conquistar com maestria o papel de um dos cisnes.

E Joshua faria o que fosse preciso para conseguir.

# VALSA DAS FLORES

Ren deu um suspiro longo e pesado depois que terminou uma sequência tripla de Piruetas. Esticou os pés em ponta e finalizou com um *Arabesque* em quarta posição. O som da sua respiração era quase fantasmagórica, controlada pelos anos de dança em que não podia mostrar uma exaustão incrustada na pele. Apesar do cansaço, mascarar uma dor não era um problema, e olhando para seu reflexo no espelho da sala, Ren achava que estava bem. Ninguém precisava saber ou perceber que ele estava cansado mesmo antes de começar a tentar.

Kiyoko chamou sua atenção com um coçar de garganta sutil, fazendo com que Ren direcionasse a atenção para ela.

— O que achou?

Kiyoko cruzou as pernas longas e magras, cobertas por uma saia que ia até os tornozelos, tirou uma mecha escura do cabelo da frente do rosto e sorriu em sua direção.

— Você esqueceu de contrair a panturrilha no final. Fora isso, suas piruetas estão ótimas, filho.

— Tem certeza, mãe? — perguntou, com traços de dúvida transpassando os vincos da testa suada. — Você sabe, eu ganhei o papel da Odette, mas ainda preciso mostrar que sou bom o bastante para mantê-lo.

— Eu já menti para você alguma vez? — O tom da sua voz era divertido, logo ela repuxou o canto dos lábios para um sorriso sutil.

Ren confiava cegamente na opinião de sua mãe, sabendo que ela nunca falaria nada sem que estivesse realmente bom o bastante. Apesar de não cobrar tanta perfeição do filho, Kiyoko ainda era uma ex-bailarina muito competente, profissional e rígida, como qualquer bailarino.

Quando Ren tinha quatro anos de idade, ele fez seu primeiro solo clássico na companhia de dança, em Oita, e mesmo que não soubesse fazer quase nada

— como uma ponta esticada —, todos os professores souberam que, no futuro, aquela pequena criança, de sorriso fácil e olhos grandes, teria muito sucesso, e Kiyoko sempre foi a primeira a concordar com isso.

Ele era muito esforçado e sempre se cobrou demais em qualquer apresentação, e seu esforço de anos e anos estava sendo recompensado agora, com a oportunidade de dançar na melhor companhia de dança de Nova Iorque. E era óbvio que Kiyoko não iria mentir ou passar a mão na sua cabeça só porque era filho dela, porque, mesmo sendo mãe, era professora particular de Ren e não queria que ele falhasse.

— Não — ele respondeu, relaxando a postura. — Nunca.

— A sequência ficou ótima, Ren, você não tem mesmo que se preocupar com o futuro desse papel. — Kiyoko o chamou para perto com as pontas dos dedos longos, esperando Ren se sentar ao lado dela no sofá de dois lugares. — Mas não é isso que está te preocupando, não é? O que está acontecendo?

Ren olhou para as mãos unidas em cima dos joelhos avermelhados, com bolas redondas meio arroxeadas nas dobras da pele, por causa do tanto de vezes que os batia no chão. A colisão brusca sempre manchava sua pele de cores fortes, com bordas esverdeadas e redondas, e nunca sumiam completamente, porque Ren sempre cobria a pele com novos machucados toda vez que dançava, era inevitável.

— É que tem um menino... — Suspirou, soltando ar espesso para fora, antes mesmo de concluir a frase. Ele olhou para a mãe, com a sobrancelha dela arqueada, olhando-o de volta com curiosidade. — Não é isso que está pensando.

— Mas eu nem falei nada. — Ela riu, levando

as mãos para cima das de Ren, apertando os dedos contra os seus.

— Ele é um pé no saco! Eu mal cheguei na Academia e ele falou várias besteiras, como que eu iria desistir logo e *blá blá blá*. Porque, aparentemente, é considerado o melhor bailarino de lá e faz de tudo para vencer, e como eu cheguei do nada, ele me vê como uma ameaça.

— E talvez você seja mesmo. — Ela balançou a cabeça, arrancando um olhar incrédulo de Ren, que só abriu a boca para contestar, mas não conseguiu dizer nada antes de Kiyoko continuar. — Acompanha meu raciocínio: você chegou lá ontem, sem teste e sem inscrição, e já ganhou o papel principal do recital inteiro. Dúvido muito que seja apenas esse garoto que te veja como uma ameaça.

— É — respondeu, soltando um barulho engraçado pela boca e enrugando o nariz —, pode ser. Mas ele ainda é muito arrogante e metido, e é isso que me deixa preocupado. A Kathy me disse que ele faz de tudo para ficar no topo.

— Quem é Kathy? — Kiyoko perguntou, evidenciando sua vontade de saber um pouco mais sobre o primeiro dia de Ren na Bolshoi.

— A única bailarina que não pareceu pronta para me comer vivo.

Kiyoko soltou uma risada divertida, virando o corpo na sua direção.

— Olha, filho, eu já te falei uma vez que esse meio é muito competitivo. Principalmente aqui em Nova Iorque. Aqui não é que nem Oita, e você vai sentir bastante a diferença de um lugar para o outro. — Ela apertou as bochechas infladas de Ren, que murmurou, irritado, suspirando pelo nariz. Apesar disso, estava ouvindo e absorvendo tudo o que sua mãe dizia com carinho e preocupação genuína. — Todos os bailarinos, sem exceção, querem ser o melhor, e se esse garoto for mesmo considerado o melhor bailarino da sua geração, ele vai fazer de tudo para continuar nesse posto. Você só não pode deixar ele te derrubar para conseguir se manter por lá.

Ren engoliu em seco, prestando atenção em tudo que sua mãe dizia, piscando os olhos com rapidez. Kiyoko tinha muita experiência nesse meio, era formada, passou por bastante coisa para conseguir chegar aonde chegou, e só parou mesmo quando ficou grávida de Ren muito cedo.

— E o que eu faço?

— Nada — respondeu. — Apenas continue se esforçando honestamente, como sempre, que a recompensa vem no momento certo. Você ganhou o papel porque o mereceu, então só continue desse jeito.

Ren abriu um sorriso brilhante, com os lábios rosados e os olhos sumindo nas pálpebras inchadas. Era muito fácil conversar com sua mãe, já que ela sempre sabia o que dizer para ele, em qualquer ocasião, e parecia sempre conseguir manter a cabeça presa onde deveria estar.

— Obrigado, mãe. — Ren deitou a cabeça no ombro dela, recebendo um beijo quente nos seus cabelos molhados pelo suor. — Então, a sequência está mesmo boa, não está?

— Uhum — ela murmurou. — Está sim.

— Certo. Então, já vou. Ainda estou tentando me adaptar ao metrô de Nova Iorque e não quero me atrasar para o ensaio.

Ren se levantou do sofá em um pulo, ainda com um sorriso no rosto. Estava bem mais confiante agora do que quando chamou Kiyoko para mostrar a sequência de piruetas que faria no ensaio.

— Boa aula, meu amor.

Ele pegou a bolsa clássica da Capézio e saiu correndo do apartamento novo.

Joshua acordou sentindo um mal-estar por todo o corpo. Estava com grandes bolsas inchadas abaixo dos olhos, que pintavam de roxo sua pele, que deveria estar dourada como o Sol do lado de fora. As pálpebras mal se mantinham abertas, e ele teve que fazer um grande esforço para conseguir se levantar da cama sem cair.

Joshua não tinha tempo para fraquezas como aquela, não quando a temporada estava começando. Ele não podia se dar ao luxo de perder o papel que tanto sonhou um dia ganhar e que estava a um passo de distância dos seus dedos. Jogou com força a coberta para o lado, o que fez com que a ponta dela caísse e tocasse o chão, e com as pernas magras fez um grande impulso para sustentar seu corpo, quase caindo para a frente, mas conseguiu se segurar na parede e respirou profundamente. Joshua apenas empurrou o que conseguiu do mal-estar para dentro, o que causou uma sensação amarga na ponta da garganta, desceu rasgando até seu estômago e embolou o intestino mais ainda.

Joshua se arrastou para o banheiro, depois de conferir o horário no celular carregando ao lado da cama, e se sentiu orgulhoso por saber que tinha muito tempo até a primeira aula do dia. Seu relógio biológico sempre o despertava muito cedo: antes mesmo das sete horas seu corpo estava acordando de — muitas vezes — sonhos perturbadores e ruins, pesadelos que o deixavam nervoso quase a madrugada toda, com medo de se tornarem reais algum dia e nunca mais conseguir dançar. Isso quando Joshua conseguia dormir.

Algumas vezes, Joshua gritava, acordava sua mãe e seu irmão e chorava no colo dela, até se acalmar e perceber que ainda conseguia mexer as pernas e não tinha caído do palco, no meio de uma apresentação, nem se machucado feio nos ensaios, ou nem sequer perdido, inesperadamente, o talento que tinha para o balé. Ele ficava apavorado com a ideia de não conseguir mais dar piruetas tão bem ou fazer *Grand Jeté* tão altos e abertos, com pontas lindas e linhas afiadas. Naquele dia não tinha sonhado com nada, mas estava fisicamente exausto e fraco por ter colocado tudo o que comeu, ou tentou comer, para fora antes de dormir.

Joshua se assustou quando olhou para sua imagem no espelho, engolindo um bolo grosso e espesso de saliva, que acumulou dentro da boca, desceu rasgando e queimando sua garganta inteira mais uma vez. Ele escovou os dentes muito rápido, para tirar esse gosto ruim, e se apressou em procurar corretivo e base, para tapar as bolsas inchadas, e batom, para enganar sua mãe, dizendo que estava saudável e corado. Quando conseguiu melhorar quase oitenta por cento de seu reflexo, Joshua passou mais gel do que o necessário no seu cabelo, penteando a franja para trás, querendo domar os fios rebeldes da manhã.

Apressou-se em fazer qualquer coisa que seu corpo quisesse naquele momento, porque depois não tiraria mais a malha trabalhosa por nada. Ele ficou quase trinta minutos no banheiro e saiu de lá com uma toalha enrolada na cintura, ainda tentando empurrar as sensações ruins que estava sentindo para o mais fundo que conseguisse.

— Mãe! — gritou ainda dentro do quarto, depois de jogar metade de sua gaveta no chão. — Mãe, vem cá!

Juliet entrou no quarto, enxugando as mãos no avental cor-de-rosa que estava usando, com os cabelos escuros amarrados, tão bagunçados quanto os de Joshua minutos atrás, e o olhou, esperando que ele falasse o motivo da gritaria tão cedo.

— O que foi?

— Cadê o meu suporte? — perguntou, enfiando as mãos nervosas dentro do armário, já que não tinha encontrado o que estava procurando nas gavetas. — Eu não lembro onde deixei o meu.

— Coloquei para lavar hoje de manhã, estava todo suado e grudento — ela disse, mexendo as mãos como se não fosse nada de mais.

Joshua arregalou os olhos e quase soltou um palavrão, mas se conteve quando viu Juliet lançar um olhar muito feio na sua direção.

— Mãe, eu tenho ensaio hoje! — ele disse, nervoso, levando as pontas dos dedos para o meio da testa, apertando a carne com força até ficar esbranquiçada, marcando a base que passou com tanto empenho. — Eu não posso dançar sem ele. E se meu pau ficar duro no meio do ensaio, mãe, o que eu vou fazer?

— Você só tem um suporte, Josh? — Juliet perguntou, indignada. — Ele estava suado e grudento, podia assar sua virilha toda!

— Deixava pra lavar na sexta, mãe! — Joshua soltou o ar pelo nariz com força, quase perdendo todo o ar que existia dentro dos seus pulmões, e se forçou no lugar, com a cabeça latejando muito e o corpo querendo cair no chão. — Eu não posso ir para a aula sem o suporte.

— Eu dou um jeito, tá bom? Ele vai secar — ela disse. — Veste qualquer coisa e vá tomar café, enquanto isso eu coloco ele pra secar usando o meu secador.

Joshua respirou profundamente mais uma vez, puxou de dentro do armário o primeiro short de tactel que encontrou e o vestiu muito rápido, passando o tecido pelas pernas longas e finas, saindo do quarto junto de Juliet, que correu para pegar a peça íntima que todo bailarino deveria usar para evitar que seu pênis ficasse muito marcado e exposto na roupa colada de malha.

— Fiz uma vitamina de banana para você — ela disse quando voltou da área de serviço do apartamento, e Joshua se sentou na cadeira com relutância. — É pra beber tudo, ou eu vou saber se você jogou fora. À tarde eu saio e compro outro suporte para você, porque não tem o mínimo de cabimento que você tenha um só.

— Tá bom, mãe. Obrigado. — Joshua forçou um sorriso de canto e Juliet saiu apressadamente da cozinha, sem dizer mais nada.

Joshua logo passou a escutar o barulho alto do secador na sala e tomou coragem para puxar para perto o copo grande com a vitamina que sua mãe fizera. Ele gostava muito de vitamina, então forçou seu estômago a aceitar a bebida, porque sabia que não iria aguentar ensaiar por tanto tempo se não comesse pelo menos o café da manhã, mesmo sentindo o estômago embrulhar, desesperado para colocar tudo para fora. Joshua engoliu o incômodo, apenas porque não podia vacilar nos ensaios, ou seria cortado antes mesmo de começar a tentar.

Quando estava quase terminando, Jeffrey apareceu na cozinha, derrubando pasta e folhas por toda a parte. Ele era sempre muito desastrado, e Juliet costumava dizer que Jeffrey andava por aí com a cabeça tocando as nuvens. Apesar de ser um bom professor, ele era muito avoado e desengonçado em praticamente tudo o que fazia.

— Quer alguma ajuda, Jeff? — Joshua tomou um pequeno gole da vitamina, olhando para o irmão mais velho, que ajeitou os óculos de armação redonda e fina no nariz arrebitado.

— Não precisa, eu tô legal — respondeu, abaixando-se e catando as pastas e folhas caídas no chão, colocando tudo em cima da mesa. — Vai querer carona hoje ou prefere ir de metrô?

— Prefiro ir com você.

— Que horas é sua aula? — ele perguntou, sentando-se na cadeira em frente a Joshua, virando um pratinho pequeno para colocar algumas torradas com geleia, ervilhas e bacon.

— Oito e meia.

— Certo, temos bastante tempo ainda. O que a mãe está fazendo? — Jeffrey enrugou o rosto em uma careta, por causa do barulho alto do secador às sete horas da manhã, com vincos brancos se formando na testa bronzeada.

— Secando meu suporte. Ela colocou para lavar, mas eu precisava usá-lo hoje. — Joshua deu de ombros enquanto falava, observando Jeffrey tentar espetar uma ervilha cozida com o garfo e quase a deixar pular para longe. — Pega com uma colher, assim vai ficar pulando.

— Você vai beber só uma vitamina? — Ele fez o que Joshua disse, levando à boca uma quantidade generosa de ervilha.

Joshua deu de ombros mais uma vez, querendo dar aquele assunto como encerrado, porque sabia que, se desse alguma brecha, Jeffrey iria insistir para que Juliet o fizesse comer mais, mesmo que reclamasse o tempo todo que ela o mimava muito. Mas Juliet entrou na cozinha antes que ele pudesse falar mais alguma coisa sobre, segurando o suporte de Joshua na mão, balançando-o de cima para baixo, chamando a atenção dos filhos, que olharam para ela com expressões duvidosas nos rostos.

— Tá sequinho agora.

— Ótimo, vou terminar de me arrumar. — Joshua se levantou da cadeira, mesmo sem terminar de beber a vitamina, caminhou até o quarto com o suporte na mão, respirou profundamente e contou até cinco.

Tinha um papel principal para ganhar.

A aula de Balé Clássico já estava no fim.

Katherine e Lorraine faziam juntas uma sequência de um *Bourrée en Couru* no centro da sala, com braços e pernas alongados e postura ereta. Elas eram graciosas e elegantes quando dançavam, principalmente Lorraine, que tinha uma leveza singular nas pontas dos pés.

Joshua arrumou a postura na barra e estalou o pescoço. Apesar de achar que as duas meninas dançavam muito bem, não eram tão boas quanto ele, e sua atenção nem sequer estava voltada para elas. Pelo grande espelho que ocupava toda uma parede, Joshua observava, com olhos de falcão, Ren na outra ponta da fila reta que eles faziam no canto da sala enquanto esperavam a dança acabar. Era a última, e depois disso, todos que foram escalados para os testes iriam apresentar uma sequência solo, sozinhos dentro da sala de aula. Joshua mal via a hora de mostrar o que sabia de melhor; vencer e ser o centro das atenções.

Ele imaginava que Ren já fosse dono de algum dos papéis principais, não era burro de pensar que a chegada repentina dele fosse apenas porque era bom no balé. O corpo docente da Bolshoi não chamaria alguém só por causa disso, eles, com certeza, queriam Ren naquela apresentação, e era por isso que ele estava ali agora. Joshua não gostava disso, pois todos dentro daquela sala tiveram que fazer testes para entrar, para serem considerados membros do Corpo de Baile e terem a chance de ingressar profissionalmente quando saíssem de lá.

Ren era realmente bom, Joshua não era idiota de negar ou fingir não enxergar um diamante bruto como ele, e era isso que o deixava tão irritado. Ren Yamazaki era bom o bastante para tomar seu lugar como melhor bailarino da Bolshoi, e isso ele não poderia permitir.

Joshua olhava para ele com olhos duros, as pálpebras nem sequer piscavam e as íris azuis pareciam prestes a pegar fogo, tornando-as amarelas em instantes. Joshua estava mesmo muito puto, bufava ar espesso pelo nariz e mordia a boca com força, puxando pele seca dos lábios ressecados a ponto de pingar gotas pequenas de sangue para dentro da boca, com o gosto de ferro quente descendo, ardido, garganta adentro.

Quando as meninas finalizaram, com um belíssimo *Arabesque* em terceira posição, e reverenciaram Abigail com leveza e graciosidade, com os braços abrindo para uma segunda posição e o tronco levemente curvado para baixo, saíram do centro, batendo a ponta dura de gesso no chão até estarem novamente em seus lugares. Lorraine parou ao lado de Joshua, que ainda olhava fixamente o espelho, concentrado. Não viu a finalização do passo de sua amiga, porque Ren agora lhe devolvia o olhar cortante.

Ele tinha olhos muito castanhos, praticamente pretos, da cor das pupilas, que pareciam duas grandes supernovas prontas para explodir em talento e paixão pela dança. Joshua podia sentir que Ren estava muito incomodado com seu olhar e era por isso que fazia questão de não o desviar por nada. Joshua nunca deixaria Ren ganhar dele em nada, nem mesmo em uma troca de olhares como aquela.

Joshua podia ficar o dia todo desse jeito, mas Abigail chamou a atenção de todos com uma única palma, fazendo-o piscar, atordoado, lembrando-se de que ainda estavam em aula. Ren desviou primeiro, então Joshua deixou um minúsculo sorriso de canto nascer na sua boca levemente avermelhada pelas mordidas que dava nela.

— Atenção aqui! — Ela colocou os braços para trás do corpo. — Christopher está vindo para cá agora e nós dois vamos julgar a sequência de vocês individualmente, então esperem no corredor que iremos chamá-los. O teste será todo tocado no piano, então Giovanni Bianchi está vindo para cá junto com Christopher.

Giovanni Bianchi, o pianista da *Bolshoi Ballet Academy* há alguns anos, acompanhava e ministrava algumas das aulas mais importantes com o seu piano, reverberando o som das teclas de um jeito suave e perfeito. Por ser um professor e pianista sério, Giovanni não era de distribuir sorrisos ou papo para os alunos, como Chris fazia questão de dar. Concentrava-se mais nos seus afazeres e obrigações, falando apenas o necessário com alguns professores e reservando toda sua empatia para a esposa. Joshua não gostava do jeito dele, achava-o um mal-humorado mesquinho, e revirava os olhos cada vez que Giovanni passava por ele nos corredores. Mas entre todas as coisas, Joshua não poderia negar que ele era o melhor pianista de todos e um exímio professor.

Joshua pegou suas coisas e pendurou a alça da mochila no ombro, seguindo Lorraine para fora da sala, além dos demais que passaram a conversar entre eles. Christopher entrou com Giovanni Bianchi quando todos já estavam sentados no chão do corredor, jogando mochilas por aí e esticando pernas cansadas.

— Vai tirar? — Joshua perguntou, apontando para a sapatilha de ponta de Lorraine quando viu a menina desatando o nó da fita de cetim. Sentou-se ao lado dela e abriu a própria mochila, enfiando o braço na bagunça para puxar uma caixa de cigarros fechada.

— Quando você entrar, eu coloco de volta — disse, encostando as costas na parede.

Anthony foi o primeiro bailarino a entrar e parecia muito nervoso. Ele era muito bom, elegante, alto, tinha cabelos loiros macios e olhos azuis cristalinos. Joshua revirou os olhos quando ele fechou a porta da sala. Nervosismo nunca ajudava, Joshua sempre tentava se manter firme e confiante enquanto dançava. Mostrar que estava com medo, ansioso ou nervoso só piorava a situação, já que os professores sentiam que sua confiança não era tão grande assim, e eles procuravam bailarinos que não cedessem à pressão com facilidade.

Joshua puxou o plástico da caixa de Marlboro de cor vermelha, jogou-o dentro da mochila, tirando um cigarro para dividir com Lorraine enquanto esperavam, e acendeu-o com o isqueiro velho, sem se importar que estava em um ambiente fechado e que alguns ali não gostavam do cheiro ou da prática. Joshua não se importava com ninguém além dele mesmo.

Ele tragou a primeira vez com força, puxando o que conseguiu para dentro. Ainda sentia dor de cabeça, mas tentava não demonstrar isso para ninguém, e Joshua era muito bom em esconder tudo o que sentia. Teve que fazer um esforço sobre-humano para conseguir não cair na aula de Balé Clássico e arruinar qualquer chance que tinha de fazer o teste, mas conseguiu, porque ninguém percebia quando ele estava à beira de uma queda.

De olhos fechados, ele soltou a fumaça bruxuleante para cima, relaxando um pouco a mente agitada. Tragou mais duas vezes, o pulmão gritou e ardeu, mas ele não se importava com isso, e passou o cigarro para Lorraine.

— Você nunca aprende que não pode fumar aqui? — Ouviu Richard dizer próximo a eles, com os olhos muito azuis olhando-o, como se quisesse enxergar alguma coisa dentro dele. Era sempre Richard que tinha coragem de reclamar com Joshua toda vez que ele acendia um cigarro no corredor no meio da troca de aulas.

— E você nunca aprende que não deve encher meu saco. — Joshua voltou a pegar o cigarro dos dedos magros de Lorraine e fez questão de soprar a fumaça no rosto de Richard, que fez cara feia e abanou as mãos para afastá-la de perto.

— Vai se foder, Jones.

Richard saiu, pisando duro no chão, com o respirar pesado dele cortando o ar que saía de seus grossos lábios morenos, o que fez Joshua revirar os olhos, cheio de deboche escorrendo em cada uma de suas encaradas.

Depois de quase trinta minutos, com a porta abrindo e fechando por causa de bailarinos que saíam da sala, brancos como um papel, Joshua escutou Ren ser chamado. Ele passou ao seu lado com arrogância, exibindo o nariz empinado e o queixo marcado, e Joshua quis muito saber até onde ele chegaria com aquilo, provavelmente já sabendo que Joshua faria de tudo para tirá-lo da academia. Mas ele havia gostado de ver que, dentre todos que foram chamados antes, Ren parecia ser o único que não exalava nervosismo e ansiedade. Aquilo fazia Joshua se sentir muito excitado, e essa excitação toda escorria por seu corpo, como suor quente que deixava tudo pegando fogo.

Joshua amava um desafio que valesse a pena, e Ren era, com certeza, o melhor deles, até o momento.

— O garoto é mesmo bom, Josh, o que você vai fazer em relação a isso? — Joshua percorreu com os olhos todos os movimentos de Ren, até ele entrar na sala e fechar a porta, para, então, escorrer seu olhar, vibrando de grandes expectativas, para Lorraine, que apagava o cigarro com a ponta da sapatilha nas suas mãos.

— Vou jogar o jogo dele antes de atacar — ele disse, com a voz de veludo saindo cortante pela boca machucada. — Vou enterrar essa arrogância dele no cu e fazê-lo sair daqui sabendo que está provocando a pessoa errada, porque se tem uma coisa que eu sei fazer é provocar e ganhar. Então, só aprecie a queda dele, meu doce, porque eu já sei as cartas certas para isso acontecer.

Joshua entrou na sala com o nariz empinado, os ombros abertos e a postura ereta. Ele queria impressionar e ser o melhor, e este era seu momento.

Ele parou no meio da sala, em frente à mesa que Abigail e Christopher estavam sentados, e curvou o tronco levemente para baixo.

— Bom dia, Joshua — Abigail cumprimentou, com um curvar de cabeça sutil, o seu bailarino preferido. — O que vai nos mostrar hoje?

— A Valsa das Flores, senhorita Abby — ele disse, colocando-se em posição no centro da sala, com o pé da frente aberto, em segunda posição, e o outro atrás, esticando com as panturrilhas firmes. As coxas estavam coladas, impedindo que pudessem ver por trás delas, e os braços desceram para a primeira posição, com cotovelos curvados e dedos longos fechando o arco na frente da coxa. Christopher fez um sinal com as mãos, indicando que Giovanni começasse com o primeiro acorde.

Joshua respirou profundamente, abrindo os braços para dar início à sua sequência, com a respiração sempre sendo algo obrigatório antes da execução de qualquer passo clássico. Ele começou com um *Glissade Jetê*, fechando os olhos para sentir a melodia suave da Valsa das Flores. Ele amava "O Quebra Nozes", era uma de suas valsas preferidas. Às vezes, ficava assistindo às orquestras tocarem quando estava muito cansado para ensaiar ou existir como um ser humano decente ou, como de praxe, assistia à majestosa apresentação de balé que ele considerava uma das mais bonitas, depois de "O Lago dos Cisnes".

Joshua levantou a perna direita, em um *Developpé* esticado e bem alinhado, com o corpo esguio, captando as ondas sonoras do piano de Giovanni Bianchi, que sutilmente passava seus dedos calejados pelas teclas do piano de corda. Rodou os pés no chão, em uma pirueta tripla, parando, em seguida, em um lindo *Arabesque* em quarta posição. Joshua era suave nos movimentos, ele tinha desejo e paixão escorrendo pela pele, pingando, como gotas, no chão da sala grande.

Só se ouvia o som da Valsa das Flores e das pontas dos pés de Joshua colidindo contra o chão. Ele abria as pernas e rodava pela sala, saltando lindos *Grand Jetê* e *Grand Battement* esticados, que tocavam a ponta de seu ouvido. Fazia tudo sem tirar os olhos dos professores, que prestavam atenção em cada execução dos passos brilhantes dele.

Ele enxergava os olhos de Abigail cintilarem, presos nos movimentos precisos que fazia com tanta paixão. Era tudo o que ele mais amava no mundo. Dançar era seu grande refúgio, apresentar-se daquela forma, mesmo que fosse apenas em um simples teste, fazia Joshua se sentir o dono da porra do mundo, um Deus inalcançável e poderoso. O cansaço de antes se tornava uma simples lembrança da manhã, que nem sequer parecia existir, quando ele dançava daquele jeito, com braços mudando de posição, sem quebrar o próximo passo, e pés correndo por toda a sala dentro das sapatilhas pretas.

Estava muito confiante, transbordava sentimentos pelos olhos azuis e respirava muito profundamente a música que tocava no piano de cauda. Joshua tinha um fascínio muito grande pelas aulas com piano, elas pareciam sempre muito mais belas do que quando feitas com o sistema de som da sala. As notas lhe tocavam a alma dançante e seus nervos viravam cordas soltas, domadas pelo som agudo. Ele estava quase no fim e sentia o ápice chegar, como se estivesse prestes a tocar o céu. O céu da dança, feito apenas para bailarinos como ele, que tinham devoção exalando, como fumaça, para cima e que se dissipava muito rápido, antes que chegasse ao topo.

Joshua encerrou tudo com uma pirueta aérea, com os braços cruzados no peito e um lindo *Arabesque* em quarta posição quando seus pés tocaram o chão novamente, com joelhos esticados e queixo sempre para cima. Ele se olhou no espelho grande da sala e sua imagem parecia etérea, suor escorrendo por sua pele bronzeada, deslizando para dentro da malha branca que marcava as linhas de seu peito estufado, e lábios abertos, expulsando ar para fora com força. O gel que havia passado, antes de sair de casa, parecia não existir mais em seus fios, tinha se tornado suor e evaporado com a valsa, e os fios molhados caíram por cima da testa.

A música se encerrou, com um sonoro bater de dedos cansados nas teclas pesadas, e a sala se inundou em um silêncio que durou pouco mais de cinco segundos, até Abigail e Christopher se levantarem, com sorrisos grandes e orgulhosos estampando seus rostos. Eles aplaudiram Joshua com louvor. Era este o bailarino em que apostavam todas as suas fichas sempre, e Joshua nunca decepcionava quando o assunto era dançar.

Quando as palmas pararam, Abigail olhou-o inteiro e acenou com a cabeça que ele poderia sair agora. Ela nada disse além de lançar para Joshua um sorriso que dizia tudo: aquele papel era dele.

Do lado de fora, quando Joshua fechou a porta atrás dele e escorregou o corpo para perto de Lorraine, ele tinha um olhar intenso, que vagava de uma íris para a outra: olhar que deixava todos à sua volta com ainda mais apreensão de entrar naquela sala depois que o melhor bailarino da Bolshoi tinha saído dela. Aquele olhar dizia que nenhum dos outros, antes e depois de Joshua, tinha mais alguma chance. Se um papel principal já era de Ren, o outro seria seu.

— Como foi lá? — Lorraine soltou a pergunta e Joshua notou que todos ficaram em silêncio enquanto esperavam pela resposta dele. Até mesmo Ren olhava em sua direção, encostado em uma parede, junto a Katherine.

Ele abriu um sorrisão, arrancando as sapatilhas dos pés para que seus dedos pudessem tomar ar. Tinha calo em cada um deles e uma bolha no mindinho estava para estourar, mas aquilo não impedia Joshua de ser o melhor. Ele puxou a bolsa da Capézio para perto e tirou de lá uma caixinha de esparadrapos brancos, puxando um pedaço para enrolar nos dedos inchados e vermelhos.

Olhou para Lorraine e depois para cada um dos seus colegas, que pareciam muito tensos. Era isso que deixava Joshua com a confiança borbulhando como um vulcão em erupção. A fraqueza dos outros era a sua força, e ele teria o prazer de queimar cada um deles com suas chamas em brasa.

No entanto, seus olhos, cheios de confiança em excesso, prenderam-se na escuridão dos olhos de Ren. Ele era o único que não parecia ter medo de sua resposta, talvez porque já tivesse seu papel garantido — por algum tempo, se dependesse apenas de Joshua para fazê-lo desistir — e não precisasse lutar por ele, como os outros precisavam.

Ren olhava, talvez, com a mesma confiança que Joshua possuía, com um sorriso de canto e um ar prepotente, como se duvidasse de suas capacidades ou como se achasse que Joshua estava forjando a confiança de que fora muito bem dentro daquela sala, porque, provavelmente, queria fazer os outros caírem junto dele. Mas havia algo que Ren Yamazaki não sabia sobre Joshua Jones.

Ele nunca caía, e quando caía, era porque seu personagem precisava cair.

Joshua soltou um risinho frouxo pelos lábios e rolou os olhos bem fundos para trás, voltando a olhar Lorraine, que ainda esperava por sua resposta, assim como todos os outros. Ele terminou de enrolar o esparadrapo no mindinho, para que a sapatilha não o machucasse mais, e abriu aquele tipo de sorriso que dizia muito mais do que deveria dizer. Aquele sorriso em que não se mostra os dentes, mas os olhos e as sobrancelhas erguidas falam tudo por si sós. Joshua tinha expressões faciais muito marcadas, as pessoas à sua volta só não sabiam lê-las com precisão ou não conseguiam desvendar Joshua com apenas um olhar.

Então, ele estalou a língua no céu da boca e disse em um sopro que ecoou por todo o corredor:

— Vocês não têm a mínima chance agora.

# BALÉ MODERNO

O papel era de Joshua.

No dia seguinte, antes da primeira aula da manhã, um papel grande, com o anúncio de quem estaria no recital, foi colocado em frente à porta da sala do Corpo de Baile, e lá estava estampado com letras impressas:

JOSHUA JONES
*Odile, cisne negro*

Embaixo do seu nome estava aquele que seria seu mais novo rival:

REN YAMAZAKI
*Odette, cisne branco*

Além de todos os outros abaixo deles:

ANTHONY DAVIS, *Príncipe Siegfried*
LORRAINE ROBERTS, *Cisne número 1*
KATHERINE SUZANIK, *Cisne número 2*
CHLOE MACKENZIE, *Cisne número 3*
NOAH SPENCER, *Von Rothbart*
ETHAN ROSS, *Benno*

Não foi uma surpresa para ninguém que os dois cisnes fossem Joshua e Ren. Joshua era, atualmente, o melhor bailarino da *Bolshoi Ballet Academy* e Ren foi convidado pelo corpo docente para fazer parte do Corpo de Baile, então o papel seria deles de qualquer jeito.

Joshua molhou os lábios com a língua, sentindo uma corrente elétrica correr por suas veias ao ler seu nome no primeiro lugar — que era onde sempre deveria estar. Ele tinha ganhado o papel principal, e o cisne negro sempre foi muito mais visto do que o cisne branco em qualquer lugar, desde que Nathalie Portman protagonizou um dos filmes mais brilhantes da sua carreira. Então, para Joshua, representar a Odile era muito mais significativo do que representar a Odette, um cisne sem graça que não fazia absolutamente nada de relevante durante a peça inteira. O único problema era que ele faria par com Ren e, se não agisse rápido, seria muito mais difícil tirá-lo da Academia ou fazê-lo desistir, de qualquer maneira, enquanto todos os olhares estivessem nele e não em Joshua, como deveria ser.

Ren estava perto, escorado na porta contrária à que Joshua estava, esperando sua chance de olhar o papel colado na porta da sala do Corpo de Baile, mas àquela altura, com todos falando sobre a lista, alguns engolindo o choro por não terem conseguido nada, além de uma figuração, ele já deveria saber que papel iria interpretar. Joshua adorava ver cada reação exagerada dos colegas, e ele queria falar tanta coisa, mas iria segurar a língua para não dizer que, se não tinham conseguido um papel, era porque não possuíam talento algum, não como ele. Então, apenas curvou o canto dos lábios, em um sorriso quase presunçoso, percorrendo os olhos por todo o corredor, para que vissem o novo rosto principal do "Lago dos Cisnes" e o futuro bailarino da *Royal Academy of Dance*.

— Parece que o *Pas de Deux* intocável da Bolshoi foi substituído — Richard resmungou, escorando o corpo esguio no batente da porta do lado de Joshua, olhando para ele e Lorraine, que mantinha um semblante neutro no rosto.

Joshua olhou para Richard de volta e estalou a língua no céu da boca; depois cruzou os braços e se escorou ao lado dele.

— Pelo menos nós vamos participar — disse, ácido, com saliva correndo dentro da boca como veneno de cobra. — Você ganhou o quê? Ah, é, nada.

Richard rolou os olhos azuis, que destacavam sua pele escura.

— Você sabe muito bem por que eu não ganhei um papel.

Joshua abriu um sorrisinho de canto.

Os bailarinos começaram a entrar na sala, falando sobre a distribuição de papéis, que eram praticamente sempre os mesmos, com só uma pequena diferença agora, que era Ren ao invés de Lorraine. A maioria ainda achava muito injusto, porque, se antes eles não tinham nenhuma chance contra Joshua, agora pareciam ter sido deixados ainda mais como segundo plano por um bailarino desconhecido, vindo do outro lado do mundo, apenas porque Christopher tinha se interessado pelos vídeos de dança dele na internet e só. Era frustrante para todo mundo ali, menos para Joshua, é claro, porque ele ainda era o principal, então não tinha com o que se preocupar se não fosse tão paranóico. Mas Joshua estava pronto para derrubar Ren a qualquer momento, arrancar as penas de cisne dele e mandá-lo de volta para onde nunca deveria ter saído. Ele não tinha medo, ninguém era melhor do que Joshua.

E apesar da nova concorrência, Joshua estava achando tudo muito instigante.

— E você sabe que eu estou pouco me fodendo para isso. — Deu de ombros, observando Lorraine bater com a mão na testa e suspirar, com a palma macia contra o rosto, e em seguida sentiu o movimento de Ren e Katherine perto deles.

— Sinto muito pelo papel, Rich — ela disse, colocando a mão no ombro dele, e fez uma carinha magoada em seguida. Richard tocou na mão delicada de Katherine e sorriu.

— Tudo bem, quando eu estiver na Broadway, estrelando em Race, vocês vão lá me ver. — Ele sorriu para Katherine, que sorriu de volta, acenando com a cabeça.

— Que piada — Joshua resmungou, ajeitando a alça da bolsa no ombro. — Você nem quer ser bailarino.

— Por que você não ganhou nenhum papel? — Ren perguntou. Ele era o único ali que parecia não ter entendido sobre o que todos estavam falando nas entrelinhas, o que fez Joshua abafar um riso frouxo e meio debochado. Se ele fizesse um pouco de esforço, saberia o motivo de Richard não ter sido colocado em nenhum papel.

Lorraine e Katherine ficaram quietas, parecendo pensar se deveriam responder ou não. Joshua deslizou uma língua ácida nos lábios fartos, pronto para falar qualquer coisa, mas Richard decidiu responder a pergunta sem rodeios:

— Porque eu sou um homem preto, Ren.

Ren abriu os olhos, arregalando-os tanto que se formaram bolsas embaixo deles, com um brilho meio decepcionado correndo de um lado ao outro.

— E o que isso diz respeito ao seu talento?

— Olha, Ren, eu sei que você veio do outro lado do mundo, mas as coisas em Nova Iorque são diferentes. Olhe ao seu redor, veja quantas pessoas negras têm dentro desta academia. Tire as conclusões por você mesmo. — Richard abriu os braços e depois apontou para dentro da sala de aula. Ren seguiu seu movimento e depois voltou para Richard, para os olhos azuis dele, para Lorraine, para Katherine e, por fim, demorou mais do que o necessário olhando para Joshua, para a pele bronzeada dele. Joshua olhava de volta, adorando parecer um predador pronto para comê-lo vivo.

Ren engoliu um bolo invisível de saliva pela garganta quando Joshua piscou os olhos com uma intensidade e profundidade que corria seus ossos, com uma sensação estranha de que eles estavam virando pó.

— Isso não deveria pré-julgar o talento de ninguém, é só a cor da sua pele. Um bom bailarino é julgado pelo talento, não pela cor — ele disse, tentando não parecer tão afetado com os olhos dilatados de Joshua, que fazia questão de olhá-lo com uma intensidade avassaladora. Isso era engraçado, porque Joshua estava se divertindo com aquilo, com a expressão meio assustada dele, parecendo um cachorrinho com o rabo arriado dentro das pernas muito grossas.

— Muito bonito esse discurso, acho inspirador, de verdade. Prova que você é uma pessoa de caráter — Richard murmurou, o que fez Ren olhar para ele, cortando o contato visual que Joshua estava adorando sustentar. — Mas quando você participa de uma das melhores academias do mundo, no país em que estamos, montando a peça que faremos, as coisas mudam. Você precisa olhar para os lados com o olhar de bailarino e não com o bom coração. Se você continuar assim, não vai durar até o dia da apresentação.

Joshua deixou escapar outro risinho pela boca, porque era exatamente isso que ele queria que acontecesse com Ren: que ele desistisse ou que não conseguisse lidar com a mudança brusca. Trabalhar em Nova Iorque não era fácil, principalmente na carreira profissional de bailarino, e caso Ren quisesse mesmo seguir com uma carreira daquelas, ele teria que começar a abrir os olhos e parar de agir como uma criança inocente.

— De onde eu venho as coisas são diferentes — disse, praticamente resmungando as palavras com um pouco de dificuldade. — Ainda continuo achando injusto.

— Então, "rainha das minorias", dá o seu papel pra ele. Vamos, não seja injusto, dê o seu papel para ele — Joshua disse, abrindo um sorriso que era tudo, menos sincero e verdadeiro, mas ele estava se divertindo com aquele papo, enxergando e percebendo que Ren não era nada do que ele esperava, e sim igual a todos eles.

— Cala a boca — resmungou, olhando para Joshua com o cenho franzido e irritação correndo solta pelo rosto.

— Esse é um ponto importante, Ren — Richard disse, abrindo um sorriso sincero. — Por incrível que pareça, é a primeira vez que eu concordo com algo que ele fala em anos de convivência. Você por um acaso me daria o seu papel?

Ren abriu e fechou a boca várias vezes, procurando uma resposta coerente para aquela pergunta, mas era difícil. Todo mundo sabia que ele não abriria mão do papel principal, assim como nenhum deles abriria mão se tivesse ganhado um. Engoliu em seco e piscou os olhos, com cílios escuros e curvados batendo na ponta dos olhos.

— Foi o que eu pensei — Richard completou, com um sorriso ameno nos lábios. Joshua bufou e rolou os olhos. — Você é um bom garoto.

— Quando você quiser reclamar sobre algo sobre no mundo, Ren, não seja hipócrita a esse ponto. — Joshua deu as costas para todos, entrando na sala sem falar mais nada durante o resto da manhã.

Ren ouviu pelos corredores que todos estavam com sorte naquela tarde, porque Joshua foi mandado para uma competição no centro de Nova Iorque, chamada *Sheer Talent*, mais especificamente na Broadway, e só voltaria para as aulas no dia seguinte, o que era cômico, porque ele tinha reclamado de Richard querer ir para a Broadway futuramente e ele estava indo competir com algum solo da Academia de lá.

Joshua disse que Ren era hipócrita, mas ele era muito mais, a diferença era que Joshua não fazia questão de esconder o que pensava ou como pensava, ao contrário de Ren, que preferia se manter calado e neutro. Ter sido jogado contra a parede, pela manhã, por um pensamento colocado para fora foi o suficiente para saber que não podia brincar com Joshua, ou ele virava o jogo usando o que fosse preciso para ganhar.

Quando as aulas da manhã acabaram e Joshua foi mandado para a competição, Ren notou como apenas Lorraine parecia suportar a presença dele e que ela ficava muito mais comunicativa sem Joshua por perto. Inclusive descobriu que ela e Katherine eram melhores amigas, e estando perto das duas no refeitório, além de Richard e Anthony, descobriu também que teriam aula de Balé Moderno depois do almoço e que Joshua odiava essa classe com todas as forças, então os professores procuravam dar outras coisas para ele fazer, querendo evitar confusão desnecessária.

Ren percebeu que nenhum deles parecia gostar muito de Balé Moderno e só estavam nas aulas porque eram obrigados e não tinham os mesmos privilégios que Joshua tinha, mas não pareciam encrencar por causa delas. Ren já tinha ouvido falar que bailarinos clássicos e bailarinos modernos se odiavam, mas ele achou que era só picuinha de uma única pessoa e não levou a sério o relato que ouviu de uma ex-colega, quando ainda estava no Japão. Ele pescou o momento exato em que Lorraine e Anthony entortaram os lábios em desagrado e depois viu Richard bufar em descontentamento. Katherine parecia ser a única que não estava odiando a ideia cem por cento.

Ren puxou com força o café gelado que tomava pelo canudo de metal e cruzou as pernas embaixo da mesa, olhando para os outros.

— Balé Moderno é tão ruim assim?

— Olha, Ren. — Katherine suspirou e balançou a cabeça de um lado para o outro, com os cabelos presos em um coque muito bonito e esticado. — Balé Moderno é muito chato.

— Não deveríamos ser mandados para aquela aula — Anthony murmurou, comendo um pedaço do biscoito integral tão pequeno que, com certeza, não encheria a barriga dele. — Porra, eu sou um bailarino clássico.

— Só não entendi uma coisa — disse, franzindo o nariz, com os olhos escuros e grandes correndo de um rosto para outro. — Vocês disseram que o Joshua é tirado das aulas quando dá, mas vocês parecem detestar ir para elas também. Qual a diferença?

Lorraine levantou o indicador magro para cima com uma unha bem-feita e estalou a língua no céu da boca.

— O Josh arruma confusão com todo mundo naquela aula, principalmente com Hunter Golding — ela disse, raspando o lábio nos dentes, no processo. — Você vai conhecê-lo. O Josh odeia ele, e você consegue sentir o ódio estalando por toda a sala.

— O Joshua gosta de alguém? — Ren duvidava que a resposta fosse positiva, pelo pouco de tempo que havia passado perto de Joshua e porque ele demonstrava não ter interesse em ser bem-recebido por ninguém.

— Só da Juliet, a mãe dele — Lorraine respondeu e Ren arregalou os olhos no mesmo segundo. — Às vezes gosta do Jeff também, o irmão mais velho.

— Espera. — Largou o copinho de café, abrindo as mãos na frente do rosto. — Você disse Juliet? Juliet Jones, *a* Juliet Jones, JJ?

— A própria.

— Ela é mãe do Joshua? — Sua expressão era de incredulidade, com os olhos muito abertos e o queixo quase tocando na mesa. Juliet Jones foi uma bailarina de grande prestígio, dançou junto da sua mãe uma vez, em uma apresentação de "Don Quixote", quando Kiyoko ainda estava entrando no mundo profissional do balé. — Como?

— Bom... — Anthony crispou os lábios, com um sorriso debochado no rosto. — Você deve saber como as mães fazem filhos.

— Você entendeu o que eu quis dizer — murmurou, formando um biquinho nos lábios. — Como uma mulher incrível como a JJ é mãe do Joshua?

— A maçã nunca cai muito longe da macieira, Ren — Richard murmurou, batucando os dedos grandes na mesa.

— O que quer dizer com isso? — Ren estreitou os olhos.

— Juliet era uma boa bailarina, muito boa, como o Josh, mas ela também não era flor que se cheirasse na época em que estava ativa.

— Minha mãe dançou com ela no início da carreira, e até onde eu sei, ou até onde ela me contou, se deram muito bem.

— Isso deve ser um milagre — Anthony murmurou, empurrando o prato para longe quando terminou de comer. — Juliet não era muito diferente do Josh, ela tinha uma aura prepotente e uma sapatilha afiada.

Dizem que ela não aceitava ser menos que a principal.

— A Juliet não é tão irritante hoje — Lorraine defendeu.

— Não é irritante hoje porque tem dois filhos para alimentar e praticamente faz tudo sozinha — Richard concluiu, arrastando os dedos firmes pelo queixo marcado, apertando os olhos azuis na direção de Lorraine, que só piscou os olhos verdes, quase em um tom bonito de cinza, meio cansada.

— Ser pior que o Joshua deve ser bem ruim. — Ren suspirou e depois prensou os lábios em uma linha fina. — Ele é irritante até mesmo de boca fechada.

Todos concordaram, com risadinhas presunçosas, até mesmo Lorraine acenou com a cabeça.

— Sabe o que é muito irritante também? — Anthony, que já se levantava da mesa e puxava sua bolsa para perto, perguntou. — Aula de Balé Moderno em cinco minutos.

— Que merda — Katherine murmurou, acompanhando-o.

— Acho melhor a gente ir — Richard disse, juntando toda a sujeira que eles fizeram, jogando tudo no lixo antes de se levantar. Ren e Lorraine fizeram o mesmo. — Édouard não suporta atrasos e fica no nosso pé durante a aula se isso acontece. E eu não estou a fim de ter aquele pé no saco em volta de mim hoje.

Eles saíram do refeitório resmungando pelos corredores até estarem dentro da sala, no andar de cima ao do Corpo de Baile. Não estavam nem um pouco felizes ou com vontade de fazer aquela aula, mas eram obrigados mesmo assim, porque não se chamavam Joshua Jones ou, muito menos, possuíam os mesmos privilégios que ele, de serem colocados em competições no meio da semana por não gostarem de Balé Moderno.

Hunter Golding era considerado o melhor bailarino moderno da Bolshoi, e isso era praticamente um enorme problema para Joshua que, apesar de detestar o Balé Moderno, queria ser o melhor até mesmo nisso. Por isso os professores preferiam mandá-lo fazer qualquer outra coisa que não fosse participar das aulas.

Ren olhava para o tal Hunter Golding com cenho franzido. Ele não parecia ser uma pessoa ruim, mas não podia julgar alguém por causa dos gostos de Joshua, quando sabia que ele não se esforçava para conhecer ou gostar de alguém dentro daquela academia. No entanto, a única que parecia fazer esforço para interagir com os bailarinos modernos era Katherine.

Anthony estava emburrado em um canto, Richard no outro e Lorraine estava perto de Chloe, uma menina alta, de cabelos ruivos bem cheios e olhos escuros. Ren notou que, quando estavam dentro de uma sala de aula, parecia que nenhum deles se conhecia, e a aura leve do refeitório tinha sido esmagada pelos passos duros de Édouard Lefevre.

O professor entrou gritando com todo mundo, mandando-os fazerem filas retas no centro da sala, para aquecer e alongar. Reclamou, dizendo que não tolerava conversas paralelas na sua aula, e depois mandou se juntarem em duplas para exercício de confiança. Ren acabou fazendo dupla com Hunter.

Ele era realmente muito bom, não falava tanto, mas deu para Ren sorrisos enormes, que deixavam seus olhos pequenos como duas meias-luas brilhantes. Apesar disso, Ren não gostou tanto assim de fazer aquela aula, realmente era muito diferente do Balé Clássico. Tudo era mais bruto e pesado, sem movimentos certos ou pés esticados. Ele achou tudo uma bagunça e entendeu perfeitamente o que todos ali diziam sobre detestar aquela aula.

Édouard era um bom professor, ele era tão duro e severo quanto Abigail na aula de Balé Clássico, dançava muito bem e era jovem e elétrico. Ele também parecia ter seus favoritos, assim como Abigail, que não escondia sua preferência por Joshua de ninguém. Hunter era, sem dúvidas, o melhor dentro daquela sala, e Édouard fazia questão de colocá-lo na frente em tudo e usá-lo como exemplo em cada frase. Provavelmente era por isso que Joshua o odiava, porque não era o número um no Balé Moderno.

Tiveram duas horas cheias de aula. Ren saiu dela ofegante e suado, sentindo os músculos rasgarem sua pele, quase fazendo-o cair no percurso até o vestiário. Ele saiu da Academia com Anthony e Katherine, que também moravam no Harlem, em prédios quase colados ao seu. Estava cansado daquele dia, estava sendo puxado e nem ao menos tinham começado os ensaios direito. Ren sabia que só iria piorar dali para a frente e esperava conseguir lidar com tudo isso, ou, então, daria o gosto da vitória a Joshua. Ren jamais permitiria que algo assim acontecesse.

Quando Joshua saiu da competição, com um troféu enorme de primeiro lugar nas mãos para a Bolshoi, ele se sentia muito realizado, ainda que não estivesse totalmente completo. Apesar de ter ensaiado durante a manhã, ele ficou muito tempo na competição com Christopher. Isso o fez perder tempo de ensaio durante a tarde, por isso precisava recuperar, pelo menos, uma hora disso, ou não conseguiria dormir direito, pensando nas horas em que teve que ficar esperando. Quando isso acontecia,

Joshua praticamente entrava em desespero. Então, no momento em que a competição acabou, ele nem sequer esperou por Christopher para ir embora, pois precisava aproveitar que a Academia ainda estava aberta e as salas vazias.

Não tinha praticamente ninguém lá dentro, os corredores estavam escuros e silenciosos, ao contrário da cabeça de Joshua, que nunca parava. Ela martelava até o último segundo, como se alguém lá dentro usasse um megafone bem perto dos seus ouvidos, explodindo seu coração duramente.

Joshua apertou a alça da bolsa com força, andando — praticamente correndo — pelos corredores até achar uma sala de aula aberta, mas ele não prestava atenção ao seu redor, estava um pouco disperso e avoado, meio cansado e agitado ao mesmo tempo. Precisava colocar tudo no lugar com um pouco de dança caótica, sem que ninguém estivesse olhando, porque não estava com vontade de chamar Lorraine para um sexo desenfreado agora. Seu ombro se chocou com força contra algo duro, com uma pele quente batendo contra a sua, fazendo-o ouvir um resmungo irritado. Aquela voz irritante entrou com força em seus ouvidos, puxando-o para fora da sua mente quando olhou diretamente nos olhos de Hunter, que saía de dentro de uma das salas. Os cabelos ruivos dele e as sardas no rosto chamavam muito a atenção, e Joshua detestava cada uma delas, principalmente quando repuxadas no sorrisinho presunçoso de sempre, com aqueles olhos cor de mel presos aos seus.

— Ora, ora, abriram as portas dos bailarinos fracassados — Joshua murmurou com acidez, observando Hunter abrir a boca com tanta irritação que se ele lhe batesse, não ia ser muito chocante assim.

— É por isso que você está aqui — disse, entortando o nariz e a boca. — Saia da minha frente.

— Ui, por acaso o projetinho de bailarino está estressado? — Joshua o encarou, molhando os lábios com deboche, as sobrancelhas grossas subindo e descendo na pele macia e bronzeada. Ele cruzou os braços e tombou a cabeça para o lado, com os cabelos, agora meio bagunçados e sem gel, caindo por cima dos olhos azuis. — O que foi, hein? Não conseguiu dar as piruetas de circo hoje? Poxa, que dó. — Joshua fez uma expressão tão falsa de pena que era impossível não a enxergar escorrendo por sua pele, com o canto dos lábios formando um sorrisinho enviesado.

— Pode apostar que no dia que você cair de uma pirueta eu vou ser a primeira pessoa a rir da sua desgraça — disse, praticamente suspirando, sem paciência. — Assim como também sei que todos os outros farão. Você é um insuportável de nariz em pé, Joshua, se manca.

Joshua soltou um risinho que deslizou entre os dentes, expelindo ar quente pelo nariz, com o queixo marcado para cima, como se mostrasse que era muito superior a Hunter.

— Olha bem para a minha cara e veja se algo nela diz que eu me importo com o que você e os outros pensam de mim? — Deu um passo para a frente, praticamente colando o nariz ao de Hunter, sentindo o ar ir direto para o seu rosto, com o hálito quente de café que Joshua odiava. — Ao contrário de vocês, bando de merdinhas, eu não me importo com isso, eu faço o meu trabalho, e muito bem-feito por sinal.

— Derrubando tudo e todos à sua frente é muito fácil, tendo privilégios e tudo o que tem nas mãos sem fazer um esforço mínimo — disse, levantando um dedo em direção ao seu rosto, empurrando-o para trás com força pelo nariz. Joshua rosnou e prendeu o dedo de Hunter contra o seu, apertando-o e jogando-o para o lado. — Se enxerga, Joshua, você pode até ser bom, mas o que você tem de talento te falta em noção. Agora, sai da minha frente e, por favor, não enche a porra do meu saco.

Joshua praticamente rosnou de novo quando Hunter esbarrou o ombro no seu, de propósito, para fazê-lo sair da frente, caminhando para longe, sem dar margens para que ele rebatesse qualquer coisa dita por Hunter. Ele respirou fundo, apertando os dedos na ponta do nariz, e empurrou a porta da sala que Hunter havia saído com força, mas parou antes mesmo de conseguir entrar, quando deu de cara com o professor de piano da Bolshoi, Giovanni Bianchi.

Ele tinha uma expressão muito pior que a de Hunter, com um copo de café em uma das mãos, os cabelos desgrenhados e a roupa amassada. Giovanni estava saindo da sala, mas parou quando Joshua passou pela porta, olhando para ele com uma expressão quase assustada. Isso fez Joshua franzir o cenho e lamber o canto dos lábios, como se o desafiasse a dizer o que fazia lá dentro.

— Hm, senhor Bianchi... — murmurou. Com certeza Joshua não estava sendo respeitoso, pela forma como o nome dele ressoou com escárnio. Joshua não suportava Giovanni Bianchi, o que não era nenhuma novidade, já que ele não fazia esforço para gostar de ninguém. O jeito dele não era sistemático e incomodava praticamente todo mundo, porque ele não era como Christopher, que dava margens para os bailarinos conversarem e falarem abertamente com ele. Giovanni não falava com praticamente ninguém, o que fazia Joshua pensar que alguma coisa estava acontecendo para ele estar sozinho dentro de uma sala de aula com Hunter Golding. — Por acaso agora o senhor faz parte da aula de circo com o Hunter?

Giovanni bebeu um gole de café, parecendo não se importar com o deboche palpável que Joshua deixava escorrer, como veneno, da sua boca. Ele engoliu o líquido e perfurou o rosto de Joshua com seus olhos afiados, antes de responder, dando um passo para o lado, a fim de sair da sala de aula sem muita conversa:

— O único palhaço de circo que eu vejo aqui é você, Joshua. — E saiu, deixando Joshua sozinho dentro da sala com uma dúvida não tão grande na cabeça e uma ideia genial para acabar com Hunter de uma vez.

# VELUDO AZUL

Joshua tinha um *thera band* cinza preso na sola do seu pé descalço enquanto esperava a primeira aula do dia começar. O elástico puxava para cima e Joshua fazia força para puxá-lo para baixo. Ele precisava ter uma ponta bonita, com uma curvatura bem-feita em meia-lua, então usava o *thera band* ao menos umas duas vezes por dia, mesmo que sua mãe dissesse não ser necessário alongar o pé tantas vezes quando ele já tinha uma ponta bonita — *a mais bonita de todas*, ela dizia. Joshua até acreditava, porque ele realmente tinha, mas era sua mãe, e na maioria das vezes, Juliet só dizia coisas para agradá-lo por ser filho dela.

Christopher tinha anunciado para todos que faria um grande comunicado sobre as apresentações naquela manhã e, depois, eles começariam os primeiros ensaios, após todos entregarem as folhas com as medidas de corpo para confecção dos figurinos. Joshua vinha tentando fazer uma dieta rigorosa, daquelas que come e depois coloca tudo para fora, ou não comia nada para não ter que colocar tudo para fora. Dizia para Juliet que bebia café e comia torta no Starbucks pela manhã e almoçava na lanchonete da Academia, mas ele não fazia nada disso. No máximo, comia uma daquelas barrinhas ruins de avelã da farmácia mais próxima e, então, torcia para que elas não dessem muitas gramas e que fosse o suficiente para o resto do dia.

Ele resolveu ficar sozinho, em um canto do corredor, antes do início das aulas. Lorraine gostava muito de estar perto de Katherine e parecia também estar adorando a companhia de Ren. Então, Joshua preferia não ficar perto dela nesses momentos ou em qualquer outro que ela estivesse acompanhada. Ele ficava perdido dentro da própria cabeça nesses momentos. Às vezes era ruim e outras vezes nem tanto, mas Joshua não achava o fim do mundo quando podia se alongar em paz, sem que tivesse alguém falando e falando perto dele e enchendo seu saco.

Antes, porém, de decidir ficar sozinho, quando Lorraine passou no apartamento dele para que fossem juntos para o ensaio, ela pediu que Joshua quebrasse a sua nova sapatilha de ponta. Então, quando terminou de alongar os dois pés, que já estavam dormentes de tanto esticar, começou a torcer a madeira no meio da sapatilha até ouvi-la se partir, depois bateu um pouco no chão e repetiu o processo com o outro pé, pisou em cima e arranhou os solados, até achar que estava bom o suficiente para Lorraine usar. Abigail exigiu que todas as bailarinas do Corpo de Baile que foram escaladas para a apresentação do "Lago dos Cisnes", começassem a ensaiar com as novas sapatilhas a partir daquele dia, o que sempre acontecia, porque as meninas precisavam acostumar os pés com a nova ponta, ou seria difícil dançar com ela depois.

Joshua coçou o nariz, depois de fungar algumas vezes, levantou-se do chão, passou por Lorraine e o resto dos bailarinos que eram amigos dela e entregou as sapatilhas quebradas, sem olhar para os rostos deles, pouco se importando com o que estavam conversando.

— Aonde vai? — ela perguntou, depois de pegar as sapatilhas da sua mão. — A aula vai começar daqui a pouco.

— Vou ao banheiro — respondeu, passando os dedos entre os cabelos cheios de gel.

Lorraine acenou para ele, mas Joshua não acenou de volta, porque estava com seus olhos fixos na figura esguia de Ren, escorado em uma das paredes perto de Lorraine e Katherine. Ele olhava de volta, com os braços fortes cruzados no peito, como se fizesse força para mantê-los longe do seu pescoço, o que não seria uma novidade, pois todos ali queriam esmagá-lo para conseguir o papel principal, mas ninguém tinha coragem, de fato.

O banheiro masculino ficava no andar abaixo do que seria a aula. Desta forma, Joshua precisou descer as escadas de emergência — ele odiava elevadores, a pressão deles fazia seu ouvido doer e sua respiração apertar em pânico —, segurando com força a bolsa lateral da Capézio. Era um ambiente amplo, com cinco mictórios, algumas cabines fechadas ao lado, um espelho longo, que ia de uma ponta a outra da parede das pias, e outro, de corpo inteiro, na parede oposta à porta.

Joshua olhou para o espelho e para seu reflexo, quando se colocou em frente a ele, com as mãos espalmadas no mármore da pia. Não parecia tanto por causa da maquiagem, mas estava acabado, cansado e sentindo-se um pouco fraco. Ele sabia que era porque não havia dormido direito e só tinha comido uma barrinha horrível de farmácia antes de ir para a academia. E ainda estar de pé, sem ter colocado absolutamente nada para fora, encheu seu peito com uma surpresa desesperadora, porque sentia o estômago embrulhado, mas não podia fazer força para expulsar do seu corpo o que não existia ou não conseguiria ensaiar, deixando o dia mais longo ainda.

Colocou a bolsa em cima da pia e tirou de dentro dela uma caixinha de veludo azul, semelhante àquelas que guardam aliança. Era da sua mãe, mas ela nunca sentiu falta, porque o que estava lá antes não importava mais. Ter a certeza que Juliet nunca daria falta daquela caixinha era o que Joshua precisava para que ninguém questionasse o que ele guardava lá.

Ele abriu a caixinha e suspirou de forma tão pesada que a cabeça doeu, e seu reflexo praticamente gritava para ele parar. Os pesados olhos azuis varreram o ambiente enquanto tirava uma nota de um dólar de um dos bolsos menores da bolsa e a enrolava nos dedos escorregadios e se inclinava para aspirar o pó branco para dentro do seu nariz.

Seria ruim se o pegassem no flagra, além das drogas serem ilegais, Joshua ainda era menor de idade. Ele sabia que, se fosse visto, seria dedurado e, se fosse dedurado, seria expulso. Se fosse expulso, nunca teria a chance de seguir sua carreira, como vinha sonhando desde que aprendeu a andar. De qualquer forma, Joshua não se importava tanto em criar laços lá dentro para que pudesse ser acobertado. Ele não era do tipo que fazia amizades a torto e a direito e preferia que continuasse dessa forma, então não podia arriscar que vissem o que estava fazendo.

A sensação que sentia era esquisita no começo, sempre ardia e arranhava enquanto descia, depois, quando as pupilas cresciam, tudo parecia mais leve e acolhedor, como se Joshua sempre estivesse de bem com tudo e todos. Era momentâneo, mas era bom.

Ele soltou um arzinho cheio de satisfação pela boca, praticamente gemendo, com veias e músculos derretendo dentro dele. Mas a sensação de alívio durou menos de cinco minutos quando uma voz irritada e um empurrão bruto em seu ombro o fez se libertar, com brusquidão indesejada, da bolha de prazer que estava.

Joshua cambaleou, meio torto, para o lado, e só não caiu no chão porque as costas bateram contra uma das cabines fechadas, mas a porta cedeu ao impacto e seu corpo tombou em cima da tampa fechada do vaso sanitário. Ele ainda estava inebriado, demorou mais que o normal para entender o que havia acontecido, mas quando notou o sangue subiu mais rápido para seus ouvidos e explodiu, como bomba, na ponta da garganta.

Ren olhava para ele de pé, talvez pensando em como contaria para Christopher o que tinha visto. O jeito que os olhos dele pareciam se divertir com sua situação, ou com seu futuro problema, fez Joshua tirar força de qualquer lugar aleatório dentro dele para se levantar de uma só vez e correr na direção de Ren, com os punhos fechados com tanta força que as pontas das unhas marcaram a pele em meia-luas esbranquiçadas. Mas Ren era forte, mais musculoso e parecia bem mais alimentado que Joshua, fora que não estava chapado, então foi fácil para ele segurar seu punho e levá-lo para o chão. A força dele, no entanto, fez os dois caírem, um por cima do outro.

— Qual a porra do seu problema, seu filho da puta? — Joshua rosnou para ele, com as pupilas tão dilatadas que era difícil enxergar o azul bonito das suas íris. — Por que me empurrou, desgraçado?

Ren piscou, atordoado, depois do impacto. O peito dele estava prensado contra o de Joshua, que subia e descia com tanta rapidez que seu coração poderia partir e rasgar a pele ao meio.

— Qual a porra do seu problema, Joshua!? — ele gritou, afastando-se de Joshua, mas sem sair de cima, com as pernas dobradas, uma em cada lado do seu quadril. As mãos prenderam o colarinho da malha de Joshua, puxando-o para perto de seu rosto, as respirações quentes se chocaram com muita força. — Você estava cheirando essa droga aqui no banheiro? Perdeu a porra do juízo?

— Não é da sua conta o que eu estava fazendo aqui dentro — gritou de volta, segurando os punhos fechados de Ren, para que o impedisse de torcer sua camisa. Joshua queria esmagar a pele dele entre os dedos, mas não tinha força nem lucidez suficientes para isso, então grunhiu e tentou se soltar do aperto que as pernas dele faziam no seu corpo, mas Ren era mesmo muito forte e o prendeu um pouco mais.

— Eu podia contar para o Chris o que você estava fazendo antes do ensaio.

— Você não tem provas — grunhiu, irritado. — E eu posso muito bem dizer que era você que estava usando.

— Ninguém vai acreditar em você — rebateu, mas Joshua sabia que havia atingido Ren com seu comentário venenoso. Ninguém duvidava de que ele poderia mesmo inverter os papéis daquele jeito. E era torcer para que, caso Ren contasse, não o levassem para fazer exame toxicológico.

Ren fechou a cara, com a expressão contorcida em uma clara irritação.

— E quem garante que vão acreditar em você, hein?

Joshua tinha acabado de descobrir um fascínio e um novo vício, olhando para os olhos de Ren faiscando de raiva. A vontade que ele estava demonstrando em bater na sua cara causou um choque tão bom no pé da sua barriga, que ele teve que segurar um gemido gutural, que correu pela sua garganta e dissolveu na ponta da língua ácida.

— Você é um manipulador desgraçado! — Ren prendeu com mais força os dedos na camisa de malha que Joshua usava, o que fez ele sorrir mais um pouco, com a sensação de divertimento deslizando brilhantemente de uma íris para a outra.

— Ou bate em mim ou bate uma pra mim.

Ren soltou ele com força no chão e se levantou de uma vez, respirando tão forte que Joshua achou que ele fosse explodir de raiva. Esta era a reação que queria causar em Ren, e estava muito satisfeito em ter mexido tanto com ele daquele jeito.

— Vai se foder, Joshua — disse, pegando a bolsa que largou no chão quando entrou no banheiro. — Vai se foder.

Joshua sustentou o peso do corpo com os cotovelos, olhando para Ren com os olhos para cima, com os cílios longos e curvados praticamente batendo nas sobrancelhas grossas.

— Porque a gente não resolve esse conflito como bailarinos costumam resolver?

— Não quero resolver nada com você.

Joshua soprou um risinho frouxo pela boca.

— Você quer — afirmou, com a confiança muito presente no tom de voz uma oitava mais grave. — Depois das aulas, na sala quatro. Ela vai estar vazia e eu vou estar te esperando.

— Eu não vou aparecer — disse, dando as costas.

— Vai sim. — Colocou-se de pé. A sensação da droga no seu corpo ainda estava presente, e ele conseguia sentir a euforia momentânea que ela trazia, apesar de que, com certeza, agiria daquela mesma maneira caso estivesse sóbrio. — Você não me parece tanto com um covarde que foge de um duelo de dança.

— Vai se foder, Joshua — repetiu, saindo do banheiro.

Joshua abriu um sorriso de canto.

Ren iria aparecer.

— Desenvolve o *Relevé*, faz um *Piqué Arabesque* e *Pas de Bourré* — Christopher murmurou de um canto da sala, alto o suficiente para que todos escutassem, observando seus alunos, no centro, executando os passos pedidos por ele.

Joshua estava cansado, com os músculos doendo — não que alguém além de Ren tivesse notado, apenas Ren sabia, parcialmente, o motivo de ele estar alto daquele jeito —, mas se esforçava para chamar a atenção de maneira positiva, como sempre fazia. Os pés, calçados na sapatilha branca, deslizavam pelo chão como plumas, a leveza escorria como o suor líquido e gelado em seus ombros. Ele estava na frente, é claro, mas ao seu lado também estava Ren, com uma expressão concentrada e queixo erguido, em uma postura elegante que fazia Joshua querer, com muito mais vontade, sobressair-se na sequência.

— Repitam para o outro lado! — Christopher gritou, apontando para o lado esquerdo. — Pisou com pé de pombo no salto, Noah!

Aquela aula durava uma hora e era basicamente só uma preparação para o começo dos ensaios, que seriam feitos naquele mesmo dia por Abigail, que era uma professora rígida e exigente, então seus alunos tinham que estar preparados para qualquer coisa. Christopher queria observar o físico, o empenho, a técnica de cada um e se estavam preparados para o baque de ensaios que viria a partir de agora. Ainda tinha um aviso para dar a eles quando aquela aula acabasse.

Continuaram nesse ritmo até o fim da aula, até o momento em que a música clássica se encerrou e os ofegos de cansaço puderam ser ouvidos por toda a sala.

Joshua escorou na ponta da barra pendurada na parede, com as costas curvadas e a testa prensada no metal gelado, a respiração estava ofegante, saindo entrecortada e ligeira, e o coração pulsava no ouvido.

— Cadê sua garrafinha? — Ele escutou a voz de Lorraine ao seu lado, abaixando-se para mexer na sua bolsa.

— No bolso lateral — respondeu com dificuldade. — Tem uma garrafinha pequena aí, bem no fundo.

Lorraine estendeu a garrafa para ele e Joshua bebeu tudo em um gole só, suspirando, com satisfação, quando a boca encheu de água.

— Quero todos aqui na frente agora — Christopher chamou por eles, parado perto do espelho grande que ocupava toda uma parede. — Tenho um comunicado importante para fazer.

— Espero que seja o de que o Ren vai ter que voltar para o lugar de onde nunca deveria ter saído — Joshua murmurou, olhando para Lorraine com a expressão fechada, o que deixava as sobrancelhas grossas em evidência, com vincos formando no meio da pele, pincelada com gotículas salgadas de suor brilhante. Ela soltou um risinho em sua direção e negou com a cabeça, puxando Joshua para se juntar aos outros no centro da sala.

— Todos sabem que a *Royal Academy of Dance* assiste nossos recitais — disse, olhando para cada bailarino ofegante, mas parou em Ren e depois em Joshua, que seguia seu movimento com a língua, serpenteando as bochechas com força. — Desta vez, no final do recital, eles irão distribuir duas bolsas para os dois melhores bailarinos da apresentação, os dois que mais se destacarem como um todo, os dois com as melhores técnicas e melhores presenças de palco.

Os burburinhos começaram, cochichos e suposições que atropelaram as palavras de Christopher.

Todos queriam aquela bolsa.

— Não se animem — Joshua cortou a empolgação de cada um, cruzando os braços. A confiança que ele tinha era palpável, e ele sabia que isso mexia com a cabeça dos seus colegas inseguros, o bastante para achar que não conseguiriam aquela bolsa. Joshua não se importava com nenhum deles, não quando a vitória estava tão perto, quase tocando seus dedos longos, quentes e macios. — Uma delas é minha.

— Não seja tão confiante — advertiu Ren, com o tom de deboche na voz acertando o rosto contorcido de Joshua, que só não deu um passo em sua direção porque Lorraine o impediu, com um braço erguido. — Existem bailarinos ótimos aqui, que, com certeza, podem conseguir essa bolsa.

— Está falando de você? — Joshua perguntou irônico.

— Chega! — Christopher interviu, chamando a atenção de todos de volta para ele, mas Christopher olhava diretamente para Joshua e apenas para ele. — Resolvam o que têm para resolver fora daqui e tenham respeito com a minha aula.

Joshua bufou, tirando o braço de Lorraine da frente do seu corpo, com os olhos rolando para dentro, em um desagrado evidente.

— Desculpe, Chris — Ren murmurou, curvando o corpo para a frente, e Joshua o achou patético.

— Saiam, a aula acabou — disse, acenando com a mão em direção à porta.

Joshua foi o primeiro a sair, estava fervendo de raiva. Encheu a garrafinha de água novamente e sumiu no corredor, para entrar na sala da próxima aula. O dia ia ser longo e ele deveria estar preparado para enfrentá-lo se quisesse aquela bolsa de estudos na *Royal Academy of Dance*.

A sala quatro estava escura, vazia e praticamente todas as janelas estavam fechadas. Era a sala que eles usavam para as aulas de sapateado, como não estava sendo usada naquele dia, Joshua a escolheu para se encontrar com Ren. Ele sabia que Ren apareceria. Ele estava apenas fazendo charme para parecer que não iria, mas Joshua tinha certeza de que ele não recusaria um confronto direto, principalmente porque deveria ter muito o que dizer. Apesar de que o que Joshua queria mesmo era analisar como Ren dançava em dupla com ele, descobrir seus pontos fracos para que pudesse sabotá-lo em algum momento, então não o deixaria falar tanto, não quando ele era irritante e rebatia tudo o que Joshua dizia com tanta vontade.

O relógio de ponteiros pendurado na parede corria apressadamente, quase dando seis horas, quando Joshua entrou na sala e largou sua bolsa da Capézio em qualquer canto e de qualquer jeito, ligou todas as luzes, tirou a camisa suada, que grudava no peito, e a passou por toda sua pele exposta, para capturar e enxugar o suor, em gotas geladas, que escorria do seu pescoço até o pé da barriga magrela. Joshua era osso embaixo de carne magra, não tinha tanto músculo na parte de cima do seu corpo, apesar de ser largo e esguio em todo canto, tinha pernas longas e coxas pouco definidas, destoando de uma maneira bonita e elegante dos braços compridos e finos. Ele jogou a blusa em cima da bolsa, caminhou, como se estivesse andando em uma passarela, até o centro da sala, olhou para o espelho e respirou fundo.

O cansaço presente no seu corpo começava a incomodar um pouco, nada que o fizesse parar ainda, mas o suficiente para fazer sua cabeça doer e seu estômago comprimir em uma dor incômoda, porém suportável. Ele girou um *fouetté*, depois outro e, então, mais outro. Joshua era bom em giros, em *fouettés*, e em piruetas, com pernas esticadas na volta e dobradas na ida. Ele girou no próprio eixo, contou quinze *fouettés*, depois mais quinze, e era tão fácil de fazer que ele ficava surpreso sempre que via alguém errando um. Joshua girou com os braços em primeira, depois em segunda, e terceira. Então parou em um *Arabesque* esticado, com as costas descendo em um *cambre* no final, apenas porque ele gostava de alongar a coluna daquele jeito.

Quando finalizou tudo, ofegante e com o coração batendo no peito, seu olhar meio turvo, no meio das íris cintilantes, capturou a imagem de Ren encostado na porta fechada. Devia estar tão concentrado no que fazia que não escutou quando ele entrou. Ren parecia meio fascinado com o que via, talvez porque ele fosse um bailarino como Joshua, e ver alguém executando *fouettés* tão bem tivesse o deixado sem reação. Joshua soprou um riso cansado nos lábios frouxos. Ele causava isso nas pessoas, em qualquer pessoa, então é claro que com Ren não seria diferente, de modo que seu ego inflou como um balão de gás hélio.

— Gosta do que vê, *Bebê Cisne*?

Joshua olhou para ele através do espelho, com as sobrancelhas erguidas, o peito nu subindo e descendo e o suor escorrendo com mais força pela pele, que brilhava como pérola. Ele sabia que Ren estava olhando para seu corpo, capturando cada gota de suor que descia fina e lentamente pelo abdômen magro de uma forma obscena, ainda mais quando Joshua enxergou o pomo de adão charmoso ir e vir na sua garganta e a bochecha inchar, com a língua empurrando-a para o lado.

— *Bebê Cisne*?

— Você é um filhotinho de cisne aqui, não vai durar tanto. — Deu de ombros. — Mas está tentando mudar de assunto? Sei que gostou do que viu.

— Se eu gostei do que vi? — Olhou para ele com uma expressão meio debochada, jogando a bolsa, de qualquer jeito, ao lado da sua. Ele parecia querer desafiá-lo, ainda mais quando deslizou para cima a camisa de malha, ficando tão exposto quanto Joshua estava. — Para mim, o que você sabe fazer não tem muita diferença do que os outros fazem. Você não é nada demais, Joshua.

Joshua engoliu um bolo amargo de saliva, mas não deixou de olhar para Ren, para o peito dele. Os músculos bem trabalhados, cada extensão de pele palpável, que fazia as pontas dos seus dedos queimarem por um pedaço mínimo que conseguissem. Ao contrário dele, Ren parecia músculo embaixo de pele fina, dourada o suficiente para atrair a atenção cortante dos olhos afiados de Joshua.

— A diferença é que eu sou muito bom. Bom o bastante para engolir cada um de vocês. — Joshua passou a mão no rosto suado, jogou uma mecha solta de seu cabelo para trás e sorriu de canto. A essa altura, o gel que prendia os fios castanhos e cheios derretia junto ao suor e as mechas começavam a cair sobre sua testa e incomodar, sempre que batiam com força perto dos olhos, enquanto dançava. — Você só viu o que eu quis te mostrar durante as aulas, e isso não é nem metade da minha capacidade e do que eu sei fazer no palco ou em qualquer outro lugar.

— Então, me mostre o que você sabe fazer, Joshua — provocou Ren, com o seu típico olhar repleto de candura, porém com a língua afiada, com sua voz deixando escapar algumas intenções que talvez não fossem tão puras assim.

Joshua cortou a troca de olhares intensa entre eles, caminhou até uma mesinha no canto da sala e procurou, no meio dos CDs, algo que pudessem usar para dançar, mas só havia as músicas típicas das aulas de sapateado. Então, ele andou para perto de Ren, demorando alguns segundos na linha perolada abaixo de seu umbigo, e notou seu olhar quente, enquanto molhava os lábios cheios com a língua feroz. Joshua tirou de dentro da bolsa o celular que ele quase não usava, servia mais para falar com Lorraine ou Juliet e só, depois voltou para o canto da sala com a mesinha, plugando o celular no som em cima dela.

"Drip", da Asiahn, começou a tocar. O som da voz sexy dela falando o primeiro trecho em francês deixava Joshua meio fora de órbita, e o risinho dela antes da música começar o fazia perder os eixos. Ele se aproximou novamente de Ren, e a essa altura, eles haviam esquecido que estavam ali por um propósito maior: o do duelo entre dois grandes futuros bailarinos. Eles seriam o novo *Pas de Deux* da companhia agora, uma dupla que parecia prestes a se socar, na mesma proporção que parecia ter muita vontade de outra coisa, íntima e só deles. Joshua estava confiante, e aquela confiança parecia correr para Ren como faísca de gás elétrico e turbulento.

Joshua era perigoso, mas tudo que ele tinha de perigoso também tinha de apaixonadamente sexy de um jeito letal.

Joshua achava que esse era seu maior charme. Ele era naturalmente competitivo, como qualquer pessoa no meio artístico. Era capaz de fazer qualquer coisa para conseguir chegar ao topo e não se importava com quem precisasse derrubar no meio de caminho. Mas, apesar do jeito arrogante e muito problemático, ele era extremamente apaixonado pela dança. Transpirava arte pelos poros abertos, transformava-se da água para o vinho enquanto dançava, assumindo uma postura completamente diferente do que lhe era usual. Joshua estava sempre em constante metamorfose, apesar de não conseguir se lembrar se já esteve dentro de um casulo algum dia.

Suas asas batiam com tanta força que seriam capazes de cegar quem o visse tão de perto. E Ren definitivamente não parecia ter medo de se aproximar.

Por isso, quando a música começou a tocar seu ritmo lascivo, com a voz, macia como veludo, de Asiahn tomando conta da sala, Joshua se colocou de frente para Ren, com o queixo erguido muito próximo ao dele e os olhos se chocando na mesma altura.

Joshua espalmou com força as mãos na cintura de Ren e o puxou para perto, deslizou a palma quente pela pele suada dele, subindo até os ombros largos e descendo novamente pelos braços charmosos. Ren acompanhou o movimento, fechando os olhos para capturar o ritmo da música e entrar de vez naquela dança excitante que eles estavam prestes a executar. Entretanto, o momento não durou muito tempo, Joshua se afastou para puxá-lo com força e girá-lo em torno dos seus braços.

Ren tinha os olhos manchados de maquiagem: uma sombra em um tom quase imperceptível de salmão, que Joshua só notou porque estava muito perto da bochecha corada de suor. A maquiagem deixava Ren com um olhar mais profundo e hipnotizante, que fazia Joshua querer se embebedar e se perder na beleza daqueles olhos. Parecia que Ren estava enxergando seus desejos mais profundos, aqueles que se enterram em um baú, no fundo da mente, trancado a sete chaves. Seus olhos queriam, com certeza, aprofundar-se no calor de seus braços e virá-lo do avesso, com carne, osso e músculos à mostra, como um bicho indefeso e sem rumo.

Joshua apertou com força a cintura delineada de Ren para auxiliá-lo nos movimentos. Parecia surreal o contraste daquele corpo com o rosto dele, a diferença era tão gritante que Joshua desacreditava que fosse real. Ren tinha um rosto — apesar de enxergar a intensidade que aqueles olhos carregavam quando dançava e rebatia tudo que ele fazia — muito mais jovem do que ele realmente era, com traços delicados. Por outro lado, pelo maxilar, descia uma linha firme, que acompanhava o resto do corpo com músculos evidentes e bem trabalhados. Uma dualidade bem trabalhada, que estava retirando a sanidade prejudicada de Joshua com brutalidade.

A dança deles era pesada e ardente, comunicavam-se através dos gestos e de olhares fortes. Ren parecia quase desnorteado pela forma com que Joshua o conduzia, com tanta firmeza. A música era só um mero detalhe, insignificante agora, porque eles se tornaram dois corpos livres, dançando, sentindo pele quente contra pele quente e olhar intenso contra olhar intenso.

Joshua o puxou enquanto abria um sorriso repleto de malícia e segundas intenções. Ele definitivamente sabia o efeito que estava causando em Ren e era exatamente isso que queria agora: tirá-lo de toda sua postura perfeita e certinha e fazê-lo revelar seu outro lado, um lado que nem Ren parecia conhecer tanto assim. Joshua girou o corpo de Ren novamente, com os pés, em pontas curvadas e alongadas, pisando duro no chão, que ecoava o som das batidas dos corações acelerados e ansiosos. As costas dele chocaram-se contra seu peito nu, o baque de pele contra pele eletrizando tudo que alcançava.

Passou o nariz na ponta do ombro direito de Ren até chegar ao pescoço elegante, sentindo o cheiro adocicado e natural misturado com o suor vindo da dança. Suas mãos ardilosas e pesadas repousaram, firmes e duras, no quadril estreito, passeando lentamente por toda a região. Apertou a cintura marcada, acariciou a barriga, tocou o peito com as pontas dos dedos, causando um choque delicioso, que subiu por toda sua coluna, e depois desceu tudo novamente quando Ren desenvolveu um *développé* esticado e charmoso para cima.

Joshua esfregava a pélvis pouco marcada pelo suporte em Ren, com o sorriso enviesado não saindo do seu rosto por um minuto sequer. Ren demonstrava estar tão entregue ao momento, respirando como se o ar na sala estivesse acabando, que Joshua teve que engolir um gemido gutural com muita força. Os olhos dele se fecharam, o que o fez sentir com mais firmeza os toques duros de Joshua, mas ele não parecia tão disposto a não ser visto.

— Você precisa ver para saber que eu sou o melhor, Ren — sussurrou rente à orelha dele e, em seguida, deixou um beijo repleto de erotismo no pescoço que beirava o etéreo, com o estalo dele ecoando por cima da música sensual.

— Você não quer me mostrar o que sabe, Josh — disse, deleitando-se com as mãos que o tocavam. Era tão bom, mas tão perigosamente gostoso, que as palavras praticamente saíam com um tom manhoso nada característico dele. — Você quer me deixar maluco.

E Ren tinha razão em pensar isso de Joshua. Ele era um corrupto, um lunático prestes a deixar todo mundo desorientado. Joshua era como uma força da natureza, completamente visceral e sedenta, evitando esforços para, literalmente, qualquer coisa. Isso era um pouco medonho, mas também era apaixonante. Ren não parecia ter medo de encarar o desconhecido, afinal ele também não era nenhum santo e parecia estar amando conhecer esse lado lascivo seu. Ele estava tão absorto na dança que faziam que nem notou quando se aproximou de Joshua. O hálito quente dele bateu contra sua boca e os lábios ficaram a poucos centímetros de se tocarem.

Joshua soltou um riso frouxo pelos lábios vermelhos, por causa do fluxo exacerbado de sangue que corria pelas suas veias, e prendeu o maxilar de Ren com uma firmeza que incomodou e amassou a pele, fazendo os narizes se esbarrarem com brutalidade.

— Eu não vou te beijar, por mais que você queira muito isso — sussurrou em um tom prepotente e provocador, enxergando o exato momento em que os olhos lustrosos mudaram de um brilho lascivo para a raiva crua e concreta. — Eu só queria provar o quanto você é suscetível a mim e o quanto o seu ódio é tesão reprimido, e olha só, eu estava completamente certo.

Ren se soltou do aperto e Joshua sentiu, mais uma vez, a bochecha arder.

— Cretino, filho da puta — rosnou para ele, com o lampejo de ódio voltando a ser o mais presente nas suas íris, divertindo Joshua, que estalou a língua no céu da boca, com uma mão acariciando a bochecha que recebeu o tapa.

— Você gosta de bater, não é? — sussurrou mais uma vez, aproximando-se, com olhos firmes esmagando a aura confiante que cresceu em Ren segundos atrás. — Eu gosto de apanhar, mas não desse jeito, então sugiro que não faça mais isso se não quiser levar um de volta.

— Você não presta, Joshua — murmurou entre dentes, com o maxilar travado, marcando a linha firme do queixo até o pescoço charmoso. — É um filho da puta arrogante e prepotente. Vai se foder.

— Gostaria de *te* foder — disse, passando a língua, de um jeito que sabia que iria provocar Ren, pelos lábios, e ele levantou a mão, como se fosse bater em Joshua de novo, mas parou o movimento antes mesmo que chegasse perto do seu rosto.

Ren devolveu o riso frouxo, como Joshua gostava de fazer, abaixou-se para pegar a bolsa jogada no chão e disse:

— Me foder? Tenta a sorte. Se acha que eu sinto tesão reprimido por você, é porque não se olhou no espelho ainda, ou vai dizer que o suporte é grande demais?

Joshua olhou para o espelho e grunhiu. O reflexo da sua imagem refletia o modo como ele estava para Ren: com os cabelos bagunçados, o peito suado e o volume evidente, que deveria estar sendo escondido pelo suporte, dando a ele a resposta do que tentou dar a Ren, mas o feitiço havia se voltado contra o feiticeiro e Joshua nem tinha visto quando Ren o lançou em sua direção.

— Desgraçado!

— Boa sorte se livrando disso aí — Ren disse, acenando. Saiu da sala, deixando Joshua sozinho, bufando de raiva, enquanto se jogava no chão e gritava de um jeito caótico e frustrado.

# PRAZER PEROLADO

Joshua gostava muito das aulas de sapateado. Algo no som dos sapatos colidindo com o chão o deixava com uma estranha sensação de paz, que ele não sentia nem mesmo no balé. Ele gostava muito de Ashley como professora, visto que ela era rigorosa e não tolerava erros nas suas aulas, apesar de não parecer, já que tinha um sorriso contagiante e quase nunca estava irritada com nada.

Então, as aulas de sapateado eram um momento para respirar das aulas puxadas de balé e dos ensaios para o recital. Ele era muito bom no sapateado, tinha pés duros, que deslizavam com firmeza no chão, e uma facilidade com os passos que deixava todos com aquela inveja estampada nos rostos contorcidos, que ele adorava ver.

Só que naquele dia Joshua estava tudo, menos relaxado. Quando entrou na sala de aula, depois de um dia puxado de ensaio, a última pessoa que ele queria ver era Hunter. Mas lá estava ele, com seus cabelos suados caindo por cima do rosto, aquele sorriso cínico no rosto sendo distribuído para todos, conversando com Ren em um canto. Claro, tinha que estar com Ren, eles se mereciam, eram farinha do mesmo saco. Apesar da irritação presente na expressão, Joshua preferiu ignorar a presença deles e se concentrar somente na aula. Ainda estava com raiva de Ren, apesar de que não diria nunca que a raiva estava sendo alimentada apenas por ter se masturbado pensando nele, antes de ir embora da Academia. Ren era um cretino, assim como Hunter.

— Não arranje confusão hoje, Josh, por favor. — Lorraine tocou seu ombro. Joshua se assustou com o toque dela, por estar tão perdido, pensando nos xingamentos que usaria contra Hunter e Ren, que não notou ela se aproximando.

— Olha pra eles, Ray — disse, fazendo força para não apontar em direção a Hunter e Ren. — São dois falsos hipócritas do caralho.

— Você só diz essas coisas porque odeia eles. — Ela rolou os olhos. — Só não cause confusão hoje, está todo mundo cansado.

Ele deu de ombros, concordando silenciosamente. Sentia que, desta vez, era melhor ficar quieto mesmo, porque, além de estar cansado dos ensaios que começaram muito cedo, estava com um pouco de fome, por não ter comido nada durante o dia. Então, seguiu Lorraine para um canto da sala e calçou os sapatos de sapateado em silêncio.

Ashley entrou na sala depois que todos já estavam esperando, mandou que fizessem quatro filas em frente ao longo espelho que pegava uma parede inteira e colocou para tocar *Hit the Road Jack,* do Ray Charles. Eles começaram fazendo uma repetição de três *Touch* com a ponta do sapato, com as pernas abertas uma ao lado da outra; então um *Stomp*, quando a música deu início, e um *Dig*, seguido de um *Heel* para pegar ritmo.

Mesmo se esforçando, Joshua não estava conseguindo se concentrar na aula. O que vinha na cabeça eram as memórias dos acontecimentos recentes. A irritação, ainda muito viva, escorria pelos seus olhos e ouvidos, por causa de como Ren o provocou dentro daquela mesma sala, do jeito que ele virou o jogo, como se não estivesse, também, com uma puta ereção no meio das pernas. Joshua queria tanto fodê-lo, prensando-o em um daqueles espelhos, ao mesmo tempo que poderia socá-lo até ele perder aquele sorrisinho enviesado de menino confiante. Mas, claro, ele jamais daria o braço a torcer, apesar de estar praticamente estampado na sua cara como sentia um tesão absurdo por Ren.

— Filho da puta, desgraçado — murmurou sozinho, sussurrando para não ser ouvido. De qualquer forma, não dava para escutar o que falavam com a música alta de Ray Charles tocando e se repetindo até que pegassem a coreografia.

Joshua odiava ter que repetir uma dança. Ele conseguia pegar os passos de primeira e achava um completo absurdo Ashley ter que passar os passos mais de uma vez para bailarinos que se diziam tão bons. Eles não eram. Se fossem, Ashley diria a sequência uma única vez e todos seriam capazes de dançar sem interrupções.

Quando a aula acabou, depois de uma hora e meia, Ashley saiu, acompanhada de Giovanni, que foi buscá-la com aquele sorrisinho galanteador que embrulhava o estômago. Joshua tinha certeza de que brilhos perolados pipocavam no canto dos seus olhos, de um jeito que fazia sua visão se tornar turva entre os cílios longos. Ele segurou com força um dos ombros de Lorraine, escutando o agudo do metal do sapato de sapateado tilintando no chão quando cambaleou para um lado. Lorraine o segurou pela cintura, quase caindo com Joshua, mas conseguindo segurá-lo antes que fosse ao chão.

— Josh, você está bem?

Joshua piscou, enrolou os dedos na alça fina do collant de Lorraine, fez força para sustentar o corpo e, então, assentiu.

— Só fiquei cansado.

— O pessoal vai todo para o nosso lado assistir a um duelo de hip-hop, perto de onde o Richard mora, você não quer ir pra tomar um ar?

— Que pessoal?

— Você sabe de qual pessoal estou falando — respondeu, arqueando uma sobrancelha em direção a ele.

Metade dos colegas já haviam saído da sala e a outra metade não olhava para onde Joshua e Lorraine estavam.

— Não gosto desse pessoal, então eu passo — disse, soltando-se dela. — Vou pra casa ensaiar.

— Você não gosta de ninguém. — Lorraine suspirou, seguindo Joshua para fora da sala. — Vai ser legal, vamos.

— Passo.

— Qual é!

Joshua abaixou no corredor para tirar o sapato de sapateado, porque o barulho que ele fazia começou a incomodar seus ouvidos de um jeito que deixava sua cabeça latejando nos cantos.

— Já disse que não.

— O que ele está fazendo aqui, Ray?

Richard olhou de Lorraine para Joshua, com as sobrancelhas arqueadas levemente, indicando que ele não parecia nada feliz com sua presença seguindo na direção deles. Ele fazia pouco caso sobre estar ali, mas Lorraine insistiu tanto enquanto o esperava trocar de roupa, que ele aceitou só para que ela calasse a boca. Pouco importava se sua presença era bem-vinda ou não, estava lá só por causa de Lorraine.

— Ele também mora no Brooklyn, então chamei ele pra ir com a gente.

— Não arrume confusão.

Joshua rolou os olhos, enfiou as mãos nos bolsos laterais da calça bege de tecido que usava e olhou para o lado, vendo Katherine falar algo para Ren que, com certeza, não estava escutando, mas, sim, olhando de volta para Joshua. Ele sorriu, aquele sorriso enviesado, em sua direção e passou por ele, esbarrando ombro com ombro e fazendo o corpo de Joshua deslizar um pouco para trás.

— Perdeu alguma coisa aqui, *baby*?

— Eu? — Ren apontou com o dedo em direção ao próprio peito. — Nunca perco nada, mas achei que só tirassem o lixo no final do dia.

Joshua soltou uma longa respiração pela boca, procurando paciência onde não tinha para não pular em cima de Ren. Então, apertou os dedos no meio do nariz e olhou para ele com os olhos quase faiscando de irritação.

— Que desculpinha ridícula para me alfinetar. — Joshua cruzou os braços rente ao peito, com o tronco sendo coberto por um casaco jeans, com alguns botões abertos expondo a clavícula marcada. — O que vem de baixo não me atinge.

— Que gentil da sua parte pedir desculpas, saiba que eu aceito. — Ren soltou uma risadinha debochada. — E que bom que não te atinge, assim posso falar mais vezes.

— Você se acha tão engraçado, Ren. Vive com essa cara de anjinho, mas saiba que não engana ninguém, muito menos a mim.

— Melhor estar com cara de anjinho do que com o nariz todo branco e ter essa cara nojenta — Ren desdenhou, encarando Joshua.

— Sabe o que você deveria fazer? — Aproximou-se de Ren, encostando o nariz no dele, com a ponta gelada pressionando a sua com força. — Manter essa sua boca fechada e não dizer mais esse tipo de coisa em voz alta.

— Por quê? O seu rabo é tão preso assim que tem medo de que eu, o novato que você tanto subestima, possa te derrubar? Relaxa, eu não sou sujo como você.

— Chega, vocês dois! — Katherine afastou Ren pelos ombros, olhando para Lorraine e pedindo silenciosamente que ela segurasse Joshua. Ela o puxou pelo braço, lançando um olhar feio em sua direção. Joshua bufou e revirou os olhos.

— Ele começou. — Joshua apontou para Ren, mas Lorraine segurou novamente seu braço e o puxou para baixo.

Richard estava na frente deles, sendo acompanhado por Anthony, mas suspirou e parou de andar, com o rosto contorcido, em um sinal claro de que estava muito irritado.

— Vocês dois podem, só por algumas horas, fingir que não se odeiam? Não estamos em aula, não estamos competindo aqui! — ele gritou, olhando para Joshua, depois para Ren. — Se forem ficar com essa picuinha ridícula, podem dar meia-volta e irem para a casa de vocês, porque eu estou indo me divertir e esfriar a cabeça e não preciso ficar vendo essa rivalidade idiota o tempo todo.

Joshua ia responder, com a mandíbula trincada com tanta força que a dor causada nos dentes subiu para as laterais da cabeça, mas Lorraine tapou sua boca e o chutou na canela, sabendo que ele iria piorar a situação caso resolvesse brigar com Richard também.

— Foi mal, Rich, só fiquei um pouco nervoso com ele — Ren respondeu, curvando um pouco o tronco. Atrás dele, Joshua riu, cheio de deboche, ainda com a boca sendo levemente pressionada pela palma da mão de Lorraine.

Joshua achava ridícula toda essa formalidade vinda de Ren e a necessidade de parecer certo a todo momento. Ren não mostrava sua verdadeira essência, ele se escondia atrás de sorrisos gentis e política de boa vizinhança, para que não achassem coisas ruins dele. Era patético. Todos ali tinham um lado podre, até mesmo Richard, e Ren mostraria o dele uma hora ou outra. E se não acontecesse naturalmente, Joshua o faria mostrar de qualquer jeito.

Eles voltaram a caminhar. Lorraine não deixou que Joshua ficasse muito perto de Ren, então eles estavam mais atrás que os outros. Richard e Anthony andavam na frente, conversando sobre qualquer coisa que não chamava a atenção de Joshua, e Katherine e Ren falavam sobre cultura asiática, coisas que só aconteciam lá e que Ren sentia muita falta. Joshua só sabia o que via nos jornais, pois, mesmo com um pai coreano, ele nunca havia tido contato direto com nada de lá, além da comida, apenas por causa de Jeffrey que gostava da culinária, porque Joshua não comia nada mesmo, então não fazia diferença. Nem sequer sabia falar a língua deles.

Ele resmungou um *tsc,* e o som chamou a atenção de Ren, que virou minimamente a cabeça para trás.

— Algum problema?

Joshua revirou os olhos, novamente enfiando as mãos no bolso da calça.

— Me diga você, algum problema?

Antes que uma nova discussão se iniciasse novamente, Richard anunciou que haviam chegado.

Eles pararam em frente a um conjunto de prédios marrons, com escadas de pedras, em uma rua muito movimentada. Havia muitas pessoas andando de um lado para o outro e um bolo de adolescentes parados entre duas escadas. Richard chamou a atenção deles, assobiando, com os dedos entre os lábios grossos.

— Ei, galera!

— Porra, Rich, demorou, parceiro.

Joshua parou um pouco longe, encostando-se em uma árvore próxima o suficiente apenas para ouvir o que diziam. Pendurada em um dos ombros, estava a bolsa da Capézio pesando um lado do corpo. Joshua abriu o zíper, tirou de lá um maço fechado, abriu o lacre vermelho e puxou o cigarro para fora, segurando com os dentes para jogar tudo de volta na bolsa e procurar o isqueiro perdido na bagunça de sapatilhas e roupas de malha.

Queria mascarar um pouco a fome fumando um cigarro, mas ele não achava que conseguiria ficar muito tempo de pé na rua se continuasse daquele jeito. Ele queria ir para casa e deitar na cama por algumas horas, apenas no intuito de repor um pouco as energias para ensaiar o resto da noite. Quando achou o isqueiro, acendeu o cigarro e tragou a ponta com quase nenhuma força, sentindo-se um pouco tonto no processo. Ele não se importava com o fato de estar fumando em público, sabendo que poderia ser pego e questionado por isso.

Richard e os outros pareciam ter entrado em um papo divertido com a galera dele. E era engraçado como Ren, Katherine, Lorraine e Anthony destoavam deles de uma forma gritante. Tirando Ren, os outros três eram brancos como papel, com olhos claros e cabelos lisos caindo nos ombros. O pessoal de Richard era como ele: a pele escura, cabelos que variavam entre o crespo e as tranças, que Joshua particularmente achava um charme neles, as roupas folgadas e coloridas, com tênis pesados da Nike nos pés, *skate* embaixo dos braços e chiclete pipocando nos lábios grossos e muito bonitos. Eles gesticulavam tanto enquanto falavam, parecendo animados e dispostos em um nível que era muito esquisito, ao contrário de todo o resto, que exalava cansaço e desânimo. Joshua sentia que eles só estavam ali por Richard, o que não era muito diferente dele, que foi por causa de Lorraine.

— Vocês mandam bem mesmo na dança, como o Richard fala, ou é só papo furado?

Joshua aguçou a audição quando o assunto mudou para algo que o interessava. Ele não pretendia se aproximar, mas queria ouvir o que iriam responder.

— Deve ser só papo furado, Rowan, a cara de engomadinho deles diz muita coisa.

Joshua soltou um risinho debochado, esperando que algum deles defendesse a honra de bailarino que possuíam.

— Podemos mostrar do que somos capazes. — Ren olhava para o tal de Rowan com a mandíbula trincada. Era muito charmoso vê-lo daquele ângulo, Ren tinha linhas duras e firmes, que se alongavam pelo corpo todo, e Joshua estava começando a se divertir com a irritação líquida dele escorrendo por todos os poros. Talvez não tivesse sido tão ruim assim ter aceitado, por pura e leve pressão de Lorraine, ir para aquele lado do Brooklyn.

— Gosto de gente confiante — um deles respondeu, cruzando os braços. — Que tal um duelo? Aqui e agora, seu pessoal contra o nosso. Richard é o jurado.

Ren olhou para os outros três, provavelmente querendo saber se eles topavam. Joshua tragou o cigarro e soprou a fumaça para cima, sentindo a brisa do final da tarde tocando seu rosto e bagunçando seus cabelos, achando graça da situação como um todo, porque Ren parecia muito propenso a entrar em duelos de dança, fosse para provocar Joshua ou para provar que era bom. Joshua não tinha essa necessidade absurda de provar que era bom no balé, todos que estavam próximos sabiam disso. No entanto, seu sorriso se desfez tão rápido quanto apareceu no rosto, e ele quase se engasgou com a fumaça quando Ren gritou, com o rosto virado na sua direção.

— Você não vem, Joshua? — Joshua fingiu que não era com ele, olhou para o lado e tragou mais fundo, cruzando as pernas na frente do corpo. Pelo canto dos olhos, enxergou Ren se aproximar dele com uma feição nada boa, e quando chegou perto, praticamente colou o nariz no seu e estalou os dedos na direção dos seus olhos. — Tá surdo, porra?

— Hm? — fingiu indiferença, fazendo questão de soprar um pouco da fumaça no rosto de Ren. Ele grunhiu, mas não se afastou. — Tá falando comigo?

— Tá vendo mais alguém aqui além de você?

— Tem muita gente aqui, Ren.

— Você vai duelar com a gente ou vai ficar de gracinha, com esse cigarro fedorento na boca?

— Vou ficar de gracinha, com meu cigarro fedorento na boca. Pode me deixar em paz, por favor? — Ele riu pelo nariz, sentindo a respiração pesada de Ren quase socar seu rosto com muita força.

— Esse mal-encarado aí tá junto de vocês, é, Rich? — o tal de Rowan perguntou, o que fez Joshua arquear uma sobrancelha e tirar sua atenção de Ren. Ele não tinha mesmo ido com a cara dele, nem com o jeito prepotente com o qual ele mexia os olhos de um lado para o outro, como se fosse o dono do mundo.

— Mal-encarado? — Joshua chiou, olhando por cima do ombro de Ren, e o empurrou para o lado, com as sobrancelhas vincadas. — O quê?

— Esse é o Joshua, Rowan — Richard respondeu, coçando o queixo.

— Aquele Joshua?

— Ah, então quer dizer que eu sou famoso? — perguntou ao jogar o cigarro no chão e pisar em cima com a sola do mocassim de couro preto.

— Eu não ficaria tão feliz com isso. — Ele cruzou os braços e mexeu a cabeça, daquele jeito ridículo que só personagem bobo de filme fazia.

— Só o fato de vocês gastarem saliva falando de mim já é o suficiente para me deixar satisfeito, é sinal de que vocês pelo menos têm bom gosto para conversas.

— Eu quero ver se você é mesmo tão bom na dança quanto é bom em se sentir superior.

— Tenho certeza que sou.

Atrás dele, um assobio agudo e alto reverberou de Anthony, como forma de incentivo, e palminhas de Katherine e Lorraine. Joshua estalou a língua no céu da boca, achando ainda mais hilário a forma como o criticavam dentro da Academia, mas fora dela pediam sua ajuda em um duelo de dança. *Tsc*, eles eram um bando de hipócritas mesquinhos e falsos, que gostavam de criticar o jeito que Joshua agia e pensava praticamente o tempo inteiro, só porque ele não fazia questão de esconder o que pensava. De qualquer forma, não se importava. Não quando, mesmo contra a própria vontade, estava prestes a mostrar para outras pessoas como sua dança era boa o bastante para ganhar em qualquer lugar que fosse, principalmente de dançarinos de rua amadores, como os amigos de Richard.

— A única regra desse duelo é não tocar no adversário — Richard murmurou depois que Joshua e Rowan se posicionaram um em frente ao outro. Lorraine puxou sua bolsa do ombro depois que ele chutou os sapatos dos pés, sentindo a aspereza do chão pinicar as solas e uma adrenalina explodir, como bomba de gás, por todo o corpo.

Joshua tinha certeza de que a dança era seu combustível, o que podia ser letal, ao mesmo tempo que enchia seu corpo de vida.

O primeiro passo foi dado por Rowan: ele mexeu os braços para cima e deu uma pirueta tripla que fez Joshua bocejar. Ela era fraca e sem técnica, até Jeffrey, que não sabia absolutamente nada de dança, conseguia dar uma pirueta tão ruim quanto aquela. Quando Rowan terminou de fazer sua sequência e os gritos e as palmas dos amigos dele foram ouvidos, Joshua lambeu os lábios, para provocá-lo, e então, esticou uma perna ao lado do corpo e girou três *fouettes*, pouco se importando com a dor de arranhar a sola do pé no asfalto daquele jeito, seguindo de uma sequência inteira de piruetas com a perna, agora, dobrada. Ele parou de uma vez, com uma mão espalmada no chão, e impulsionou o corpo para cair de um jeito que não machucaria seus joelhos com o impacto. Ele dobrou a perna de base, jogou a outra para cima, tocando com ela na lateral do rosto, e finalizou com as mãos jogadas atrás do corpo, as costas arqueadas e a cabeça levemente tombada para trás, quase tocando o chão.

Rowan não tinha uma expressão muito satisfeita no rosto, o que deixava Joshua ainda mais motivado para vencê-lo naquele duelo idiota. Ninguém ganhava dele, ninguém era bom o bastante para chegar aos seus pés. Poderiam até tentar, mas iam morrer no processo.

— Vai, Josh! — Anthony gritou atrás dele, e se fosse em qualquer outra circunstância, ele teria rolado os olhos e ignorado. — Mostra para ele que os engomadinhos mandam bem na dança.

Atrás dos prédios de tijolos, o Sol ia embora. O amarelo vivo dos raios sumia aos poucos e dava lugar às cores frias do fim do dia. As nuvens, ainda muito presentes no céu, brilhavam, refletindo o que restava da luz do sol. Parte dessa luz batia no rosto de Joshua e fazia sua pele se tornar quase dourada de um lado. Ele estalou o pescoço quando Rowan finalizou mais uma sequência, com o dedo erguido perto de seu nariz, sem o tocar. Joshua não estava impressionado.

O cansaço já batia forte em seu corpo, e ele queria ir embora para casa. Estava perdendo um tempo precioso, que poderia estar sendo gasto em ensaios produtivos, com o auxílio de sua mãe. Estava no meio da rua, sujando os pés e a calça novinha, duelando com gente que ele nunca havia visto na vida, apenas para calar a boca deles em relação à sua dança. Joshua não se importava que falassem mal dele, mas não deixava que duvidassem de seu talento.

Ele voltou para o chão e arrastou as pernas longas e esticadas para o lado, abrindo-as em um espacate elegante, com linhas firmes quase imperceptíveis, por causa da calça muito folgada. Então, arrastou uma delas por trás do corpo, praticamente girando tudo, para que as duas pernas se encontrassem de volta na frente do seu tronco, em um movimento conectado. Pulou, novamente, com uma mão espalmada no chão, como se fosse fazer uma parada de mão, mas só esticou uma perna para cima, fazendo um espacate com o tronco abaixado, tão esticado que os nervos dentro dos músculos ardiam pelo esforço. Rowan olhava para ele, respirando muito fundo, com a vitória sendo sua antes mesmo de terminar a sequência inteira. Ele fez um charminho para Rowan com a cabeça, jogando os cabelos para trás, saltou, em um *grand jeté*, ao lado dele, piscando um dos olhos na sua direção, e então, virou de costas e olhou bem fundo nos olhos de Ren, capturando o exato momento em que ele engoliu em seco e os gritos e assobios de Katherine, Lorraine e Anthony foram ouvidos.

— É, você é mesmo bom — Rowan murmurou, deixando explícito o quão insatisfeito estava com aquela vitória.

Joshua estalou a língua no céu da boca, depois de enfiar os pés de volta nos sapatos.

— Eu sei.

Ele pegou a bolsa das mãos de Lorraine e não esperou por mais ninguém antes de começar a caminhar para longe deles.

Ren não queria ter que admitir, pelo menos não em voz alta, o quanto Joshua era bom dançando. Se fosse possível, mesmo que tivesse alguma chance, ele preferia se calar, porque inflar o ego de Joshua não era uma opção considerável e não estava aberta a discussão.

Quando Joshua sumiu na esquina de um prédio, Rowan e o pessoal que o acompanhava estavam em silêncio, como se admirassem sua presença, ou a falta dela, depois do duelo. Ele tinha mesmo mandado muito bem, parecia estar dançando em cima do palco, com um público enorme assistindo, com luzes brilhantes no rosto, sentindo aquela sensação gostosa, de fazer o que mais gostava na vida, queimando os nervos e a pele. Joshua respirava dança em cada canto, e sobre isso Ren não podia discordar, porque ele fazia tudo pensando em um futuro brilhante e profissional. Então, nunca errava nesse quesito e nunca deixava que o diminuíssem de alguma forma.

Ren sentia um pouco de inveja, bem pouca, daquela que dá para esconder facilmente. Joshua podia ter muitos defeitos, mas ele era a porra de um desgraçado talentoso e sabia disso.

Quando o silêncio se tornou incômodo, Ren decidiu que era hora de ir embora. Despediu-se dos amigos e acenou timidamente para o pessoal de Richard, dispensando a companhia de Katherine e Anthony, mesmo que eles fossem para o mesmo lado. Ele queria ficar um pouco sozinho, pensar em como sua vida tinha mudado drasticamente, em um intervalo muito curto de tempo, e no quanto estava sendo difícil lidar com essa mudança. Estava com saudade da sua casa, dos seus amigos, do seu pai e da rotina nada puxada que levava antes. Na academia que frequentava no Japão, Ren não sentia tanta pressão assim, não sentia medo de errar e, principalmente, não sentia medo de não ser um bailarino competente. Ele só ia até lá, fazia as aulas como um *hobby*, filmava alguns ensaios e postava os que mais gostava em seu Instagram. E só.

Agora, em Nova Iorque, Ren tinha aulas praticamente o dia inteiro, em todas as modalidades que a Bolshoi oferecia, e era difícil acompanhar o ritmo dos bailarinos de lá, porque eles respiravam o balé. Joshua era a prova disso: ele não tinha vida além da dança, e Ren duvidava muito que ele fizesse qualquer coisa extra com toda aquela rotina. Era sufocante, estressante e muito exaustivo.

Ren sentia falta de ar com frequência, sempre que pensava no papel que havia ganhado. Porra, ele era o principal! E todo mundo sabia que a pressão caía inteira em cima dos ombros de quem estava no centro. Se Joshua não fosse tão arrogante, Ren perguntaria como ele conseguia lidar com tudo aquilo. Mas era quase certo que a resposta seria algo inclinado para o deboche e ele o chamando de fracassado medíocre logo depois.

E como se já não bastasse estar pensando nele, vê-lo se aproximar fez o corpo de Ren acender e queimar só pela forma como Joshua andava, parecendo desfilar pelas ruas parcialmente escuras, iluminadas apenas pelos postes com luzes amarelas. Ren se encostou na máquina de conveniência e percebeu que não tinha parado, ainda, para analisá-lo com roupas que não fossem as costumeiras malhas justas. Joshua estava bonito com aquele conjunto. Não era esteticamente algo que poderia funcionar em qualquer pessoa, mas em Joshua pareceu cair feito uma luva. As mãos enfiadas no bolso da calça de alfaiataria quase bege, com aqueles sapatos mocassins com o couro desgastado, além da jaqueta jeans totalmente destoante de todo o resto. Ainda que Ren nunca usasse nada assim, porque preferia a simplicidade única de uma camisa qualquer e calça jeans que variavam só no tom e no local em que estavam rasgadas, ele tinha que admitir que aquele estilo de roupa combinava com Joshua.

Ren bebeu um longo gole da água na garrafa que comprou na máquina instantânea, querendo desesperadamente camuflar e esquecer os pensamentos que ricochetearam sua mente com força em relação a Joshua na sala de sapateado alguns dias antes, sem ousar olhar muito mais na direção dele. A presença forte de Joshua esvaindo egocentrismo pelos poros era o suficiente para que Ren soubesse quem era que estava, agora, ao seu lado.

— Você está me perseguindo ou é impressão minha?

— Eu também sinto sede, sabia? — Joshua respondeu, com deboche evidente, passando os olhos pela máquina de bebida, procurando algo que o agradasse.

— No fundo, mas bem lá no fundo, você deve ser gente como a gente também — Ren disse, terminando de beber a água em um único gole, de um jeito quase desesperado. Então, jogou a garrafa na lata de lixo ao lado. — Você não tinha ido embora?

— Você me pegou em um momento desprevenido naquele banheiro, quando eu estava chapado e sem os sentidos, mas será que agora você consegue escapar? — Joshua aproximou o corpo do de Ren, sussurrando perto do seu ouvido, com aquela voz grossa mexendo com tudo dentro do seu estômago, fazendo todos os pelos finos do seu pescoço eriçarem. Ren deu de ombros, ainda tentando disfarçar o quão afetado estava por aquela proximidade repentina, e saiu de perto da máquina com Joshua no seu encalço, sorrindo meio presunçoso, como sempre.

Ren olhou para o céu enquanto andava, ainda sentindo os passos duros de Joshua atrás dele, até que sentiu seu braço ser puxado com força e direcionado, de maneira bruta, para uma parte escura de um beco qualquer. Suas costas, com os músculos doloridos de tantas aulas, chocaram-se forte em uma parede úmida com cheiro forte de lixo, ainda que o perfume forte, misturado ao odor do suor de Joshua, sobressaísse-se ao cheiro ruim que, comumente, arderia seu nariz. O corpo dele colidiu contra o seu, forte e duro, pressionando Ren na parede, sem ter para onde sair, porque, de um lado, não tinha saída, e do outro, a caçamba fedorenta do lixo impedia qualquer passo que Ren pudesse dar. De qualquer forma, Ren não queria se afastar, ele queria ficar e descobrir quais os planos que Joshua tinha, apesar de que estavam escancarados, escorrendo, como brasa quente, pelos seus olhos azuis, quase soturnos na pouca luz que entrava no beco.

— Olha... — Joshua espalmou uma mão na parede, ao lado do rosto de Ren, e a outra mão deslizou até se firmar na sua cintura. Então, aproximou o rosto do dele, passando a ponta do nariz gelado na bochecha de Ren, até que os lábios, quentes e macios, estivessem raspando muito próximo da sua orelha. — Eu não gostei nada de ficar daquele jeito que você me deixou na sala.

Ren deixou uma risadinha baixa escapar dos lábios, virando o rosto para o lado oposto ao de Joshua, afastando-se dele apenas para poupar um pouco do que restava de sua sanidade. Ele puxou o ar com dificuldade, tentando focar apenas no cheiro que vinha de Joshua, ao invés do odor molhado e fedorento do beco. O calor que vinha dele era como um soco no seu estômago, porque Joshua era quente e Ren queria tocá-lo, mas, apesar disso, ele não daria o braço a torcer com tanta facilidade assim.

— Não gostou de ter ficado duro ou não gostou de ter batido uma para mim sozinho? Me prender em uma parede não vai me fazer te dar um boquete nem te bater uma punheta, Joshua.

— Eu não gosto quando o serviço não é completo, Ren — Joshua resmungou, irritado, pressionando com mais força a mão na cintura de Ren. A força que ele fez, usando os dedos, deixou-o tão quente quanto na dança que tiveram a sós. Ren precisava ser forte, ou cederia à tentação de cair de joelhos naquele chão sujo e se deixar derreter pelo sabor do prazer que senti-lo contra sua boca poderia proporcionar. — Ou você termina ou nem começa.

— Você está tão desesperado assim por uma punheta, Joshua? Ou está desesperado para ter o que não pode? — Ren estufou o peito e soltou o ar pela boca, agora olhando diretamente nos olhos de Joshua, embriagando-o inteiro com a sua sensualidade cortante, seus olhos estreitos e brilhantes, que diziam totalmente o contrário do que saía pela boca, refletindo nos de Joshua.

Joshua praticamente rosnou no seu ouvido, envolvendo os dois naquela bolha cheia de tesão acumulado.

— Eu tenho tudo o que quero, Ren, inclusive você, se eu realmente quisesse, é claro... — Joshua apertou mais a sua cintura e o próprio corpo contra o seu, pressionando-o ainda mais na parede.

— Se você realmente quisesse? O seu pau me mostrou o que você realmente quer. Se entrega, larga essa marra, estamos só nós dois aqui — disse, sentindo-se um verdadeiro fracassado que não conseguia dizer não às investidas de Joshua, mas a verdade por trás do que dizia era clara, Ren só queria não ser o primeiro a ceder. — Vamos, diga que você quer me ver ajoelhado diante de você, chupando o seu pau como se fosse um pirulito. Assuma, Joshua!

Ren provocou, com o tom de voz mais grosso, e então, puxou Joshua pelo cós da calça, até que não existisse mais espaço entre as pélvis marcadas, nublando a sua visão com o êxtase da sensação da pele de Joshua no seu nariz.

— Se eu admitir que quero, você vai fazer isso ou vai se fingir de santinho? — Joshua falou baixo no seu ouvido enquanto levava uma das mãos para a coxa de Ren, erguendo a sua perna e enfiando-se no meio. Então, deixou uma mordida leve no lóbulo, seguido de um beijo chupado, com a saliva gelada escorrendo pelo pescoço quente.

— Eu não sou santo, Joshua, posso até ser um pouco hipócrita, mas eu não minto, ao contrário de você.

— Então, prova que não é.

Desta vez, Ren achou que tivesse vencido a batalha com Joshua, então não tinha mais porque segurar a vontade de tocá-lo por inteiro. Ele se aproximou um pouco, o suficiente para sentir o hálito quente da boca de Joshua cortando os lábios, e então, sussurrou, quase com elas se tocando:

— Vou resolver nosso probleminha daquele dia, mas você não pode me tocar.

— Gosto de um desafio e de um serviço bem feito.

Ren foi rápido em inverter as posições, pressionando Joshua contra a parede com tanta força que ele chiou, irritado, e o apertou na cintura. Ren estalou a língua no céu da boca, negou com a cabeça e, então, afastou a mão dele do seu corpo e deslizou a língua ousada de um canto para o outro pela boca, antes de se abaixar e raspar o nariz no tecido fino da calça que Joshua usava.

Estava esfriando, mas o vento não chegava no beco, muito menos seria capaz de congelar qualquer parte do corpo deles, estando imersos em um calor interno como aquele. Joshua apertava os olhos e espalmava as mãos desesperadamente na parede úmida, praticamente sussurrando para que Ren o chupasse de uma vez. Era tão bom escutá-lo implorando daquele jeito, que Ren sentia tudo arder e queimar na boca do estômago, como se todos os seus órgãos fossem explodir apenas por estar satisfazendo um desejo tão forte.

A calça de Joshua deslizou raspando, em uma delicadeza totalmente contrária ao desespero de Ren, e o botão redondo arranhou superficialmente uma parte da coxa dele, nada que fizesse um grande estrago. Ren salivou, vendo o volume escondido dentro da cueca cinza, quase pulsando sob seus olhos. Joshua parecia grosso, de um jeito que fez Ren sentir ainda mais vontade de chupá-lo por inteiro.

A boca dele acumulava saliva fina, fazendo com que uma parte escorresse pelos cantos. Esse foi o momento em que Ren decidiu parar de enrolar e admirar o que ainda não podia ver. Ele apertou os dedos contra a barra da cueca, respirando com dificuldade extrema quando o pau duro de Joshua colidiu contra seu rosto e manchou a bochecha, com a fina camada de esperma que escorria em jatos pequenos pela fenda extremamente vermelha. Estava inchado, com as veias expostas bombeando sangue para a glande. Joshua tinha um pau muito bonito, e Ren se sentiu sortudo por vê-lo tão de perto.

— Engole tudo, *Bebê Cisne* — disse, com o tom de voz grosso ecoando por todos os lugares. — Eu sei que você consegue.

Joshua abriu as pernas e Ren se enfiou ainda mais entre elas, sentindo que, talvez, seu esforço anterior para parecer forte e nada afetado tenha sido completamente em vão. Porque não havia como Joshua não ter notado como ele desejava enfiar tudo na boca, como sua vontade escorria, brilhosa, pelo canto dos lábios e como seu pau esmagava a calça de um jeito muito incômodo. E pensando desse jeito, Ren abriu a boca, e o que sentiu, o que veio com tudo para dentro, foi aquele gosto intenso de prazer que o fazia revirar os olhos.

*Porra*, Joshua tinha um gosto tão bom, doce do jeito que Ren mais apreciava. E ele se deleitou inteiro, chupando, lambendo e raspando os dentes, babando e fazendo a saliva escorrer no pau de Joshua e no seu queixo.

Ren apertou a coxa dele, deslizou as unhas pela pele e tomou cuidado para não arranhar muito, ouvindo os arfares desesperados que saíam da boca de Joshua, com o som ecoando como as sinfonias de Tchaikovsky que tanto escutava durante as aulas.

Estava delirando ou achava que, de repente, não existia mais nada além dele e de Joshua no mundo. Do aperto que antes não existia e que, agora, engolia sua sanidade. Joshua subiu uma perna, firmando-se, com a ajuda de Ren, no chão, e então, a colocou em cima do seu ombro e pressionou a coxa no seu rosto, em um aperto que quase fez Ren gozar nas calças.

— Está gostando de sentir meu pau inteiro na sua boca, não é, *baby*?

Ren se arrepiou, olhando de baixo para o rosto de Joshua. Ele estava contorcendo de prazer, com o rosto todo, cada linha marcada, e era a coisa mais bonita que já havia visto fora de seu juízo.

— Você é uma piada.

Então, Joshua forçou o quadril para a frente, fazendo Ren engolir tudo de uma vez. Ele engasgou, e filetes de lágrimas escorreram pelos cantos dos olhos. No entanto, não iria parar, não quando essa brutalidade de Joshua lhe dava tanto tesão.

Ren sugava e lambia o pau de Joshua de uma maneira tão devassa que até ele mesmo estava surpreso com o que fazia. Contorcia a língua pela ereção, sem deixar escapar nada, criando vincos com as bochechas, para que deixasse mais apertado e quente o interior da sua boca e arrancasse mais suspiros e gemidos sôfregos de Joshua.

— Chupa tudo, *baby*, eu sei que cabe. — Joshua tentou prender os dedos nos cabelos suados de Ren, para que entrasse tudo de vez na garganta dele, mas Ren puxou suas mãos com brutalidade, olhando para cima e mantendo as sobrancelhas unidas, penetrando Joshua com os olhos cheios de luxúria e prazer. Prendeu as mãos de Joshua para trás, contra a parede, e retirou o pau duro da boca, babado, deixando escorrer pré-gozo misturado à saliva.

— Se me tocar de novo, eu arranco a cabeça do seu pau e jogo na sua cara.

Joshua sorriu de canto com suas palavras duras e embargadas de tesão. E era tanto tesão, que Ren sentia as bochechas em um tom de vermelho excitante e se remexia delicadamente, tentando um atrito que o satisfizesse também.

Ren colocou o pau duro na boca novamente, sem o uso das mãos. Era bom nisso e sabia fazer um boquete excelente quando queria. O barulho da sucção causava arrepios na boca do seu estômago e na virilha, com a cueca apertada e cada vez mais molhada pelo pau negligenciado, que pedia por um atrito e para gozar forte e gostoso, ainda mais em um local público. Ren levou a boca até o limite que conseguiu, relaxando a garganta e abrigando a extensão e grossura de Joshua, batendo com o nariz gelado na pélvis que continha alguns charmosos pelinhos escuros. Ren soltou grunhidos roucos, para que a sensação de tremor fizesse Joshua rolar os olhos. Ficou assim até quando aguentou, puxando devagar a boca do pau dele, arrastando os dentes levemente pelas veias inchadas até que chegasse à glande, a qual encaixou nos lábios e sugou como se fosse realmente um pirulito grande e saboroso, passando a língua descontroladamente pela fenda, que expelia cada vez mais o líquido viscoso.

Joshua respirava de maneira entrecortada, jogando o quadril para a frente e tentando foder a boca de Ren de qualquer jeito. Ele o apertava com os lábios de uma maneira gostosa, tão gostosa que seria difícil conseguir algo desse tipo depois.

— Essa boca suja não serve só para me insultar e... — Joshua soltou um gemido quando Ren retirou o pau da boca em um estalo agudo, deixando a brisa gelada da rua causar arrepios prazerosos em Joshua, abaixando a boca e colocando uma das bolas pesadas dentro, massageando com a língua e sugando tudo para dentro.

— E? — Ren soltou as bolas dele, passando novamente a língua devagar pelo pau, olhando com firmeza para os olhos de Joshua.

— Ela também sabe como chupar um pau, mas eu vejo que você também está excitado. Quer uma ajudinha? — Joshua riu, e Ren sentiu o prazer tomar conta de seu corpo. Sua virilha pareceu gritar para que gozasse tudo.

Ren balançou a cabeça em um momento de fraqueza, retirando uma das mãos da parede e apertando o próprio pau duramente, gemendo de prazer e tesão, gemendo por querer ter algo para que pudesse descontar sua vontade de gozar.

Joshua aproveitou uma das mãos livres e soltou a outra. Ren sentiu quando ele apertou com força sua nuca, retirando o pau dele da sua boca, apertando a extensão e masturbando freneticamente. Ren ouvia os gemidos contidos de Joshua enquanto rolava os olhos para trás, principalmente quando ele começou a bater com a cabeça do pau na sua boca, surrando ela e a bochecha, esfregando tudo sem pudor algum. Até que Ren viu os olhos dele rolarem para trás com muita força, eles praticamente tremiam, e se fecharam, ao mesmo tempo que ele veio com força e melou todo o seu rosto, sujando cada parte exposta de pele com seu prazer perolado, esfregando o pau por cima, até que os jatos diminuíssem e o orgasmo desse fim.

Ren ergueu-se do chão, atônito com o prazer que ainda não havia liberado, com o rosto inteiro melado, escorrendo pelo queixo, buscando qualquer contato com Joshua, esfregando seu pau marcado no pau exposto dele. Lambeu a clavícula à mostra, por baixo da jaqueta jeans, e deixou um chupão na pele morena, querendo continuar aquilo até que Joshua estivesse dentro dele. No entanto, o que recebeu foram duas mãos o empurrando e uma risada sarcástica regada à prazer, ouvindo o barulho de um zíper ser fechado e os olhos de Joshua encontrando com os seus, pedintes e cheios de tesão.

— Não vai me retribuir? Ou quer sair daqui? — Ren perguntou, ainda atordoado e com o pau doendo dentro da cueca, desesperado para sentir as mãos de Joshua apertando-o e punhetando com força desmedida, até que não existisse mais nada para sair de dentro dele.

— Nem um nem outro — Joshua respondeu, sorrindo de canto ao passar as mãos nos cabelos suados, e depois alinhou a roupa no corpo, fechando o botão da calça.

— O quê?

— Agora você vai aprender que não se deve brincar comigo, mesmo que você esteja louco pra que eu te foda.

Joshua se virou, deixando Ren sozinho, atordoado no beco, com a respiração acelerada e os olhos faiscando de ódio. Ele quis gritar, mandá-lo voltar e terminar o que começaram, mas não iria se rebaixar àquele nível, muito menos se humilhar por Joshua.

*Foda-se*, Ren decidiu: agora não cederia mais a nenhuma vontade que tivesse relação com Joshua.

Na verdade, a única relação que teria com ele seria a de destruir todos os planos que Joshua tivesse, assim como aquele jeito prepotente e arrogante. Afinal, agora ele iria conhecer quem era Ren Yamazaki de verdade.

# INSEGURANÇA LETAL

Chegar em casa durante a noite era cansativo. Joshua queria ter chegado antes do pôr do sol, mas aceitou ir com Lorraine e os outros conhecer os amigos de Richard apenas porque não queria ter que lidar com a insistência dela. Estava arrependido de ter ido, porque havia perdido horas de treinos brincando de duelo no meio da rua. Joshua era um bailarino profissional, ele não dançava na rua, com os pés descalços, para provar para gente insignificante que sabia dançar. Ele sabia e ninguém tinha o direito de duvidar disso.

Juliet estava na sala assistindo televisão, enquanto bebia uma latinha de cerveja e ria de alguma piada idiota que o apresentador do programa havia contado ao artista convidado. Ela o olhou, assim que entrou em casa, arqueou uma sobrancelha e cruzou as pernas.

— Você demorou, o que estava fazendo até agora na rua?

— A Lorraine encheu meu saco para sair com o Richard e os outros. — Coçou os olhos, sentindo-os meio pesados e cansados.

— Vá tomar um banho.

— Você pode me ajudar com os ensaios mais tarde? — pediu, fechando a porta. — Eu preciso muito ensaiar.

— Posso, mas você precisa comer antes.

— Não estou com fome.

— Conversamos sobre isso depois do seu banho.

Joshua suspirou. Ele não queria discutir com sua mãe sobre sua alimentação e acabar perdendo mais tempo de ensaio, então só deu de ombros e saiu da sala, caminhando até seu quarto, na intenção de arrancar todas aquelas roupas sujas e se enfiar dentro da banheira até sentir os músculos relaxados. Jogou todas elas e a bolsa no chão, sem se importar com a bagunça que deixava pelo quarto, entrou no banheiro, ligou o registro da banheira e, enquanto ela enchia, sentou-se no vaso. Seu pé ardia e parecia inchado, a sola dele estava vermelha e arranhada. Joshua amaldiçoou aquele imbecil do Rowan e todos os outros que estavam na rua com eles, sentindo vontade de gritar e explodir até que eles ficassem surdos.

Esfregou as solas dos pés com as mãos, pouco se importando com a ardência dos arranhões, desesperado para sentir alguma coisa que o fizesse sentir vontade de viver. O banheiro era um lugar que fazia seus pensamentos se tornarem confusos e abstratos, de um jeito que parecia gritar no abafado, como se estivesse preso em uma caverna escura e úmida, porque era assim que Joshua sempre se sentia dentro de um banheiro: aprisionado. Ele se levantou, arrastando os pés até a banheira, tirou a cueca e entrou. A sola do pé ardeu muito mais, mas ele não se importava. Dor física nenhuma o machucava tanto quanto as que sentia por dentro, aquele medo incontrolável de perder e errar, fazendo-o constantemente se sentir um fracassado.

Joshua era bom em tudo que fazia, mas ser bom como ele era exigia um preço alto, que ele não podia pagar o tempo inteiro, e estava começando a se desgastar mais do que conseguia suportar. De repente, o ar dos pulmões se prendeu em algum lugar da traqueia e respirar se tornou uma tarefa muito difícil de fazer. Joshua bateu no próprio peito com o punho fechado e abriu a boca, soltando tudo de uma vez, antes de mergulhar todo o corpo na água morna. Enxergar tudo embaçado pareceu, momentaneamente, uma dádiva, com os olhos abertos dentro da água translúcida, enxergando tudo balançando, a luz no teto se tornando muito mais espalhada.

Quando emergiu, seu peito queimava e seus olhos ardiam, mas o que incomodava mesmo era a sensação de desgaste emocional.

Estava cansado, não do balé, mas de alguma coisa que o fazia se sentir desse jeito todas as noites, quando tentava relaxar.

Saiu da banheira sem se importar com a água do seu corpo pingando no chão, porque a toalha estava jogada em cima da sua cama. Ele caminhou até ela e esfregou todo o seu corpo, agoniado para retirar toda essa sensação angustiante dos músculos. Vestiu uma bermuda folgada de tactel, uma regata branca com a língua do *Rolling Stones* estampada no meio dela e saiu do quarto, depois de pegar sua sapatilha dentro da bolsa. Juliet não estava mais na sala, mas a televisão permanecia ligada e o barulho de talheres era ouvido da cozinha.

Joshua bateu a testa levemente na parede da sala, antes de começar a arrastar o centro de mesa para o canto para conseguir mais espaço na sala. Calçou as sapatilhas, sentou-se no chão para se alongar, esticou as pernas no chão e abaixou o tronco, deitando a testa no joelho e tocando as mãos nos dedos dos pés em ponta.

— *Mãe!* — gritou ao levantar o tronco. — Eu já estou esperando.

— Venha comer! — ela gritou de volta.

— Depois do ensaio. Eu já perdi muito tempo na rua e no banho, por favor.

Juliet apareceu na sala, olhando-o meio indecisa, mas Joshua forçou uma expressão meio pidona que ele quase nunca fazia. Doeu seus músculos, mas pelo menos Juliet assentiu, tirou o avental sujo de molho de tomate do corpo e se aproximou.

Seus pés doíam e tinha uma bolha no mindinho que incomodava, mas mesmo assim, Joshua seguiu os comandos de Juliet, até que não conseguisse mais controlar a respiração. Os músculos, que antes relaxaram no banho, gritavam, desesperados, queimando seus nervos, e as dores nas panturrilhas e nas coxas faziam sua cabeça latejar. Ele ensaiou até que não conseguisse mais aguentar estar de pé, enxergando tudo meio embaçado, como se ainda estivesse dentro da banheira, e sem esperar pela comida que Juliet estava preparando para ele, Joshua se trancou no quarto, procurando dentro de uma caixinha de madeira cheia de adesivos relacionados ao balé e tirou lá de dentro um saquinho com analgésicos triturados, cheirando uma longa fileira em cima da tampa, até que o efeito dela o derrubasse pela noite inteira.

— Isso é mesmo necessário?

Jeffrey olhava para baixo, para as costas de Joshua embaixo dos seus pés descalços. Jeffrey fazia força com eles, para que sua barriga tocasse o chão e as pernas esticassem ao lado do corpo, em um *espacate* alongado e esguio.

— Eu preciso me alongar, Jeff.

— Comigo em cima de você?

— É só para que você force meu quadril pra baixo — disse, virando o rosto para o lado e esticando os braços para a frente. A barriga tocou completamente o chão, e mesmo sentindo os músculos das coxas ardendo e puxando, Joshua não deixou que Jeffrey saísse de cima por quase oito minutos. Quando ele saiu, resmungando que esses alongamentos de Joshua eram muito pesados, Juliet apareceu na sala com um copo enorme de vitamina de banana.

— Terminou de se alongar? — Joshua olhou para ela, ainda sentado no chão, só que agora ele havia fechado as pernas na frente do corpo e esticado as mãos para tocar os dedos dos pés com muita facilidade. Ele ignorou Juliet, fingindo que não tinha escutado, muito menos visto o que ela segurava na mão esquerda, apesar de saber que ela insistiria até que bebesse toda a vitamina, antes de sair. — Estou falando com você, Joshua.

— Não — respondeu, ainda sem olhar para ela. — Não terminei.

— Bom... — Sentou-se no sofá, cruzando as pernas, e balançou o copo com a vitamina de um lado para o outro. — Eu tenho todo o tempo do mundo para esperar até que você termine os alongamentos.

Joshua bufou, porque ele não tinha todo o tempo do mundo.

— Eu não quero isso.

— Eu não perguntei se queria.

— Mãe!

Juliet fez uma expressão de quem pouco se importava com as reclamações que viessem dele e Joshua respirou fundo, tentando prolongar o máximo de tempo que podia com os alongamentos. Ele se esticou, dobrou e puxou os músculos, pensando em formas distintas de conseguir sair daquela situação. As aulas do dia começavam às oito e meia, então ele tinha tempo até lá, e talvez conseguisse enrolar a mãe por mais alguns minutos, até que ela desistisse. No entanto, Juliet mostrava bastante determinação no seu trabalho de alimentá-lo.

— Que horas você precisa estar na universidade, Jeff? — ela perguntou para Jeffrey, ignorando os resmungos e protestos de Joshua, ainda sentado no chão da sala.

Escorado na parede que dividia a sala da cozinha, Jeffrey respondeu:

— Nove horas.

— Você pode levar o Josh, assim ele consegue beber a vitamina dele com mais calma.

— Claro, mãe.

— É sério?

Joshua olhou para Juliet com a pele da testa franzida e as sobrancelhas, quase unidas, tornando-se uma só. Ele se sentou direito no chão, entre o sofá e o móvel velho da tevê, apertou uma mão firme no tornozelo e a outra sustentou o peso do braço e das costas, com o corpo tombado para um único lado.

— Você chegou fraco ontem, pálido, e ainda vomitou água no banheiro — disse, olhando com firmeza para Joshua. Ele arregalou os olhos e, em seguida, abaixou a cabeça. — Eu pari você, Joshua, te conheço mais do que você mesmo se conhece. Não adianta esconder quando está passando mal. Eu sou sua mãe e, agora, estou dizendo que você só sai daqui depois que beber essa vitamina toda.

— Isso não é justo!

Bufou, jogando-se no sofá, ao lado de Juliet, o que a fez balançar levemente para cima por causa da sua brutalidade.

— É justo você passar mal desse jeito, todos os dias, porque não quer se alimentar?

Joshua não respondeu e não poderia, quando estava ciente de que sua falta de alimentação poderia prejudicá-lo. Ele não conseguia comer mais do que uma barrinha ruim de cereal por dia, pensando que, se engordasse uma grama que fosse, seria cortado da apresentação e perderia sua chance de ganhar a bolsa para treinar na *Royal Academy of Dance*. Então, pegou o copo da mão dela, mexeu-o de um lado para o outro, com o rosto contorcido em uma careta, o nariz franzido e os lábios presos, formando uma linha reta, e olhou para a vitamina.

— Posso beber só metade?

— Tudo.

— Deixa ele, mãe — Jeffrey murmurou, atraindo a atenção de Juliet, que o lançou uma expressão que dizia para que ele ficasse quieto, mas Jeffrey nunca ficava quieto quando o assunto era a alimentação precária que seu irmão mais novo levava. — Se ele passar mal no ensaio quem perde o papel é ele, não você.

— Vai se foder.

— Olha os modos! — Juliet reclamou, beliscando seu braço e esticando-se para dar um peteleco no quadril de Jeffrey.

Joshua olhou para a vitamina mais uma vez, então deu o primeiro gole nela, pensando que, só desta vez, não faria mal algum e talvez não ganhasse tanto peso com ela. Jeffrey não estava totalmente errado, porque se ele passasse mal no ensaio, Abigail o cortaria do papel, e já estava sendo difícil conviver e dançar com Ren sem que achasse estar pisando em uma corda bamba, prestes a cair e se machucar inteiro no chão — não que se importasse tanto em se machucar para conseguir o que queria. E se isso acontecesse, ele puxaria Ren junto. De qualquer forma, não podia vacilar e tinha que dar tudo que possuía. Deste modo, Joshua conseguiu beber metade da vitamina, mesmo que os goles que dava nela fossem muito pequenos. Demorou quase vinte minutos nisso. O estômago embrulhava cada vez que engolia uma quantidade, mesmo que pequena, queimava o peito e a garganta apertava.

Ele sentiu uma mão suave na sua cabeça, embrenhando-se nos cabelos ainda desarrumados, com as pontas onduladas e cheias escondendo uma parte da pele do pescoço e dos olhos. Os dedos de Juliet desceram para seu pescoço, um carinho materno foi deixado na região, e Joshua sentiu os olhos arderem com as lágrimas que escorriam pelos cantos, por causa do esforço que fazia para conseguir engolir uma mísera vitamina.

— Mãe... não aguento mais — disse, engolindo um soluço. — Já estou cheio.

— Tudo bem. — Ela pegou o copo da sua mão, escutando Jeffrey bufar de onde estava. — Tudo bem, você bebeu bastante. Termine de se arrumar, o Jeff tem que ir para a universidade, ele não pode se atrasar.

Joshua assentiu, limpando o canto dos olhos com as costas das mãos, então se levantou da sofá para entrar no quarto e terminar de se arrumar, mas antes que pudesse se esconder lá dentro, ouviu Jeffrey resmungar:

— Você é inacreditável.

Joshua segurou Ren pela cintura e impulsionou o corpo dele para cima, para colocá-lo sentado no seu ombro, mas antes que conseguisse chegar na metade do movimento, seu corpo cedeu e despencou no chão, o que fez Ren cair na sua barriga. Ele resmungou, como sempre fazia quando algo não saía do seu jeito, e Abigail olhou para eles com uma expressão de pura decepção, cruzando os braços em frente ao peito, insatisfeita.

— Qual o problema com vocês? — Ela olhou para eles, parada perto do espelho. — Não conseguem fazer um passo tão simples. Você está ofegante sem fazer esforço algum. — Apontou para Joshua com o dedo indicador, então se virou para Ren. — E você não parece estar se esforçando o suficiente para que ele consiga te levantar.

— Acho que sou muito pesado para o Joshua me levantar assim. — Ren coçou a nuca, parecendo levemente desconfortável com o clima do ensaio. Joshua achava que se continuassem nesse ritmo, Ren acabaria mesmo desistindo, porque ele não estava acostumado com todas aquelas cobranças como Joshua estava.

— Se ele quer ser um bailarino profissional, ele tem que conseguir te levantar.

— Tem razão, senhorita Abby. — Joshua se levantou do chão, com os olhos firmes presos nela. Ele voltou para a marca inicial e puxou Ren para perto pela barra da camiseta. — Só estou distraído, vou me concentrar agora.

Ren olhou para ele com as sobrancelhas escuras franzidas, mas Joshua apenas fez um gesto com a cabeça, pedindo que ele ficasse quieto e não piorasse a situação. Aquele dueto era importante, seria o diferencial do recital "O Lago dos Cisnes", porque, ao invés de a Odette dançar com o príncipe, ela escolheria dançar com a Odile, o que, com certeza, iria surpreender a todos na plateia. Era agressivo, bonito e os estilos de dança de Ren e Joshua combinavam; a questão, no entanto, era que em todo o resto eles não combinavam nem um pouco, e isso estava sendo um problema. Joshua conseguia se conectar muito fácil com Lorraine, e os dois juntos aprendiam os passos, sem dificuldades, em menos de um dia de ensaio. Com

Ren estava sendo o completo oposto. Era o terceiro dia, e eles ainda estavam empacados no mesmo lugar. Nem sequer tinham aprendido as variações inteiras ainda, a introdução do *grand Pas de Deux* não estava pronta, o adágio estava pela metade e eles eram um fiasco juntos.

Tentaram de novo, então mais uma vez e outra, até Abigail se irritar com a falta de empenho e encerrar a aula do jeito que estava, dando um ultimato de que, se os passos não saíssem até o próximo ensaio, os papéis seriam entregues para outras pessoas e eles perderiam a chance de se mostrar nessa apresentação.

Joshua não deixou Ren sair da sala, eles continuaram treinando até que suas forças fossem nulas e nenhum dos dois conseguisse mais se mover. Ren se jogou no chão e Joshua escorou a testa no espelho, respirando pesadamente, o que fazia o ar da sua boca colidir com o espelho e formar finas camadas de vapor, que o impediam de se enxergar direito. Suas inseguranças quase letais socavam a cabeça com tanta força que ele sentia os cantos latejando, fazendo borbulhar quente nas pálpebras dos olhos fechados.

Estava tão frustrado que foi inevitável não bufar de raiva e se virar para Ren com um dedo erguido em sua direção.

— A culpa é toda sua!

Ren o olhou por cima da franja suada, levantando-se do chão com uma expressão confusa.

— Do que está falando?

— Se você não tivesse vindo para cá, eu estaria fazendo esse *Pas de Deux* com a Lorraine, e com certeza não estaríamos tendo toda essa dificuldade no ensaio.

Joshua se aproximou de Ren com passos pesados e duros, fazendo uma força tremenda para não devolver os tapas que recebeu dele antes, mesmo que esse nunca tivesse sido seu plano inicial. Joshua preferia provocar usando palavras que atingissem bem lá no fundo, gritava e xingava, mas se precisasse socar Ren, para defender sua posição como melhor bailarino da Bolshoi, ele o faria sem pensar duas vezes.

Ren se aproximou também, praticamente unindo um peito ao outro, tão irritado com o que Joshua disse que podia sentir as lufadas de ar quente saindo do nariz dele.

— A culpa é minha? Você mal tem forças para se manter de pé, como que conseguiria erguer qualquer pessoa, incluindo a Lorraine? — murmurou contra o seu rosto, pouco se importando com o nariz espremendo o seu. — Não me culpe por vir para cá por conta do meu talento!

— Que talento, Ren? — Joshua riu em um tom claro de deboche, ele sabia que isso era muito pior do que se realmente decidisse socar a cara de Ren. — Ficar na ponta do pé qualquer um consegue, você não tem porte de bailarino clássico nem de costas no escuro.

— O que você disse?

Ren trincou a mandíbula e puxou Joshua pela gola da camisa, apertando-a entre os dedos, torcendo o tecido com tanta força que parecia doer.

— Além de ruim, é surdo? — Joshua o empurrou usando o nariz, pouco se importando em tirar a mão de Ren da sua camisa, sorrindo de maneira enviesada para camuflar o nervoso e a irritação líquida que vinha sentindo desde que eles se tornaram um Duo e só perdiam tempo de ensaios, porque não conseguiam entrar em um acordo que os beneficiasse de algum jeito. — Que belo parceiro que me arrumaram. Logo quando eu preciso de alguém que seja bom, sério e que saiba trabalhar em conjunto, me dão um projeto de dançarino de rua.

— Você mesmo está dizendo que precisa de mim, eu estou tentando colaborar e me encaixar no padrão da Academia — disse, bufando contra a boca de Joshua. A irritação dele escorria fina pela testa, com um suor líquido brilhando sobre a pele. — E você, o que tem feito além de tentar me sabotar, reclamar e se drogar?

— Cala a boca! — gritou, empurrando-o no peito, o que fez ele soltar a mão do aperto da sua camisa. — Não fala isso em voz alta, seu imbecil.

Ren cambaleou três passos para trás antes de se firmar no chão, olhando para Joshua com uma expressão tão irritada que arrepiou a linha da sua coluna inteira.

— Se não quer que eu diga em voz alta, dê um jeito de melhorar esse seu humor e se alimente como uma pessoa normal, porque eu não vou ficar caindo toda vez só porque você não tem forças para ficar em pé, seu inútil.

— Eu não obedeço você, fique sabendo disso. — Apontou um dedo no rosto dele, apertando os dentes em uma linha reta.

— Mas obedece a Abigail, e se você não colaborar, nós dois seremos cortados do programa e adeus à tentativa de bolsa — Ren disse, piscando os olhos, então cruzou os braços e lhe direcionou um olhar duro. — Você escolhe, Joshua.

— O seu falatório está me dando enjoo, vamos acabar logo com essa porcaria, ou eu não vou aguentar mais do que uma hora ao seu lado se continuar cacarejando nos meus ouvidos.

— Ótimo, feche a boca, porque o som da sua voz me irrita.

— Perfeito.

Ainda que fosse difícil colaborar com Ren de um jeito que não acabassem trocando farpas, ele estava certo, mesmo que nunca fosse admitir isso em voz alta. Se não fossem bem no próximo ensaio, Abigail os cortaria da apresentação e todo o esforço que Joshua vinha dedicando, desde que começou a dançar, seria jogado pelo ralo.

Ele bufou e tirou a camisa do corpo com extrema agonia, sentindo que o suor que escorria do seu pescoço até o peito queimava tudo no meio do caminho, então se colocou no meio da sala e esperou que Ren fizesse a mesma coisa. Quando ele se aproximou, segurou-o firmemente na cintura e respirou fundo antes de impulsioná-lo para cima, mas suas pernas cederam novamente, tremendo os joelhos. Ren caiu com as costas no seu peito e o cotovelo dele batendo forte na sua costela.

Joshua chiou.

— Merda, merda, merda.

— Você não vai conseguir me levantar desse jeito, Joshua — Ren resmungou, saindo de cima do seu corpo, voltando a ficar de pé. — Está fraco e eu sou muito mais pesado que você.

— Você só tem mais músculo que eu, não deveria estar sendo tão difícil.

— Está sendo difícil porque você está fraco!

— Eu não estou fraco!

— Sua boca está sem cor, Joshua, acorda!

— Eu estou bem — disse, praticamente sussurrando a resposta, desviando os olhos de Ren. — Vamos continuar.

Ren não reclamou, e eles continuaram ensaiando até que a luz do Sol não entrasse mais pelas janelas altas, quando não havia mais ninguém na academia, além deles e dos professores, que só saíam quando o último aluno ia embora.

Quando Joshua deixou a sala de ensaio, ele estava cansado, suado e extremamente ofegante. Havia conseguido levantar Ren só uma vez e achava que seria difícil conseguir de novo, então estava verdadeiramente com medo de que Abigail o cortasse da apresentação. Isso o fazia tremer e congelar de dentro para fora, mas precisou segurar praticamente todas as suas frustrações durante o ensaio, porque não podia mostrar para Ren que estava com medo, que achava que não conseguiria desta vez. Era tão ruim pensar isso, sair da zona de conforto nunca era bom, e Joshua estava a muito tempo nela para sentir a diferença, agora que havia sido puxado bruscamente para fora.

Ele não fez questão de se despedir de Ren, tampouco se importou de senti-lo seguindo-o até o vestiário, apesar de que Joshua queria ir de uma vez para casa, trancar-se no quarto e ensaiar até que os calos nos seus dedos estourassem e sangrassem, porque só desse jeito não sentiria medo de perder algo importante. Estaria ocupado demais, enrolando esparadrapo nos dedos, para pensar em qualquer outra coisa.

Ele jogou a bolsa no chão do vestiário, tirando de lá de dentro um maço de cigarros pela metade e seu isqueiro velho. Ouviu Ren bufar, mas ignorou por todo o tempo em que trocava de roupa, apertando o cigarro entre os lábios e pouco se importando com o cheiro de nicotina que impregnava o lugar fechado.

Não o incomodava, então que se foda!

Joshua se vestiu com pressa, mas antes que pudesse sair do vestiário, seus olhos correram, automáticos, pelo ambiente fechado, apenas para capturar a imagem das costas nuas de Ren, cada linha dos músculos dele tencionando-se ao se mexer, da bunda dele delineada sob a cueca preta e das coxas grossas à mostra. Ele retirou o cigarro da boca com dois dedos, pressionando-o, então se aproximou de Ren lentamente, porque a visão das costas dele era tão bonita que poderia admirá-las por muito mais tempo. Quando chegou perto de Ren, Joshua levou o cigarro novamente para a boca, tragou fundo o que conseguiu e soprou a fumaça para fora, bem próximo ao pescoço e à mandíbula dele, fazendo os ombros de Ren arriarem por causa do susto. Em seguida, um risinho debochado saiu de dentro dos lábios rosados dele.

— Não aguenta olhar sem tocar?

Joshua colou seu peito nas costas de Ren e aproximou o nariz da nuca dele, lambendo uma camada de pele até perto do lóbulo do ouvido dele, com uma única argola prateada pendurada na carne.

— E você por acaso quer que eu te toque?

Ele virou para a frente, e Joshua viu a oportunidade perfeita para puxá-lo pela cintura, mas Ren o empurrou minimamente, com o indicador estendido no seu peito.

— Você já ganhou o suficiente de mim — Ren disse, voltando a se vestir.

Ren terminou de se vestir, ignorando completamente a presença emburrada de Joshua no vestiário, guardando suas coisas com tanta calma que conseguia sentir a irritação líquida dele aumentar por cada segundo que demorava a mais lá dentro. E ele fazia questão de demorar, porque era tão bom sentir que Joshua queria tocá-lo, mesmo depois de tê-lo deixado no beco sozinho com uma puta ereção no meio das pernas. Não entendia porque ele simplesmente não ia embora, mas não cederia tão facilmente. Então, depois de quase dez minutos naquela troca que ninguém recebia nada, Joshua jogou a bituca de cigarro na pia e saiu bufando pela porta, carregando a bolsa nos ombros.

Ren riu dele.

Provocar Joshua, a ponto de vê-lo quase vermelho de raiva, era quase tão satisfatório quanto dançar e acertar uma sequência difícil de passos. Ele esperou mais cinco minutos, para ter certeza de que Joshua não estaria mais no prédio quando saísse, só que o que aconteceu depois disso não deveria ter sido uma surpresa tão grande assim. Porém, Ren arregalou os olhos quando encontrou Joshua no final do corredor, com o celular dele estendido na fresta aberta de uma das portas das salas, e na imagem, bem clara e focada, estava Hunter, inconfundível, e beijando-o tão fervorosamente que os impedia de notarem a presença de Joshua, estava Giovanni Bianchi, o pianista que tocava nas aulas de balé clássico.

Ren não conseguiu conter as pernas de se aproximarem de Joshua, tocando-o sem leveza alguma nas costas, apertando-o com dedos firmes, na intenção de tirá-lo daquele transe em que estava, apenas tirando fotos e fazendo vídeo de Hunter e Giovanni se beijando, sem qualquer pudor, em uma das salas de aulas.

Joshua se assustou com a pressão brusca em sua pele, deixando o celular quase cair das mãos, mas conseguiu rapidamente segurá-lo. Sua bolsa, no entanto, escorregou do ombro, e o som que ela fez foi alto o suficiente para que tirasse Hunter e Giovanni da bolha que criaram dentro da sala.

— Que merda você tá fazendo?

Joshua arregalou os olhos, virando de frente para Ren, só que ele não conseguiu lhe responder porque foi pego pelo pulso de uma vez e passou a ser arrastado pelo corredor estreito, depois de Ren ter pegado a bolsa dele no chão para que saíssem de lá o mais rápido possível, fazendo-os passar apressadamente pela porta de emergência que dava acesso às escadas, com luzes sensíveis que ligavam automaticamente.

— Me solta, caralho! — Joshua resmungou, puxando o pulso com força das mãos de Ren. — Não te interessa o que eu estava fazendo, vai embora logo e larga do meu pé.

Ren respirava profundamente, sentindo o coração socar as costelas, e olhava para todos os lados, com medo de que pudessem ter sido pegos, apesar de que somente Joshua estava fazendo o que não deveria.

Do corredor, ele conseguiu escutar a porta da sala abrindo e fechando, ecoando por todo o espaço vazio.

— Vamos sair logo daqui.

— Vai você, preciso terminar o que eu comecei. — Joshua pegou a bolsa das mãos de Ren, tomando iniciativa para voltar para onde estava, passando pela porta de emergência com tanta pressa que ele quase tropeçou nos próprios pés, bufando e xingando alto quando viu que a porta estava fechada. — Ótimo, mais uma vez Ren Yamazaki se mete onde não devia. Por que você simplesmente não evapora? Volta para sabe-se lá qual continente você veio e deixa todo mundo em paz!

Ren soltou uma risada cínica, quase preguiçosa, dando dois passos para perto de Joshua, olhando fixamente dentro dos olhos abatidos dele, mostrando como estava cansado e, mesmo assim, não cedia à pressão esmagadora que empurrava seus ombros para baixo.

— Se aquelas pessoas quisessem que a vida particular delas fosse filmada ou noticiada, elas mesmas fariam isso e não estariam se escondendo. Você não sabe o que é invasão de privacidade?

Joshua jogou a cabeça para trás, em uma gargalhada poderosa e alta, colocando o dedo indicador embaixo do queixo de Ren, chegando perto do seu ouvido.

— Ren, invasão de privacidade não existe aqui. O que existe é você ser o melhor, o primeiro no topo do mundo, não importa como você consegue isso. Apenas talento não é o suficiente — Joshua disse, deixando o hálito quente, com cheiro de nicotina, bater contra o rosto de Ren. — Se você não tem estômago para estar aqui, é melhor fazer o que eu disse e ir embora logo.

— Apague, Joshua, eles não têm nada a ver com o que você quer.

Ren não se deixaria abalar pelas palavras de Joshua, sabia que ele só estava tentando tirá-lo do sério, como sempre fazia.

— Você não sabe o que eu quero, *Bebê Cisne*, não faça o bom samaritano comigo, não funciona. Agora, se me der licença, preciso ir para casa praticar, porque já vi que com você como parceiro vou ter que me esforçar o dobro.

— Você acha que pode mandar na vida das pessoas, não é? Acha que pode fazer tudo o que quer que nunca vai ter consequências? — Ren bateu na mão de Joshua, retirando do seu rosto os dedos finos muito bonitos com cheiro de nicotina.

— E você vai fazer o quê? Vestir uma capa e salvar o mundo de mim? Acorda, Ren, deixa de ser tão bonzinho e infantil.

— É isso que você quer? Que eu seja menos bonzinho? — Ren arqueou uma das sobrancelhas, cruzando os braços no peito apenas porque achava que desse jeito poderia poupar seu coração de estourar sua costela.

Joshua se aproximou lentamente e passou a língua por todo o lábio inferior.

— Seria um favor para todo mundo, ninguém aguenta mais essa sua carinha de anjo com olhinhos arredondados. *Tsc*, me dá um tempo.

Ren riu, levantou a cabeça e disse:

— Então, *Garoto Cisne*, não venha chorar quando as consequências baterem na sua porta.

# DANÇA DOS CISNES

Os burburinhos pelos corredores faziam Ren pensar que alguma coisa muito séria tinha acontecido, e pelo histórico de problemas que os bailarinos da Bolshoi causavam boa parte do tempo, não duvidava que estivesse certo. No entanto, ninguém parecia disposto a contar o que estava acontecendo, e não era como se Ren tivesse ido perguntar para alguém ou tentado entender o motivo do falatório tão cedo. Ele tinha acabado de chegar, estava meio cansado da rotina pesada dos ensaios nos últimos dias. Joshua não ajudava em nada, reclamando e reclamando o tempo inteiro que tudo era culpa sua e que ele não era bom o bastante para dançar um *Pas de Deux* daquele nível ao lado dele. Era difícil ensaiar com Joshua quando não possuíam sincronia alguma, e era mais difícil ainda sentir que estava falhando sem nem ao menos ter conseguido dar tudo de si. A experiência dos ensaios estava sendo muito diferente de quando dançaram juntos na sala de sapateado, e achava que era assim porque não havia uma grande pressão em cima dos ombros naquele momento, apesar de ainda ter sido um desafio e tanto resistir por estar tão perto dele como naquele dia.

Nos ensaios, era tudo ao contrário. Joshua nem sequer parecia lembrar o que aconteceu no beco e na sala e no vestiário logo depois, e Ren sabia que era porque ele dava tudo pela dança e distrações como aquela não eram permitidas em ensaios sérios. Também não era como se Ren fosse lembrar-lhe, ele queria esquecer que se deixou levar pelo charme destrutível dele e gostava de saber que causava tantos conflitos em Joshua, a ponto de ele querer tocá-lo até mesmo no vestiário.

Caminhou pelos corredores, procurando seus amigos, mas não os achou no primeiro andar e, como ainda faltava uma hora para os ensaios começarem, Ren imaginou que eles estivessem se alongando em alguma sala disponível no segundo andar ou jogando papo fora na cantina. A preguiça apertou suas pernas, com os dedos em volta da bolsa lateral caída por cima de um ombro só, e quando percebeu, estava caminhando para o banheiro mais próximo, apenas porque queria ver se estava tudo certo com sua aparência. Tinha jogado tanto pó e corretivo no rosto, para disfarçar as olheiras, que estava com medo de estar parecendo um fantasma.

Empurrou a porta com uma mão e passou pela parede que dividia a pia da porta, dando de cara com a última pessoa que queria ver. Ele parou no meio do caminho, coçou os olhos e enrugou o nariz, achando que estava alucinando ou algo do tipo.

— Você está chorando?

Joshua olhou para ele, parecendo notar sua presença no banheiro. Estava sentado no chão, quase escondido embaixo do vão de uma das pias, com as coisas jogadas ao lado dele e as pernas dobradas perto do peito, então esfregou os olhos rapidamente, com as costas das mãos, e negou um monte de vezes com a cabeça.

— Não, espera, você está chorando mesmo?

— Caiu um cisco no meu olho — ele disse, mas a voz dele não ajudou em nada na mentira deslavada. Ren soltou a respiração pelo nariz, em um claro sinal de deboche que fez Joshua rolar os olhos. Ele se endireitou no chão, tentando parecer inabalável como sempre.

— Conta outra. — Riu, abanando as mãos em frente ao corpo. Joshua bufou e virou o rosto. — Joshua Jones está chorando no banheiro, é isso mesmo?

— Vai anunciar na porra do New York Times?

— Por que está chorando?

— Não é da sua conta.

Ren riu pelo nariz e deixou a bolsa em cima do mármore escuro da pia, caminhando devagar até se aproximar de Joshua. Seus pés tocaram os dele e, então, abaixou-se, arrastando o corpo para se sentar ao lado dele.

Não disseram nada por longos segundos, que pareceram minutos e, então, horas. Na verdade, não havia se passado tanto tempo assim, mas Joshua continuava fungando ao seu lado e tentando disfarçar que não estava chorando. Ele estava ridículo desse jeito, virando o rosto, tentando disfarçar, coçando os olhos com tanta força que as pálpebras ficaram vermelhas e inchadas, porque tanto ele quanto Ren sabiam que estava chorando.

— É sério, o que está acontecendo?

— Já disse que não é da sua conta.

— Percebeu que você é um grande filho da puta e agora está arrependido de tudo que já fez aqui?

Joshua jogou a cabeça para trás, quase batendo nos azulejos, e riu pelo nariz.

— Eu sei que sou um grande filho da puta, mas não estou arrependido de nada.

— Então, não vai me dizer por que está chorando?

— Você conhece Apollonii Petrov?

Ren negou, olhando para Joshua, mas ele não olhava de volta.

— Ele é um tipo de crítico muito importante no mundo da dança, e a opinião dele vale mais que o talento de qualquer pessoa.

— E daí?

Ren notou que Joshua parecia bem mais abatido hoje do que nos outros dias. As olheiras embaixo dos seus olhos estavam escondidas com maquiagem, mas estando tão perto dele, como agora, conseguia enxergá-las, mesmo que ele tivesse tentado esconder.

Pareciam roxas e fundas, como se não tivesse dormido a noite inteira ou o ano inteiro. E talvez não estivesse mesmo dormindo, porque se Ren estava preocupado com os ensaios deles, Joshua devia estar o dobro.

— E daí que ele está aqui hoje — disse, esticando as pernas e piscando os olhos várias vezes, antes de virar a cabeça e olhar para Ren. — E vai assistir todos os ensaios do dia. E se ele não gostar de alguém e der a opinião dele publicamente, adeus bolsa na Royal.

Ren estalou a língua no céu da boca, finalmente entendendo o motivo do nervosismo que Joshua estava deixando transbordar com tanta força.

— Entendi — resmungou. — Você está com medo dele acabar com você.

— Não estou com medo — disse, praticamente resmungando, mas o medo que sentia de Apollonii estava transparente no seu rosto. Ren rolou os olhos, prestes a responder-lhe, mas Joshua emendou antes que conseguisse pensar no que ia dizer. — Só estou ansioso.

— Então, achamos alguém que pode te fazer cair, não é? Seu ponto fraco. — Riu, apenas para tentar quebrar o clima tenso, mas Joshua não parecia muito a fim de colaborar. — Joshua Jones não é invencível nem inabalável, afinal.

— Vê se me erra, porra.

— É só que é engraçado ver você desse jeito. — Riu mais uma vez, mas a graça não durou muito mais que poucos segundos. Ren se endireitou no chão, coçou a garganta com um pigarro, virou o corpo todo para o lado, cruzou as pernas e olhou diretamente para Joshua, para aqueles olhos azuis que brilhavam, cheios de lágrimas acumuladas nos cantos, molhando os cílios longos e curvados, que estavam praticamente grudados. — Falando sério agora, acho que você não tem com o que se preocupar. Você sabe que é um dos melhores, e todo mundo aqui dentro sabe também. Você é talentoso, Joshua, e eu duvido muito que esse tal de Apollonii faça uma crítica ruim à sua dança. Você pode ser o maior dos maiores escrotos dessa academia, mas sua dança é boa, boa pra caralho, então pare de chorar e se preocupar tanto com isso.

Ren não sabia, ou nem sequer entendia, por que estava dizendo aquelas coisas para Joshua quando, constantemente, ele tentava derrubá-lo de todas as formas que conseguia. Joshua jogava sujo e não demonstrava se importar com ninguém além dele mesmo, mas ainda era uma pessoa, e Ren não conseguia agir como ele, mesmo se tentasse muito. O que era engraçado, porque ele sabia, e isso era uma certeza incontestável, que Joshua nunca estaria no seu lugar naquele momento, sentado ao seu lado para consolá-lo, como estava fazendo.

Deveria estar perto do início das aulas agora, porque o barulho no corredor se intensificou no mesmo instante em que Joshua começou a gargalhar com a voz um pouco falha, grossa e cortada pelo choro.

Ele limpou o que sobrou das lágrimas com as costas das mãos, então olhou para Ren com aqueles olhos cheios de deboche, ainda que fosse evidente como estava preocupado e nervoso com o que poderia acontecer durante os ensaios daquele dia. Joshua não era muito bom em disfarçar o que estava sentindo, mas as pessoas ao seu redor não faziam questão de enxergar o que os olhos dele tanto queriam dizer, porque estavam ocupadas demais achando que ele era só mais um bailarino mesquinho e arrogante. Embora realmente fosse, Ren sabia que existia muito mais para ser encontrado atrás do muro de concreto erguido em torno dele.

— Você não acerta uma, nem quando tenta.

Ren piscou, confuso.

— O quê?

— Eu não sou um dos melhores — corrigiu, espalmando as mãos no chão frio para se levantar. — Eu sou *o* melhor.

Ren rolou os olhos e bufou, mas se levantou logo depois dele, arrumando a bolsa lateral em um dos ombros.

— Então, senhor "Eu Sou o Melhor", pare de chorar feito uma criança mimada, e dê tudo que eu sei que você consegue dar nessas aulas.

Ainda havia barulho do lado de fora, pisadas e burburinhos atrás da porta fechada do banheiro masculino e no corredor, e o som ficou mais alto quando Joshua abriu a porta, olhando por cima do ombro na direção em que Ren estava, ele lhe lançou um sorrisinho debochado, piscou com um olho e saiu sem dizer mais nada, deixando Ren quase arrependido de ter deixado escapar que Joshua era mesmo bom. Deixara subentendido que ele conseguia surpreendê-lo nas aulas. Ren estapeou o próprio rosto. Não conseguia ser ruim com ninguém, nem mesmo com Joshua, aquele grande egocêntrico do caralho, depois de tudo que disse que iria fazer para provar que ele não era o melhor. Mas ele era, e Ren sabia disso como todo mundo sabia. E agora, provavelmente, Joshua se acharia pelo resto do dia.

As aulas do dia aconteciam nas grandes salas da academia. Uma que usavam nos ensaios gerais, com todo o elenco da peça, tinha cortinas penduradas em cada parede e cadeiras em volta de um tablado grande, para os professores e quem fosse assistir os ensaios ficarem. E era lá que Apollonii estava, observando o ensaio do primeiro ato, ao som do piano de Giovanni Bianchi, que tocava incessantemente, de olhos fechados, as sinfonias de Tchaikovsky feitas especialmente para o balé de "O Lago dos Cisnes".

Apollonii era conhecido por ter aberto portas e feito a carreira de muitos bailarinos ao longo dos anos apenas por causa de uma opinião positiva. Em contrapartida, ele também era conhecido por fazer o contrário sem nenhum remorso. Uma crítica negativa vinda de Apollonii e as carreiras de bailarinos promissores eram finalizadas antes mesmo de começarem, se ele achasse que não valia a pena o investimento.

Além de Apollonii, Juliet tinha sido convidada por Christopher para assistir ao ensaio junto a outras ex-bailarinas, isso incluía a mãe de Ren, que estava ao lado de Juliet, parecendo babar nesta, como aqueles cachorros grandes sempre fazem. Josh queria ir até lá e fazer sua mãe se sentar do outro lado da sala, para focar sua atenção única e inteiramente nele, mesmo que ainda nem sequer estivesse dançando, mas Lorraine o segurava no lugar, porque se ele fizesse isso, Apollonii o olharia com olhos negativos e Joshua daria adeus ao seu futuro como bailarino.

Ele estava parado em um canto da sala, enrugando o nariz e suspirando cada vez que a mãe de Ren sussurrava algo no ouvido de Juliet sobre o ensaio, porque ele só apareceria no meio do primeiro ato, que basicamente apenas apresentava os personagens da corte e o anúncio sobre o baile com o príncipe Siegfried, que era interpretado por Anthony.

Abigail e Christopher haviam mudado praticamente todo o roteiro original de "O Lago dos Cisnes" para chocarem com algo novo, usando uma peça famosa que todo bailarino sonhava em apresentar. Esta mudança era um tiro no escuro, podia ser um fiasco na mesma medida em que podia ser um sucesso. Joshua estava confiante que seria um sucesso, não só porque ele faria o papel principal, mas porque estavam dando a oportunidade para uma mudança grandiosa que poderia abrir portas para outras pessoas arriscarem desse jeito.

Um *Pas de Deux* no balé clássico era sempre feito por um homem e uma mulher, sem grandes mudanças desde muito tempo. Agora, a Bolshoi havia simplesmente decidido que o *Pas de Deux* de "O Lago dos Cisnes" seria um casal homossexual e que a Odette não ficaria com o príncipe. Era, no mínimo, chocante. Diferente de um jeito que faria as pessoas perderem a fala durante a apresentação.

Joshua queria ver, no rosto de cada um, a expressão de surpresa quando Odette e Odile, simplesmente, fossem meninos e o príncipe estivesse sendo facilmente descartado pelos dois cisnes.

Na trama que fariam, eles viveriam um amor perigoso e destrutivo, lutariam para ficarem juntos mesmo quando todos estavam contra. Odette estava presa no feitiço de Von Rothbart, vivendo às margens do lago formado por suas lágrimas. Durante a noite, quando estava em sua forma humana, recebia a visita do seu grande amor, Odile. No entanto, ao saber disso, Von Rothbart orquestrava uma caçada a ela, para tirá-la do caminho de Odile, com os homens do príncipe Siegfried, dizendo a todos que uma bruxa enfeitiçou Odile. Desse jeito, eles precisavam fugir do reino, porque a fúria contra o amor deles era tão grande que se tornava praticamente impossível lutar naquele momento. Depois, quando a dor de Odile sempre que precisa ver Odette se transformando em cisne se tornava insuportável, ela volta para o reino na intenção de acabar com Rothbart.

Odile virava cisne quando Von Rothbart lançava o mesmo feitiço que lançou em seu amor. Um cisne negro cheio de dor e sofrimento, com tanto ódio no coração que isso se tornava latente e praticamente incapaz de fazê-lo voltar para onde estava escondido com Odette. Então, Odette seguia à procura de Odile e a encontrava como cisne, na beira do mesmo lago banhado por suas lágrimas. Tentando fazê-la voltar ao que era antes, Odile enfrenta Von Rothbart, mas o feiticeiro era muito forte, e quando estava prestes a matar Odette, Odile a salva e morre no seu lugar. Odette não aguenta a dor de perder seu grande amor daquele jeito e, enquanto ainda estava em forma humana, acaba rastejando com Odile até o lago de lágrimas e se afoga para se juntar a ela.

Joshua estava ansioso para interpretar Odile, e apesar de achar que era completamente diferente dela em muitos aspectos, Odile era intensa e confiante como ele.

Um pouco mais afastado, colado em uma barra próxima à parede, estava Ren, quieto, respirando profundamente enquanto olhava para o teto cheio de lâmpadas esbranquiçadas. Joshua achava que Ren estava pirando no meio de tanta pressão. Era o primeiro ensaio geral dele, com uma porrada de gente assistindo e um crítico que dava arrepios na espinha. Mesmo que Ren não conhecesse Apollonii, ele, com certeza, o conhecia. E se Apollonii achasse que Ren não se encaixava naquela apresentação, no outro dia ele estaria fazendo as malas.

Joshua não podia deixar de achar esse pensamento oportuno. Se Ren saísse, talvez ele tivesse a chance de fazer o *Pas de Deux* com Lorraine, e mesmo que isso quebrasse todo choque que dariam sendo dois meninos interpretando os cisnes, Joshua daria seu melhor para que a peça fosse motivo de comentários por toda Nova Iorque. Mas Joshua não podia fazer nada para sabotar Ren no ensaio enquanto Apollonii estivesse os observando como um gavião, porque sabia que o tiro poderia sair pela culatra.

— Pausa de dez minutos!

A voz de Christopher, ecoando pela sala, depois que a música do piano se encerrou, puxou Joshua de volta para a realidade. Apollonii saiu da sala com uma elegância eloquente, usando uma echarpe de crochê xadrez por cima de um cardigã cinza, sem falar com ninguém, com o nariz quase tocando aquelas malditas lâmpadas que cegavam os olhos.

Joshua olhou para as cadeiras no fundo da sala quando notou que Juliet estava chamando por ele, com gestos de mão, e que Ren estava caminhando para aquela mesma direção. Ele fez uma expressão de desânimo, torcendo para que sua mãe percebesse que não queria ir até lá, mas Juliet pouco se importou, devolvendo sua expressão com uma que dizia "venha aqui agora".

Ele puxou Lorraine pelo braço, que nem sequer teve tempo de protestar, sussurrando que precisava dela perto enquanto os minutos de pausa ainda rolavam pelo relógio, até chegar onde Juliet e a mãe de Ren estavam sentadas como se fossem melhores amigas de anos, mas Lorraine se esquivou no mesmo segundo em que Joshua parou em frente à mãe, andando quase apressadamente para onde Katherine estava com Richard.

Mentalmente, Joshua xingou todas as gerações da família de Lorraine.

— Kiyoko, você já conhece meu filho? — Juliet puxou Joshua pelo pulso, colocando-o parado, em pé, entre suas pernas.

Kiyoko, que provavelmente era o nome da mãe de Ren, olhou para eles com um sorriso que parecia gentil. Era como o de Ren, e Joshua não gostou dele, então retribuiu do jeito que conseguiu, quase tão falso que era incapaz de ninguém ter percebido.

— Seu filho é lindo, JJ — ela disse, sorridente, e Joshua quis vomitar ao ouvir o apelido que usavam com sua mãe, quando ela ainda dançava, saindo da boca de Kiyoko. — Alto, bonito e elegante. E se puxou o talento que você tinha, então ele, com certeza, vai se dar muito bem no balé.

Joshua estava pronto para dizer que ele já era bom e tudo isso que ela estava insinuando, muito mais até que Juliet um dia foi, mas ela o beliscou na perna antes que as palavras tomassem forma na ponta da sua língua.

— Ele, com certeza, tem muito talento — Juliet respondeu com um sorrisinho orgulhoso no rosto, ainda apertando a perna de Joshua, em um beliscão forte que o fazia enrugar o nariz por causa da dor. — Mas o seu filho também não está atrás, não é mesmo? Se ele foi chamado para fazer parte do corpo de baile da Bolshoi, é porque tem um talento incontestável.

Elas olharam para Ren no mesmo segundo. Ele estava quieto, observando a conversa, sentado em um dos bancos, ao lado de Kiyoko, bebendo o que parecia ser uma garrafa de isotônico. Kiyoko se inclinou sobre o ombro dele, sorrindo ao concordar com o que Juliet disse.

Joshua bufou e se jogou na cadeira ao lado de sua mãe.

— Eu fico feliz que tenham feito esse convite — ela disse, puxando uma mão de Ren para cima do seu colo, e então, começou a apertar as juntas de seus dedos, como se quisesse relaxá-lo. — Lá no Japão, ele não tinha tanta oportunidade de crescer como profissional, porque moramos em uma cidade pequena. Aqui, em Nova Iorque, as portas se abrem com mais facilidade.

— Tenho certeza que ele vai conseguir conquistar grandes coisas, Kiyoko. — Juliet tocou no ombro dela, oferecendo um sorriso gentil.

Joshua se afundou ainda mais na cadeira, balançando as pernas para que o fluxo de sangue não parasse de correr dentro delas. Respirou fundo para não soltar nenhum som desagradável de insatisfação enquanto estivesse ali, escutando aquela conversa ridícula entre sua mãe e a mãe de Ren.

— Estou ansiosa para ver nossos meninos dançando juntos!

— *Puft*.

Mas ele não conseguiu se controlar, mesmo que tivesse praguejado internamente quando um riso sarcástico escapou dos seus lábios. Juliet o olhou com uma expressão irritada, com as sobrancelhas bem-feitas quase se tornando uma só. Kiyoko se virou, curiosa com o som repentino e Ren riu sem humor algum, ainda com a garrafinha de isotônico presa entre os lábios.

Joshua odiava isotônicos, o gosto era ruim e artificial e descia praticamente formando um coágulo de vômito na boca do estômago.

— Algum problema, querido? — Kiyoko perguntou, olhando para ele, inclinada sobre o corpo.

Joshua não devolveu o olhar, estava ocupado demais tentando desvendar o que sua mãe queria dizer com aquela expressão fechada e irritada: provavelmente um "se você não estivesse em público já teria apanhado". E Joshua achava engraçado esse tipo de ameaça vinda de Juliet, porque ela não era o tipo de mãe que educava batendo. Ela era dura nas repreensões e, no máximo, dobrava a pele de Joshua com beliscões fortes, mas nunca havia batido nele, nem em Jeffrey. Juliet costumava sempre dizer que Joshua só agia desse jeito por falta de uma boa surra, e até que ele não duvidava de que isso fosse verdade, mas preferia que Juliet continuasse sendo dura apenas dessa maneira, com suas ameaças e beliscões discretos que só eles sabiam que aconteciam.

— Problema nenhum, *senhora mãe do Ren.*

Juliet se levantou da cadeira, apertando a carne do nariz com força, e puxou Joshua pelo pulso.

— Eu já volto, vou alongar o Joshua no corredor, enquanto ainda temos tempo.

Kiyoko assentiu e voltou a mexer nos dedos das mãos de Ren.

Faltavam oito minutos de intervalo ainda e, enquanto era arrastado até o lado de fora pela mãe, Joshua estava achando os mais longos de sua vida até o momento. Quando chegaram ao corredor, ela o soltou de forma que ficassem um em frente ao outro.

— Perdeu a noção? Eu lembro perfeitamente que eduquei você muito bem.

— Eu não gosto dela, mãe.

Juliet olhou para Joshua com uma sobrancelha erguida.

— E isso é motivo para você agir que nem um mal-educado? Tudo bem, você e o Ren se atritam por aí, mas ela é uma mulher mais velha e você deve respeito a ela.

Joshua bufou, segurando a vontade de rolar os olhos, pois caso fizesse isso, Juliet iria ficar ainda mais irritada, e Joshua já estava nervoso o suficiente com Apollonii assistindo ao ensaio para ter que lidar com mais um problema.

— Tá, mãe.

— "Tá, mãe", o caralho! — disse, e ainda que não gritasse para não chamar a atenção, sua voz era alta o suficiente para Joshua entender que ela estava irritada com a forma como agiu dentro da sala de ensaio. — Se você quer agir como uma criança mimada, vou te tratar como uma criança mimada também. Nós vamos voltar e você vai pedir desculpas pelo seu comportamento rude, porque está estressado com o ensaio e por isso agiu desse jeito.

Joshua ouviu as palavras saírem da boca de Juliet como se ela estivesse falando em câmera lenta. Ele demorou alguns segundos para entender o que foi jogado na sua cara e, quando assimilou tudo, não conseguiu conter a expressão incrédula que se formou em todo o seu rosto.

— Você não pode estar falando sério, mãe!

— Estou falando muito sério.

— Eu não vou fazer isso — disse, batendo o pé no chão de linóleo do corredor.

— Não vai? — Ela arqueou uma sobrancelha e cruzou os braços. — Se você não pedir desculpas a ela e mostrar que é um rapaz decente e educado, eu digo para o Christopher que infelizmente você não vai mais poder participar do recital.

Joshua prendeu a respiração no mesmo segundo. Abriu e fechou a boca vezes o suficiente para seu maxilar estalar com o movimento, antes de conseguir dizer alguma coisa. O tom de desespero ardeu no meio da sua garganta, como se tivesse engolido gás e ele estivesse prestes a explodir e rasgar tudo de dentro para fora.

— Mãe, você não pode fazer isso comigo! Eu lutei muito por esse lugar durante anos!

A sensação que tomou conta do seu corpo foi tão congelante que ele sentiu as pontas dos dedos queimarem quando fechou as mãos em punhos. Joshua olhava diretamente para a mãe, que o olhava de volta com uma expressão quase impassível, dizendo silenciosamente que ou ele fazia o que ela estava mandando, ou diria adeus ao "Lago dos Cisnes". Joshua não duvidava nem um pouco que isso realmente pudesse acontecer. Quando tinha doze anos e ainda fazia aulas comuns de balé e competia semanalmente por troféus de primeiro lugar, ela o tirou das Nacionais do *Masters of Dance Art,* em Nova Orleans, por causa do seu comportamento minutos antes de ele entrar no palco.

— Então, volte lá e peça desculpas para a Kiyoko por causa de seu comportamento.

— Eu odeio você!

— E queria ter nascido em outra família, *blá blá blá*. Já conheço esse discurso de adolescente rebelde e ele não me afeta — ela disse, virando-se de costas para Joshua para entrar na sala. — Você sabe que eu só quero o melhor para você e odiaria ter que te tirar do recital desse jeito, então comece a agir como um adulto, ou pelo menos conforme sua idade, porque você não tem mais doze anos.

Joshua abaixou a cabeça, engolindo um gemido de frustração. Juliet estava certa, ela sempre estava, mas o nervosismo e a pressão nas suas costas impediam que simplesmente agisse de outro jeito que não fosse sendo grosseiro e rude com as pessoas. A presença de Apollonii havia o tirado dos eixos pelo simples medo de ser arruinado antes mesmo de conseguir ser alguém no mundo da dança. E isso assustava Joshua, porque ele sabia que a única coisa que o movia era poder dançar balé, e sem isso, ele não conseguiria achar qualquer outra coisa que fizesse sua vida ter sentido.

A garganta apertou mais uma vez, e Joshua teve que forçar para dentro, com uma dificuldade extrema, o bolo enorme de saliva que acumulou. Isso o fazia querer chorar desesperadamente, mas as mãos quentes de Juliet tocando suas bochechas fizeram Joshua suspirar, aliviado. Os dedos dela indo e vindo na sua pele conseguiram desmanchar o bolo da sua garganta, que se dissolveu como gás no ar.

— Filho, eu sei que você está nervoso e ansioso com isso — ela disse, passando conforto para Joshua com seu carinho materno. Ela encostou a testa na sua e limpou uma lágrima fria que escorria do canto de seu olho, o que fez Joshua arquejar mais uma vez quando notou que estava chorando. — Mas nada justifica você agir com grosseria com as pessoas. Sei que hoje não é só um ensaio e que a presença de Apollonii Petrov torna tudo mais difícil, mas você é o melhor bailarino daqui e vai apresentar um *Pas de Deux* lindo para todo mundo, então respire fundo e pense que seu esforço sempre vai valer a pena.

— E se não for o suficiente, mãe? — murmurou, fechando os olhos, de repente sentindo-se fraco diante de tudo. Juliet escorregou as mãos das suas bochechas para seus braços e o puxou para um abraço. Joshua enterrou o rosto no peito dela. Ela era alta, esguia e magra, só um pouco menor que Joshua, mas ele ainda conseguia se esconder no abraço dela. — E se o meu melhor não for o suficiente? Eu só quero aquela bolsa, eu preciso dela.

— O seu melhor sempre é o suficiente, Josh — disse, deixando um beijo entre os fios castanhos do seu cabelo. — Independente de como for o ensaio hoje, eu estou orgulhosa de você.

— E se Apollonii acabar comigo?

— Confie no seu potencial. — Ela se afastou, erguendo o seu rosto em direção ao dela, então sorriu um sorriso afável. — Agora se recomponha, faltam cinco minutos para o término do intervalo e você ainda tem que se desculpar com a Kiyoko.

— Eu preciso mesmo?

— Sim, precisa.

Ele suspirou fundo algumas vezes e seguiu a mãe de volta para a sala de ensaio. Todos estavam lá dentro, nos seus lugares, nas marcas, esperando os minutos passarem para que pudessem começar de onde pararam. Faltava muito pouco e Joshua sentia a pressão novamente cair em cima dos seus ombros com a enxurrada de olhos que seguiam seus passos de volta para a sala de ensaio com Juliet, para perto de onde Kiyoko e Ren estavam. Encolhendo os ombros e tentando não chamar muito a atenção, ele pediu desculpas por ter sido rude momentos antes, sentindo o amargor na ponta da língua se intensificar de um jeito tão ruim que pareceu se dissolver em toda a boca, até descer queimando pela garganta. A sensação apenas piorava conforme Joshua escutava Ren segurar um riso, com as mãos cobrindo a boca.

Quando o intervalo terminou, Christopher mandou todos se colocarem nas exatas marcas em que entrariam, para dar continuidade ao ensaio.

Joshua olhou uma última vez para a mãe, que sorriu e abanou uma das mãos para que fosse logo para seu lugar, então, respirando muito profundamente, com as mãos fechadas ao lado do corpo, para conter o mínimo que fosse do nervosismo que escorria pela pele, Joshua se colocou na marcação.

Ele e Ren fechavam o primeiro ato com a sinfonia de Tchaikovsky No. 9 Andante. Eles entravam em lados opostos, cada um por uma coxia, quando estivessem no palco, e o choque viria no mesmo segundo em que as pessoas vissem que o *Pas de Deux* seria feito por dois meninos. No ensaio, no entanto, eles não podiam se esconder nas coxias antes de entrar, então todos os convidados que assistiam sabiam quem estava interpretando os cisnes.

Joshua estava nervoso, Apollonii olhava diretamente para eles, tão meticuloso e concentrado, enquanto esperava Giovanni começar a tocar. Era possível evitar a ansiedade amarga que tomava conta de cada canto do seu corpo, principalmente seu coração desenfreado, que socava as costelas com força.

Ren entraria primeiro, com uma sequência de *Pas de Bourrée en Couru*, assim que Giovanni tocasse a primeira nota da sinfonia no piano, deslizando os braços da primeira para a terceira posição, até chegar ao centro do tablado, tão gracioso e leve que parecia estar pisando em algodão. Então, Joshua entraria para segurá-lo na cintura quando a música ficasse mais forte, posicionando-se atrás dele para que Ren fizesse piruetas em *En Derhos*. A entrada de Joshua era bonita, majestosa e elegante como um cisne deveria ser. Ele caminhava com os braços curvados atrás do corpo, movendo-os como se movesse asas enormes e pesadas, enquanto os olhos percorriam todo o cenário até encontrar Ren no meio dele, perto do lago em que se encontravam todas as noites antes de Odette virar cisne ao nascer do Sol.

De repente, toda a tensão que Joshua vinha sentindo desde que começou aquele dia, com a notícia de que Apollonii Petrov estaria no ensaio, sumiu, evaporando e se dissipando no ar, dando lugar ao bailarino confiante e talentoso que Joshua era. Ele se tornava outra pessoa quando estava dançando com tanto empenho como agora, em que o centro de um palco era tudo que fazia ele se sentir transbordando de anseios e felicidade. Não que Joshua fosse desleixado em qualquer outro momento, mas tinha um incentivo ainda maior o consumindo agora. Impressionar Apollonii com tudo o que tinha para oferecer.

Era este o Joshua que deixava as pessoas boquiabertas quando o viam dançar. Ele praticamente se tornava o personagem que estava interpretando com tanta vontade, que era difícil dizer quem era o verdadeiro, pois existiam duas personalidades diferentes habitando um único corpo. Só que agora, no meio do tablado, não era Joshua Jones, mas sim Odile, o cisne negro mais bonito que a peça de "O Lago dos Cisnes" já viu.

As mãos firmes em volta da cintura de Ren apertavam a carne, que grudava em torno dos seus dedos suados. Ele girava e girava, até deslizar as pernas em torno da cintura de Joshua e descer um pouco o tronco para trás, então Ren fazia um *Arabesque* em primeira posição, com a mão segurando firme a mão livre de Joshua, e depois disso o mundo se tornou um mero espectador da dança deles.

Joshua o levantou com tanta facilidade, que foi inevitável o ofego de surpresa e satisfação que saiu da sua boca quando Ren abriu as pernas, em um *Grand Jeté* delicado e esticado. Joshua só não sorriu porque Odile quase nunca sorria na peça, e sorrir nesse momento seria como quebrar o personagem. Por esse motivo, ele engoliu o orgulho de mostrar que havia conseguido fazer um passo que vinha tendo dificuldade ao longo da semana e continuou guiando Ren até que a música chegasse à sua última nota. Eles continuaram dançando o restante do primeiro ato e todo o segundo, com o ensaio apenas sendo interrompido quando Abigail fazia alguma correção severa com os bailarinos e os mandava repetir a sequência até que estivesse perfeita aos seus olhos, sem falhas e erros bobos.

Depois de quase três horas de ensaio, eles foram liberados, e ainda que tivessem mais algumas aulas para fazer até as nove da noite, teriam algum tempo de descanso antes que começassem. Joshua estava suado e ofegante, corado nas bochechas, por causa do esforço de carregar Ren durante praticamente todo o ensaio, com os cabelos grudados na testa e a camisa amassada no peito. Ele bebeu um copo de água no bebedouro e caminhou para as cadeiras em que estavam suas coisas, jogando-se ao lado de Juliet e observando pelo canto dos olhos Apollonii se levantar sem falar com ninguém e sair da sala.

— Está vendo, filho? Você com certeza impressionou Apollonii positivamente. — Juliet apertou sua nuca e tirou alguns fios molhados da sua testa, deixando à mostra a pele suada e bronzeada dele, então se virou um pouco para o lado, para a direção em que Ren estava, sorrindo para ele. — Você também foi ótimo, Ren, formam um ótimo par.

Joshua queria dizer que não, mas se falasse alguma coisa, sua mãe ficaria mais uma vez irritada e ele não queria ter que ouvi-la reclamando novamente, então ficou quieto e só assentiu, fingindo concordar.

— Obrigado, senhora Jones.

— Bom, eu e Kiyoko iremos sair juntas hoje — ela disse, atraindo a atenção de Joshua, que a olhou com o cenho franzido. — Vou chegar tarde em casa, então não me espere hoje.

— Para onde você vai? — Joshua perguntou, olhando apenas para Juliet.

— Vou sair. — Ela deu de ombros, e Kiyoko riu ao lado dela.

— Mas para onde?

— Cuide da sua vida — disse, tocando no seu nariz e se levantando da cadeira. Ele bufou e virou o rosto para o lado. — Coloquei cinquenta dólares na sua bolsa, mas é para você comprar algo para comer quando sair da aula.

— Você deu cinquenta dólares para a pessoa errada, mãe.

Joshua pegou a bolsa do chão e se levantou também, sentindo o cansaço bater com força pelo dia ter sido puxado ao extremo.

— Estou falando sério, Josh, você não comeu nada antes de sair e ainda tem o resto da noite de ensaio — ela disse, parando na frente dele para olhá-lo mais diretamente. Joshua rolou os olhos e bufou mais uma vez.

— Tá, mas eu não prometo nada — murmurou, cruzando os braços. — Eu não estou com fome.

— Coma alguma coisa — disse e, então, saiu, sendo acompanhada por Kiyoko.

Ren parou ao seu lado e deu dois tapinhas fracos nas suas costas.

— Sobrevivemos a mais um dia, mas se você não comer, provavelmente não passará do próximo.

Batimentos acelerados. Sangue fluindo solto nas veias. O som de Coppélia e de pés se arrastando no chão serviam de fundo para a aula de Balé Clássico do corpo de baile daquele dia. Faziam uma sequência na barra de *Échappe*, em *relevé*, da primeira à quinta posição com os pés enquanto escutavam a voz de Abigail ecoar pela sala sempre que ela corrigia alguém enquanto caminhava com as mãos na cintura, o pescoço estendido e os olhos afiados.

Abigail era o tipo de professora que ensinava seus alunos com uma rigidez cortante, mas que funcionava o suficiente para fazê-los não errarem a sequência depois de corrigida. Abigail foi uma bailarina de mão cheia na sua época e tinha muito o que ensinar e passar para os que se interessassem pelo balé clássico, por isso Joshua achava que ela era a única professora capaz de criar estrelas. Christopher era bom, dançava balé e contemporâneo com paixão e talento, mas ele era amigável e sociável demais, parecia um aluno qualquer e não um professor com nome e diploma, então Joshua não conseguia levá-lo tão a sério como levava Abigail.

A aula se estendeu por quase duas horas, até que o suor tivesse secado no corpo e as dores musculares apenas fizessem cócegas nas panturrilhas e nos braços. Joshua estava exausto, ainda que feliz com seu desempenho durante o ensaio com Apollonii e no restante do dia. Ele havia se estressado um pouco antes da aula começar, quando estava indo para a sala de Balé Clássico e se chocou com Hunter no corredor. Quase podia enxergar faíscas saindo dos seus olhos. Joshua só não falou sobre as fotos que havia tirado dele e de Giovanni, porque tinha planos melhores para elas, então se forçou a sair de perto sem dizer absolutamente nada, engolindo a vontade seca de provocá-lo e escutando Hunter resmungar nas suas costas.

Ele saiu da sala sem falar com ninguém, ignorando Lorraine completamente, apenas querendo apressar sua ida para casa e aproveitar as horas que teria sozinho para ensaiar um pouco mais, sem ninguém falando no seu ouvido. Entrou no vestiário com os outros, arrancando do corpo a camiseta suada, então a esfregou duramente no peito e no rosto para enxugar a pele molhada. Respirou fundo e abriu a torneira da pia à sua frente, jogando água no rosto e esfregando tudo com força, usando as mãos.

Ainda molhando o rosto, arrancando o cansaço daquela maneira grossa, o que fazia sua pele ficar vermelha em pontos específicos, como a bochecha e a testa, Joshua sentiu uma presença do seu lado. Ele fechou a torneira e continuou com o rosto abaixado, as mãos espalmadas no mármore, respirando fundo, com os olhos fechados. Imaginava quem estava ao seu lado, mas não havia mais nenhuma força dentro dele para que começasse qualquer discussão boba que Ren quisesse comprar naquele momento, o que, de alguma forma, poderia ser uma novidade.

— Está molhando o rosto para não chorar mais do que já chorou hoje, ou é só a intenção de esfolar tudo? — Ren perguntou, passando uma toalha pelo rosto, apoiado na pia pelo quadril, sem camiseta, ao lado de Joshua.

Joshua queria ignorar, ele queria muito ignorar e ir embora, mas o deboche que escorria pelos lábios bonitos de Ren despertou algo dentro dele, como uma injeção de adrenalina cheia de rancor. Ele não precisava ficar lembrando Joshua o tempo inteiro sobre seu momento de fraqueza. Era para ter ficado com a boca fechada e não ter dito para ele ser menos bonzinho, pois estava se tornando insuportável, mais do que normalmente era.

— Estou tentando tirar esse cheiro de perfume barato que você usa, ele impregnou no meu corpo como um carrapato. Sabe, me dá enjoo. — Joshua se levantou, esticando o pescoço para um lado e para o outro, junto aos braços, para alongar e aliviar a tensão dos músculos, notando que não havia mais ninguém, além deles, dentro do vestiário.

— Será que seu enjoo é mesmo por causa do meu Paco Rabanne ou por que você não me come?

— Você podia calar a boca, não é? Fica tão mais bonitinho de boca fechada. — Joshua levou os dedos compridos para o rosto de Ren, apertando as bochechas para formar um bico com os lábios dele, depois deu dois tapinhas na bochecha, causando em Ren uma careta de irritação. — No tablado nem parecia você, até que foi bom.

— Eu sou bom em muitas outras coisas também, *Garoto Cisne*, você quem não descobriu ainda — Ren murmurou, ainda com uma careta de irritação no rosto, e quando Joshua ameaçou dar mais outro tapinha na sua bochecha, ele empurrou sua mão com força para o lado.

Joshua deixou uma risada irônica sair por seus lábios, passando os olhos pelo peito de Ren, esguio, definido e muito gostoso. Admirou sem a menor vergonha, mordendo o lábio inferior e tombando a cabeça um pouco para o lado, apoiando uma das mãos na bancada em que Ren tinha a cintura escorada. Ren o olhava de volta, correndo os olhos grandes por seu peito, não tão definido como o dele, um pouco mais magro, mas atraente o suficiente para deixá-lo de boca aberta.

— E você vai me deixar descobrir? — perguntou, piscando os olhos, com o sorrisinho debochado tomando um pouco mais de forma. — Ficar nesse vai e vem não me convence muito.

— Se você não fugir mais uma vez, pode descobrir tudo.

Joshua arqueou uma sobrancelha, erguendo o

tronco, então deu um passo para a frente, ficando a centímetros de distância de Ren, com suas respirações inundando o vestiário fechado e praticamente escuro.

— Tudo, é?

— Tudo que eu deixar.

— Então, vem comigo para minha casa hoje. Você sabe, não vai ter ninguém para nos atrapalhar — sussurrou, fazendo questão de assoprar seu hálito quente contra a boca de Ren. — Se você quer tanto me mostrar que é bom em alguma coisa, não vai fugir, não é?

Ren devolveu o olhar quente de Joshua, bufando contra seu nariz.

— Quem sempre está fugindo é você, não eu, *Garoto Cisne*.

— Eu nunca fujo — disse. — Só gosto de ver você com cara de bravinho, implorando para que eu te dê qualquer coisa. Como está fazendo agora.

— E o que você vai me dar? — Ren se aproximou dele, praticamente sussurrando. Joshua podia sentir os lábios perto um do outro e suas respirações se misturando. — Bater com o pau na minha cara não conta, já fizemos isso.

Joshua encostou o nariz no do outro, então sussurrou de volta.

— Não me provoque, Ren.

— Ou o quê?

Joshua abriu um sorrisinho de canto, do tipo mais cafajeste que ele conseguia dar.

— Vamos para a minha casa e você vai descobrir o que é. E, com certeza, vai ser muito melhor do que quando eu bati na sua cara com meu pau, porque isso é muito pouco, perto do que eu quero fazer com você.

# Charme Destrutível

O metrô de Nova Iorque permanecia sempre lotado. Ren ainda não estava acostumado com ele, com toda a bagunça no momento de entrar e sair, e precisou praticamente ser guiado por Joshua até estar dentro de um vagão. Não tinha onde sentar, então ficaram perto das portas automáticas, com as mãos segurando nas barras de ferro e os corpos balançando de um lado a outro. Depois de alguns minutos, um homem na casa dos quarenta, que estava sentado perto deles, levantou-se e caminhou, entre as pessoas, para a outra ponta do vagão, indo conversar com alguém que havia enxergado de repente. Ren deu um passo, aliviado por ter conseguido um lugar para se sentar, mas Joshua foi muito mais rápido, e quando piscou, ele estava suspirando e fechando os olhos.

— Porra, eu ia sentar aí.

— Falou certo. — Joshua sorriu, prepotente, largando a bolsa da Capézio, de qualquer jeito, em cima das pernas esticadas, praticamente impossibilitando qualquer um de passar. — Você ia sentar. Mas não se preocupe. — Ele o olhou, com aqueles olhos intensos brilhando fagulhas de prazer no meio de todo o mar azul turbulento. — Você vai sentar muito gostoso daqui a pouco e não vai ser nesse banco desconfortável.

Ren estava a um passo de se arrepender de ter se entregado tão facilmente a suas vontades com Joshua, mas estava praticamente subindo pelas paredes. E olhá-lo, todos os dias, com aquela expressão de puro deboche, mesclando-se a uma sensualidade crua, deixava Ren tonto, à beira de um colapso. Só que tinha quase certeza de que se arrependeria assim que chegasse à casa dele.

Bufou e engoliu um xingamento, sentindo as plantas dos pés doerem pelo esforço absurdo dos ensaios. Ren não imaginava que fosse tão difícil assim, que a cobrança e a pressão de estar em uma companhia famosa fossem tão fortes e esmagadoras. Não conseguia entender como Joshua conseguia lidar com isso tão facilmente, sem surtar — mais do que já surtava por inúmeras coisas — ou querer desistir a cada erro cometido nos ensaios. Joshua parecia estar sempre determinado a se superar. Mesmo que estivesse comumente fraco e abatido, ele não se abalava, muito menos deixava que notassem seus problemas. Não que Ren soubesse com certeza quais eram, ele só tinha uma ideia por ser o par dele. E passar tanto tempo trancado na mesma sala o fez enxergar pedidos inquietos de socorro, dentro dos seus olhos, que não apareciam em outros momentos.

Andar de metrô era estranho, preferia a calmaria das ruas, mas Nova Iorque não era Oita e a Bolshoi não era tão perto assim do Brooklyn. Ren sabia fazer o caminho da Bolshoi para o Harlem e só. Ele gostava de lá por causa dos bares e das músicas que tocavam a noite toda. Jazz era o que mais se ouvia: Ella Fitzgerald, Nina Simone e Frank Sinatra fazendo morada entre os copos de cerveja gelados e cadeiras com acolchoado falhado. Ren tinha levado Katherine e Anthony em um desses bares depois de um ensaio cansativo, conseguindo entrar com a ajuda de identidades falsas e um *amigo* de Anthony que trabalhava lá. Foi divertido, eles beberam e dançaram, depois terminaram a noite na cama, no quarto de Ren, suados e embolados, um em cima do outro. Era por isso que preferia ir andando para os lugares, porque podia conhecer coisas novas, que dentro de um metrô era impossível de se acontecer. Além do mais, o metrô de Nova Iorque não era tão arrumado e bonito como os do Japão.

— Você não tem vontade de ir andando para casa? — Ren apertou as barras de metal, para não cair, quando o metrô deu um solavanco para o lado. Joshua estava procurando pelo celular dentro da bolsa; ele deu de ombros, com desinteresse, e destravou o celular. Ren conseguiu ver a senha: era a data da apresentação deles. — É sério, qual a graça de andar de metrô, se não dá para conhecer nada de Nova Iorque assim?

— Eu nasci e cresci aqui, Ren. Conheço Nova Iorque como a palma da minha mão — disse, então suspirou. — Quando se mora aqui a vida toda, andar de metrô se torna parte da sua rotina. A não ser que você seja rico e tenha um carro. Não temos carro, então andamos de metrô.

— Lá no Japão eu andava a pé.

— Volte para lá então, se está incomodado com a forma que nos locomovemos por aqui.

Ren bufou mais uma vez. Conversar com Joshua era difícil, pois ele nunca abria brechas para mais do que provocações e ameaças e estava sempre de mau-humor, pouco se importando em ser gentil. Ren estava nem aí, ele só queria tentar se distrair estando no metrô, mas Joshua parecia focado em outra coisa: no seu celular aberto na conversa com Hunter.

Ren estreitou os olhos, tentando enxergar o que porra Joshua estava falando com ele. Sabendo de todo o seu histórico com Hunter, boa coisa não deveria ser, e uma dor aguda de apreensão pinicou entre os vincos formados no meio da testa e nas bordas dos olhos. Apertou as barras de ferro com mais força e inclinou um pouco o corpo disfarçadamente para perto, de um jeito que Joshua não notasse. A princípio, ele só tinha mandado o nome de Hunter, seguido de um "fica esperto", e quando Hunter respondeu com "me deixa em paz", Joshua soltou um risinho frouxo pela boca e começou a digitar freneticamente.

**Joshua**

Não vai querer me ver irritado, eu tenho algo seu que adoraria expor para toda a Academia

Ren sabia o que era. Ou pelo menos achava que sabia. Estava lá quando Joshua pegou Hunter e Giovanni se beijando em uma das salas, e sua confirmação veio certeira assim que Joshua selecionou as fotos que tirou e mandou para Hunter.

**Hunter**

Você é uma pessoa horrível, Joshua. Como consegue dormir à noite?

Ren não conseguia acreditar que Joshua agiria de uma maneira tão baixa só para conseguir tirar Hunter da academia. Ele continuou soprando aquele riso prepotente pelos lábios, de um jeito que não chamava atenção de ninguém, quando começou a digitar:

**Joshua**

Durmo muito bem, obrigado por se preocupar

E eu que sou uma pessoa horrível?

Hahaha

Não lembro de estar trepando com um homem casado

Sua consciência não pesa? Deveria. Caso não,faço ela pesar rapidinho

Ren estava se segurando para não tomar o celular das mãos de Joshua, mas uma parte sua queria saber até onde ele iria com essas ameaças.

**Hunter**

Diga o que você quer, Joshua.

Joshua encostou-se no assento, com os cabelos bagunçados caindo por cima dos olhos. Ren recuou um passo, com medo de ele pegá-lo no flagra, mas perto o suficiente para enxergar a resposta que Joshua mandara para Hunter.

**Joshua**

Você tem até segunda-feira para deixar a Academia

Se não fizer isso, eu espalho essas fotos por todos os murais de lá, mando pra Ashley e pro Christopher, e eu quero ver como vai ficar a sua reputação depois disso 😘

Joshua não esperou pela resposta de Hunter. Ele suspirou, balançou a cabeça e bloqueou o celular, jogando-o de qualquer jeito dentro da bolsa, com um sorrisinho cínico dançando nos lábios rosados e a língua cutucando os dentes, em uma expressão satisfeita. Começou a batucar o feixe da bolsa com os dedos, parecendo torcer para que suas ameaças surtissem efeito em Hunter quando voltassem para os ensaios na segunda-feira. Ren se sentiu enjoado por um momento, com um vômito quente subindo até sua garganta, mas que foi engolindo com dureza, a ponto de descer, rasgando, até o estômago.

Voltou a segurar com força na barra de metal, incapaz de acreditar que Joshua podia mesmo fazer qualquer coisa para conseguir o que queria, sem se importar com ninguém além dele. Por mais egoístas e mesquinhos que fossem seus desejos, ele agiria, e isso, de repente, deu a Ren uma vontade louca e desenfreada de fazer o mesmo, de atingir Joshua da mesma forma que ele atingia os outros.

Sorriu, aquele tipo de sorriso que apenas enfeitava o rosto, sem propósito algum. Eram apenas lábios esticados, sem dentes aparecendo ou rugas nos cantos dos olhos, mas dentro de Ren algo queimava. Além do tesão, queimava a vontade de foder a vida dele, exatamente como ele pensava em fazer com os outros, fazê-lo engolir o próprio veneno a seco, junto com toda a marra e o nariz empinado.

Queria vê-lo engasgar com as próprias armas.

Antes de chegarem à sua casa, Joshua o arrastou até um beco escuro, meio deserto, com um ou dois caras, de índole duvidosa, fumando maconha. Ren não quis se aproximar quando Joshua disse o que iria fazer, preferiu se escorar em uma das paredes fora do beco, na qual tinha luz e nenhuma chance de morrer ali dentro. Joshua voltou poucos minutos depois, com um sorrisinho de canto dançando nos lábios e duas bitucas de cigarro de maconha preso entre os dedos. Óbvio que ele iria gastar o dinheiro que a mãe deu com drogas, Ren não estava nem um pouco surpreso.

A casa de Joshua não era muito grande, mas facilmente acomodava a família dele. Era um pouco maior que o apartamento de Ren e tinha aquele cheiro de lar doce lar que ele sentia muita falta. Ainda que estivesse gostando de morar em Nova Iorque, Ren sentia saudade do pai e de sua casa. A arquitetura de lá era tão diferente dos prédios de tijolos, cheios de escadas de incêndio, que era difícil se acostumar.

Quando entrou na casa de Joshua, tropeçando nos pés dele, sentindo a boca quente chupando e lambendo seu pescoço com tanta força, que Ren duvidava que saísse inteiro disso quando terminassem. Não conseguiu reparar em tudo, com seus olhos tentando se manter abertos até que conseguissem chegar ao quarto de Joshua, sem derrubá-lo no meio do caminho, e mãos firmes segurando um tufo grande do cabelo fino entre os dedos, com a mesma força e pressão que a boca e os dentes dele faziam na sua pele.

Foi jogado na cama com força, com os olhos profundos de Joshua dentro dos seus, em uma provocação descarada que causou tremeliques na sua virilha quente.

— Você não sabe onde se meteu, Ren.

— Sei onde você vai meter, isso que importa.

Joshua ajoelhou entre suas coxas, largando as duas bitucas ao lado da cabeça de Ren, e abriu suas pernas, na intenção de admirar o volume marcado dentro da bermuda larga. Estava tão duro por Joshua que era até cômico como ele não fazia nenhum esforço para deixá-lo assim.

O quarto estava todo escuro, mas Joshua esticou uma das mãos por cima de Ren, quando se inclinou para beijar seu pescoço novamente, e acendeu um abajur de luz amarelada. A língua dele era quente e macia contra sua pele, deslizava com facilidade e molhava tudo no caminho, com saliva fina escorrendo para dentro da sua blusa e pingando no seu mamilo.

Ofegou quando sentiu o pau duro dele tocar o seu. Joshua chupava seu pescoço e mexia o quadril em um vai e vem meio frenético, meio descontrolado, fazendo com que Ren sentisse uma explosão se formar na virilha, pronta para estourar quando fosse inteiramente saciado.

Os estalos causados pela língua de Joshua eram como músicas, uma pornográfica e muito excitante. Ren queria capturar cada som e engoli-los com satisfação.

Joshua desceu um pouco a boca, mas parou para olhar diretamente nos olhos escuros de Ren, com aquele sorriso traiçoeiro enfeitando o rosto. Ele deslizou dedos espertos por todo seu peito, até chegar à costura da camisa. Subiu devagar, deliciando-se com a imagem do seu abdômen definido se contraindo inteiro sob o toque sutil dos dedos de Joshua, com a unha raspando superficialmente a carne macia. Ele tirou a própria camisa sem pressa, quase fazendo Ren salivar com a visão do peito bronzeado e magro, quase pouco definido, mas bonito o suficiente para que fizesse Ren sentir uma vontade enorme de tocar nele e sentir o veludo da pele e dos poucos pelos macios na região do seu umbigo.

Joshua subiu uma mão para seu peito depois de Ren ter tirado a blusa com uma pressa quase vergonhosa, deixando escancarado o quão desesperado ele estava para sentir qualquer coisa vinda de Joshua. Ele soprou um riso pelo nariz e, então, apertou dedos firmes no seu mamilo, pouco se importando com a quantidade de pressão que fazia. Ren gemeu entre dentes, arqueando as sobrancelhas com raiva, com o tesão subindo com força, como corrente elétrica que pinicava cada nervo e veia dentro do seu corpo, voltando todo o caminho para a linha do seu umbigo.

Começou a beijar sua barriga de um jeito meio agressivo e eufórico, com dentes e saliva. Joshua mordia com força, torcendo a pele até que as marcas certas aparecessem, vermelhas e profundas, ainda que não mordesse a ponto de sair sangue. Ren sentia-o fervendo dentro do corpo, correndo de um lado para o outro, pronto para escorrer por qualquer buraco que a boca de Joshua quisesse fazer na sua pele. Contorceu toda a coluna quando Joshua torceu o mamilo duro, e então, sua boca estava lambendo a bolinha marrom, salpicando saliva, que escorria em abundância até o colchão. Joshua o beijou perto da virilha, fazendo com que Ren contraísse o abdômen e pedisse por mais, muito mais.

— Você é tão patético, Ren — sussurrou, com olhos firmes nos seus, duros e lascivos. — Eu ainda nem comecei a fazer o que quero com você e já está assim, todo desesperado por uma migalhinha.

Ren estava com a resposta na ponta da língua, pronta para escorrer da sua boca como veneno doce, mas Joshua notou antes que ele pudesse deixar tudo sair e abaixou sua bermuda de uma vez, junto à cueca, fazendo com que a cabeça do pau de Ren colidisse de maneira certeira contra a sua bochecha. Ele abriu a boca e colocou a língua para fora, lambendo a cabeça inchada e vermelha, com os olhos presos nos seus.

Ren queria tanto socar Joshua, mas estava ocupado demais, sentindo a porra se espalhando até o fundo, quando a boca dele desceu de uma vez, até que a cabeça tocasse o fundo da sua garganta. Joshua se engasgou pela brusquidão, mas não parou de se mover para cima e para baixo, enrolando a língua na pele, deixando escorrer a saliva até as bolas pesadas. Ele tocou em cada uma, apertou, sem cuidado, e fez Ren gritar um palavrão, agarrando os cabelos dele com força selvagem, com tufos de cabelos deslizando para fora dos seus dedos espremidos.

Fechou os olhos e mordeu os lábios, tentando se conter, mas era muito difícil quando a boca de Joshua era tão gostosa de se sentir, com seu coração disparando, frenético de prazer, e tesão escorrendo junto do suor quente do seu corpo.

Ele não chupou por muito tempo, apertou a cabeça inchada com os lábios e a soltou, em um estalo cheio de saliva, com som oco saindo pelas bochechas, aqueles estalos gostosos de sucção se fixando, como cola, nos ouvidos de Ren. Ele queria escutar e sentir muito mais, mas Joshua largou seu pau, gotejando na barriga, e abriu suas pernas sem nenhuma delicadeza. Assobiou quando teve a visão da bunda espremida entre o colchão e o peso do seu corpo, com o meio deles escondendo o que ele mais queria ver, limpou o canto da boca com a língua e se aproximou, com os joelhos firmes próximos aos pés de Ren.

Ren fechou os olhos, apertando-os com tanta força que a testa latejou.

Joshua o admirou por um tempo, o suficiente para Ren chiar, pedindo por alguma coisa.

O que Joshua fez, no entanto, fez Ren contrair

as pernas e gritar. Joshua o colocou de lado com brusquidão, e a mão aberta dele colidiu com força contra sua bunda. Acertou um, então dois, e aí, mais um tapa na bunda de Ren, fazendo-o sentir o ardor certeiro da palma aberta contra a pele. Seu pau pulsou e expeliu gotas finas de esperma, pronto para explodir inteiro só com isso, mas Ren não queria vir ainda, ele queria aproveitar tudo até o final e só gozar quando Joshua estivesse para fazer o mesmo.

Josh se inclinou sobre seu corpo, voltando a beijar seu pescoço e, então, seu queixo, mordendo cada camada de pele como se estivesse prestes a devorá-lo inteiro. Ren queria desesperadamente ser devorado por Joshua.

— O que quer que eu faça, *baby*? — Joshua perguntou, deslizando as mãos duras e firmes pela lateral do corpo de Ren, demorando propositalmente nas coxas grossas, nas quais raspou as unhas até onde o braço dele conseguia alcançar. — Só vou fazer o que você disser.

— Me bate mais — Ren gemeu, buscando, meio desesperado, pela boca de Joshua, mas ele se afastou, soprando um risinho contra sua bochecha.

— Então, você é desses que gosta de apanhar durante o sexo, e bater quando está fora dele? — Soprou mais um risinho, desta vez no seu queixo, lambendo, em seguida, toda a linha marcada da mandíbula de Ren. — Bom saber. Mas não vou te bater agora. Quer saber o que eu vou fazer, *baby*?

— Q-quero.

Joshua segurou-o pelos pulsos, firmando-os em cima de suas cabeças, prendeu-os com uma só mão e, então, deslizou a outra por todo seu corpo, até chegar ao pau gotejando esperma em cima do umbigo.

— Vou te deixar bem largo para receber meu pau, e só depois disso que você vai receber um tapa bem dado meu. Que tal? — Ren ofegou quando ele apertou a mão no seu pau, deslizando o polegar por cima da fenda molhada. — Gosta assim?

Joshua chupou e lambeu seu pomo-de-adão, deixando que a saliva escorresse, brilhante, pela sua garganta trêmula.

— G-Gosto...

Joshua começou a masturbá-lo, com as mãos ásperas indo e vindo, de um jeito que fazia Ren se contorcer inteiro embaixo dele, com a coluna arqueando e as pernas dobrando, prendendo Joshua no meio delas. Ele apertou com força seu pau, fazendo pressão com o polegar bem em cima da fenda molhada, com esperma escorrendo pelos cantos e melando tudo, até chegar à virilha quente.

A boca de Joshua continuava chupando e mordendo sua pele. Ele subia para a linha do maxilar, depois descia para a lateral do pescoço, lambia o pomo-de-adão e, então, repetia tudo novamente, sem perder o ritmo da mão no seu pau e sem desfazer o aperto nos seus pulsos. Ren estava suando por todo canto, com tesão acumulado se dissolvendo pelos poros. Queria gritar com Joshua, mandá-lo enfiar qualquer coisa dentro dele, mas sua boca só conseguia reproduzir gemidos e murmúrios meio manhosos, meio desesperados, enquanto olhava para os olhos intensos de Joshua cobertos pelos cílios longos que faziam sombra em seu nariz. Depois que soltou seus pulsos e desceu todo o corpo para aquela região, a ponta do nariz tocava sua virilha e raspava nos seus pelos aparados.

Ren esperou por outro boquete, mas Joshua só lambeu todo seu pau com a língua quente e desceu mais um pouco, parando nas bolas pesadas acumulando esperma.

Quando achou que Joshua enrolaria mais um pouco, apenas pelo prazer de vê-lo se contorcendo e implorando com os olhos para que fizesse alguma coisa, Joshua soprou o meio da sua bunda, abrindo suas pernas para enfiar o rosto lá dentro. A língua dele entrou quente e dura, depois amoleceu e se mexeu de um lado para o outro, tocando os cantos, em cima e embaixo. Ren enxergava pontos prateados piscando em volta dos seus olhos toda vez que Joshua empurrava a língua com força para dentro. Ela deslizava com facilidade, voltava e lambia o meio da sua bunda e, então, entrava de novo.

Ficou nisso por uns longos minutos, molhando tudo dentro de Ren, enrolando a língua quando ia sair e tirando dele gemidos esganiçados e sôfregos, com aquela dor gostosa embaralhando tudo na sua virilha quente.

Joshua levantou suas pernas por baixo dos joelhos, apertando a carne dali até que a pele se tornasse branca e enfiando a língua com mais força para dentro. Ren estava no limite, contorcendo-se inteiro e pedindo que Joshua fosse mais fundo, molhasse mais e enrolasse tudo.

Fechou os olhos e levou uma das mãos até o próprio pau, esfregando-o com desespero, até que porra quente escorresse com força para fora, sujando seu abdômen e dentro do umbigo, de um jeito tão erótico que fez sua boca salivar com a visão. Joshua soprou um riso para dentro da sua bunda e, então, afastou-se, olhando para Ren com aqueles olhos intensos que brilhavam tesão líquido.

— Mas já gozou? — Ele largou seus joelhos, que caíram, molengas, em cima da cama. — Você é mesmo patético.

— E você é um desgraçado fodido! — Ren grunhiu, apertando o pau na intenção de prolongar o prazer do orgasmo. Joshua riu mais uma vez, então se debruçou em cima de Ren e deixou um beijo molhado na linha do seu maxilar.

— Não se preocupe, *baby*, eu vou te preparar inteiro para me receber e você vai gozar ainda mais gostoso que agora.

— Só faça logo.

Joshua desceu beijos pelo seu corpo até chegar ao abdômen sujo de esperma, lambeu um pedacinho, que escorria pela linha do umbigo, olhando diretamente nos seus olhos, raspou as unhas por sua coxa, criando vergões finos, que ardiam até o início do joelho, parou e escancarou suas pernas.

— Pronto para receber meus dedos, *baby*?

Ren não respondeu, com a garganta, de repente, parecendo seca, mas assentiu, gemendo, meio desesperado, levou uma mão para os cabelos de Joshua, puxando um tufo cheio para trás, e rangeu os dentes, enrugando levemente o nariz, pela dor de ter as unhas de Ren cravadas no seu couro cabeludo. Mas aparentava estar gostando disso, então Ren apertou com mais força, praticamente fazendo-o se afastar de sua virilha, em uma força bruta misturada com a raiva fervente que sentia dele.

A ardência que sentiu subiu quente, pelas suas costas até a nuca, quando Joshua enterrou um dedo lá dentro. Entrou facilmente, mas ele fez questão de arranhar as paredes no processo, até que estivesse inteiro dentro, sorrindo, presunçoso, em sua direção.

*Porra*, Ren não queria admitir que havia gostado dessa investida meio bruta, porque o prazer, misturado à dor, fazia-o ferver e desejar muito mais. Joshua movimentou, por um tempo, até impulsionar o segundo, e com um alívio imenso por sentir um pouco mais, Ren soltou um longo gemido, que se arrastou por todo o quarto fechado. Soltou os cabelos de Joshua e desceu os dedos para os ombros dele, então o puxou pelo pescoço, até que estivesse inclinado em cima do seu peito, fazendo pressão no seu estômago, sem se desfazer dos movimentos fortes e brutos lá dentro.

Joshua abriu um risinho ao despejar um beijo na sua pele, então curvou um pouco os dedos e acertou em cheio sua próstata, tirando de Ren um grito que veio bem do fundo da garganta, um som desconexo e cheio de algo que Ren não conseguia definir direito, só sabia que estava bom pra caralho e que queria mais rápido e mais forte, fundo e preciso, da exata forma como Joshua estava fazendo.

— Isso... B-Bem aí, assim mesmo. — Ren afundou as mãos no ombro dele, tentando puxá-lo para cima. Queria beijá-lo, queria afundar sua boca repleta de saliva na dele, sentir que gosto Joshua possuía, prová-lo inteiro e sair saciado no final.

— O que você quer, ein? — Joshua enfiou mais um dedo, e esse deslizou com um pouco mais de dificuldade, mas quando conseguiu entrar e se juntar aos outros dois, Ren enxergou estrelas no lugar dos pontos prateados. — O que quer que eu faça?

Ren mordeu os lábios e rebolou contra os dedos de Joshua, tentando se foder com eles, tentando desesperadamente que as pontas deles tocassem sua próstata novamente.

Joshua subiu um pouco mais o tronco, raspando o pau em cima do seu, aquele atrito bom de pele quente contra pele quente, causando um choque que subiu rasgando toda sua espinha. Ele se inclinou perto do seu rosto, lambeu sua bochecha e, então, enfiou os dedos de uma vez, abrindo e fechando, curvando para tocar na próstata, logo repetindo tudo mais uma vez, até que estivesse escutando Ren gemer, desenfreado, contra sua boca.

— Porra, *baby*, você é tão apertado — Joshua resmungou, com os lábios tocando muito perto dos seus. — Que bundinha gostosa, eu quero tanto te foder com o meu pau.

— Então, fode!

Ren levou uma mão para o pulso de Joshua, tentando afastar os dedos dele de dentro da sua bunda, mas Joshua estalou a língua no céu da boca e enfiou com mais força, duro e firme, com as pontas deles tocando, certeiras, a próstata. A sensação se igualava a de cortes feitos por papéis, daqueles que machucam a pele e ardem, só que essa ardência, misturada com o prazer de ser fodido desse jeito profundo, era uma das melhores sensações que Ren já teve. O corte do papel se tornando praticamente invisível perante o prazer dos dedos de Joshua indo e vindo, abrindo e fechando.

Joshua suspirava contra sua boca sem encostar nela, e o hálito dele, tão quente, batia contra o seu tão subliminarmente que Ren adoraria senti-lo mais de perto, mas seus braços simplesmente estavam pesados demais em cima das costas largas de Joshua, que foi praticamente impossível mexê-los.

— Quero você sentando no meu pau. — Joshua raspou o nariz na sua bochecha, deslizou o rosto até se aproximar do seu queixo, lambeu, chupou e, então, afastou-se de Ren, tirando os dedos de dentro dele. — Quero agora.

A ausência fez Ren chiar, sentindo-se vazio, mas essa ausência se transformou em ardor no instante em que Joshua acertou uma palma aberta na lateral da sua coxa trêmula. Mordeu os lábios e abaixou as pernas, sem força para sustentá-las.

Joshua se jogou ao seu lado, então retirou o resto da roupa que ainda possuía no corpo, com a calça folgada e a cueca tomando um rumo qualquer e fazendo o pau dele pular para fora, com aquela fome reluzindo na cabeça inchada e vermelha. Ele pegou um dos cigarros de maconha esquecidos no lençol, esticou a mão para a cômoda e tateou, às cegas, até encontrar o isqueiro.

— Quero que sente em mim enquanto fumo — Joshua disse, com o cigarro preso nos seus lábios e os olhos cheios de desejos no seu corpo deitado ao lado dele, ainda tentando regular a respiração pesada. — Depois, vou te comer de quatro e você vai ter dificuldades para andar e dançar amanhã.

Ren fez força para se sentar na cama, bagunçou os cabelos suados com os dedos, jogando mechas incômodas para trás, e engatinhou até estar em cima de Joshua, com as coxas pressionando o quadril estreito dele. Sentou-se bem em cima do pau inchado, rebolou um pouco e espalmou as mãos no peito largo.

Vê-lo assim, esparramado na própria cama, acendendo um baseado, então tragando-o com satisfação latente, fez Ren observá-lo com um pouco mais de afinco que antes. Joshua era um homem bonito e, mesmo que não fosse admitir isso em voz alta alguma vez na vida, Ren não conseguia pensar em enxergá-lo de outra maneira. A forma como as sobrancelhas grossas se juntaram e a pele bronzeada se repuxou quando ele sorveu um pouco da maconha para dentro, respirando profundamente e, então, soltando tudo pela fresta dos lábios unidos. Era uma visão tão etérea que Ren poderia ficar horas ali, só observando Joshua tragar fundo. Ainda que não concordasse com nada do que ele fazia ou com a maneira como pensava, Joshua não deixava de ser um homem atraente, com uma presença forte, de tirar o fôlego, porque, apesar da reputação ruim, não fazendo nenhuma questão de melhorar, todo mundo, em qualquer lugar, parava para olhá-lo.

E Ren estava ali, em cima dele, parado, como um imbecil, com o pau quente pulsando contra sua bunda.

Joshua olhava para seu rosto daquele jeito, prestes a penetrar sua pele suada, com pingos gelados ardendo, em contraste com a quentura do seu corpo, e olhos azuis brilhando sobre a luz amarelada do abajur, recebendo o contorno das sombras como se recebesse as mãos de um deus, um que abençoou ele com tanta beleza que parecia, humanamente, impossível existir. Mas existia, existia e estava bem ali, deitado embaixo do seu corpo, soprando aquela fumaça para cima, sem nunca desfazer o contato visual. Era tão sensual, ao mesmo tempo que era de uma beleza extraordinária, e se Joshua não fosse um desgraçado que enchia tanto seu saco, Ren ficaria horas olhando para ele. Então, só jogou a cabeça para trás e engoliu um gemido de prazer quando a língua de Joshua deslizou pelos lábios, depois de soprar bolas de fumaça na sua direção.

Seu pau gotejava finas linhas de esperma pela fenda, com a cabecinha inchada e vermelha desejando algum estímulo, qualquer coisa que o fizesse sentir Joshua. Ele não se mexia, então Ren resolveu rebolar em cima do pau dele, depois abaixou até ficar próximo o suficiente da boca rosada tragando preguiçosamente. Joshua estava uma bagunça de suor escorrendo pelos cantos da testa, com as expressões contorcidas beirando o prazer puro.

— Está tão desesperado. — Joshua levou uma mão até a nuca de Ren, puxando-o até que o nariz dele estivesse tocando o seu. — Quer entrar na onda comigo, *baby*?

Ren não gostava muito de fumar, mas estava tão imerso em todo aquele clima, que assentiu uma vez para Joshua.

— Quero.

— Senta no meu pau primeiro.

— E a camisinha?

Joshua apontou para a única gaveta na mesa de cabeceira, ocupado demais em sugar a ponta do baseado para se esticar e pegar ele mesmo.

O simples movimento feito pelo seu quadril, ao tentar abrir a gaveta, fez o pau de Joshua pulsar e resvalar bem em cima de seu cu, com as veias sendo sentidas contra sua pele. Ren grunhiu um som manhoso e arrastado, fechando os olhos, criando forças para não se enterrar de qualquer jeito nele com todo desespero e autocontrole que estavam prestes a evaporar como a fumaça que saía dos lábios charmosos.

Abriu a gaveta e pegou a camisinha, aproveitando para puxar o frasco quase vazio de lubrificante jogado lá dentro.

Jogou o tubo de qualquer jeito em cima dele e rasgou o pacote de camisinha, descendo um pouco a bunda para baixo, na intenção de encapar o pau de Joshua. Deslizou a camisinha até o final e, então, masturbou-o um pouco, apenas para que ela encaixasse certo e não deslizasse para fora.

Joshua não tinha um pau grande, estava na média, mas era grosso o bastante para dificultar a passagem, então Ren melecou tudo com o que tinha sobrado do lubrificante e encaixou a bunda em cima da cabecinha vermelha.

Joshua tragou forte, engasgou-se com a fumaça quando a cabeça entrou dura, prendendo o baseado entre os dentes, e franziu o cenho, levando uma das mãos para sua coxa grossa, deixando um tapa seco, que fez Ren prensar o quadril dele como resposta. Ren forçou a bunda para baixo devagar, com aquela dor gostosa de ser fodido subindo por toda sua coluna, fazendo-o jogar a cabeça para trás de uma vez, cravando as unhas nos ombros expostos de Joshua.

Porra, o pau dele era tão grosso e duro que entrava com dificuldade, fazendo Ren sentir os pulmões queimarem em busca de ar. Mas ele não podia esperar, queria sentir Joshua inteiro dentro dele, socando-o com brutalidade, rasgando tudo, enquanto ia cada vez mais fundo.

Ren aproximou-se do rosto dele quando já estava na metade, recebendo dentro da boca a fumaça que estava presa nos lábios rosados de Joshua. Puxou tudo para dentro e, quando soltou, quando soprou tudo novamente para o rosto de Joshua, terminou de descer, e sua bunda encostou quente na virilha áspera.

Estava naquele momento em que sente tudo com muita força, quando o teto se torna céu e as luzes viram estrelas ao redor dos olhos turvos. Grandes nebulosas explodindo em prazer profundo, enquanto se mexe em torno de algo que não deveria estar ali, mas estava e era bom, era sublime e era tórrido. Ren sabia que sentiria tudo isso quando finalmente estivesse com o pau de Joshua dentro da sua bunda, mas não achava que a sensação fosse tão abrasiva quanto estava sendo. Ele achava que talvez fosse por causa do baseado e toda a aura meio pesada e erótica que eles criaram quando caíram na cama.

Ren tragou um pouco da maconha, então rebolou quando sentiu que já estava pronto, encostou os lábios nos de Joshua e soprou tudo para dentro, movendo só o quadril em volta do pau dele — pau cheio de veias, pulsando contra suas paredes.

Quando ia se afastar para devolver o restinho da bituca para Joshua, ele o puxou para perto pela nuca, em uma brutalidade que fez sua pele arder, e grudou a boca na sua.

Ele não esperava que Joshua fosse calmo, tinha consciência de que não havia carinho ou tempo para isso, e teve essa certeza quando sentiu os dentes dele apertarem seu lábio inferior, puxando a carne para dentro da boca, em uma sucção pesada, causando aquele ardor quente de sangue, passando a língua e chupando como um pedaço de pirulito, molhando tudo com sua saliva. Ren firmou a mão no maxilar de Joshua, segurando o rosto dele entre os dedos e raspando uma língua na outra, sem deixar de rebolar contra o pau dele, sentindo uma das mãos de Joshua subir até a janela para jogar o que restou da bituca fora.

Joshua segurou os cabelos da nuca de Ren com força, puxando a sua cabeça para trás, sentindo o gosto da maconha no beijo, causando mais tesão em Ren a cada chupada que Joshua deixava na sua língua.

O primeiro beijo deles era cheio de agressividade e erotismo em cada movimento, cada estalo que os lábios faziam ao deixar que a saliva escorresse pelos cantos, deslizando do queixo até o pescoço suado de Joshua, sumindo atrás da nuca dele.

Ren se afastou um pouco da boca dele, ainda sendo conectado por aquele fio de saliva fino que se grudou no seu queixo depois que partiu, voltou a rebolar nele, quicou fundo e firme, prendendo o pau de Joshua contra seu cu, em uma contração forte que tirou dele um som grosso satisfatório, para, depois disso, mexer o quadril de um jeito que acertasse certeiro sua próstata.

Ren voltou a apertá-lo no maxilar, prensando as palmas das mãos em cada extremidade, para conseguir um pouco mais de sustento no corpo enquanto rebolava, tentando saciar o tesão acertando a próstata. Joshua não segurava mais os gemidos, deixava-os saírem roucos e fortes, só que ele não parecia querer gozar ainda, parecia querer fazer Ren sentir todo o tesão que acumularam durante todo aquele tempo e fazê-lo sair na forma de investidas duras.

Joshua levou as mãos até os pulsos de Ren, puxando seus braços com brutalidade para as costas, prendendo-os como ele conseguia. Ren não tinha mais forças para se erguer e se sentar, as pernas queimavam pelo esforço, o joelho ardia pela posição e sua respiração saía falhada pela boca.

— Vou te dar agora o que você queria, *baby* — Joshua grunhiu contra sua boca, puxando um pedaço do lábio com os dentes. Ren fechou os olhos e tentou se mover do aperto que um dos punhos dele fazia contra seus pulsos.

— Pode me dar tudo, *Garoto Cisne*. Hoje, só hoje, eu sou todo seu.

Joshua riu pelo nariz, puxou Ren pelos cabelos com a mão livre e deslizou dedos ásperos por sua bochecha, contornando os traços marcados do seu rosto, até espalmar uma mão aberta em cheio nele, com seu rosto virando, estalado, para o lado.

— Isso foi pelo primeiro tapa que me deu — disse, com os olhos beirando a raiva crua. — Lembra dele? Quando eu disse que você chupou o Chris? Eu menti?

— Desgraçado — Ren grunhiu, irritado, e tentou se soltar, mas Joshua o segurava com força. — Você é um filho da puta, Joshua.

— Eu sei — disse. — E você está sentado no pau desse filho da puta.

Em resposta, Ren contraiu a bunda, prendendo o pau de Joshua em um movimento só, que fez com que ele engasgasse um gemido para fora, aquele mais grave e rouco, que tremeu toda sua espinha pela proximidade que estavam.

Joshua rolou com Ren pelo colchão, soltando as suas mãos quando ficou por cima, mas não as deixou soltas por muito tempo, prendendo-as novamente sobre a cabeça de Ren, com tamanha força que, com certeza, deixaria os nós dos dedos dele esbranquiçados. Joshua investiu com força, mordendo o maxilar de Ren até que a pele se tornasse vermelha, combinando com a marca ardida do tapa que esquentava a sua bochecha.

Ren gemia e contorcia o corpo embaixo de Joshua, inebriado pelo clima pesado de tesão que envolvia os dois, sentindo todos os pelos do corpo arrepiados e os olhos rodando pelo prazer. Joshua segurou seu queixo com uma mão, depois que soltou seus braços com um desespero absurdo, forçando para que Ren o olhasse nos olhos, parecendo se deleitar com os gemidos altos e manhosos que Ren não fazia a mínima questão de prender. Ren escorreu as mãos para as costas de Joshua e deslizou as unhas até onde conseguia alcançar, fazendo questão de arranhar finas linhas que arderiam depois.

— Você tá gemendo igual uma putinha, *baby*.

Ren abriu um sorrisinho de satisfação, inebriado demais no tesão que Joshua estava proporcionando, mordendo o lábio e cravando a unha no braço de Joshua.

— E você tá adorando me ouvir gemer como uma, não tá? Diz, *Garoto Cisne*, diz que tá adorando me comer e ouvir meus gemidos. — Gemeu, mais uma vez, quando Joshua acertou sua próstata com força, o rosto dele se contorcendo inteiro de prazer e as sobrancelhas formando vincos duros no meio da testa.

— Se continuar gemendo que nem uma puta, eu vou gozar muito rápido — sussurrou contra o seu ouvido, deixando uma lambida no lóbulo furado, mas sem brincos no momento.

— Espero que morra entalado com seu esperma.

— E eu espero que você morra com meu pau na sua bunda.

Eles estavam no limite. Ren sentia suas pernas trêmulas tentando prender Joshua, com o calcanhar deslizando, preguiçoso, pela bunda dele. Joshua começou a investir mais rápido, fazendo questão de acertar Ren em cheio todas as vezes.

Os olhos dele estavam dilatados, e ele achava que não era só pela maconha, mas por todo o tesão os circulando como névoa densa e escura.

— Porra, Ren.

— Quem está desesperado agora?

Joshua mordeu seu pescoço e chupou, depositando um beijo, como consolo pela marca que deixou. Ele rebolou para dentro da sua bunda, deslizou uma mão para seu pau batendo contra o abdômen e começou a masturbá-lo, na mesma frequência que se movia para dentro.

Ren sentia suas bolas pesarem, com o som da virilha de Joshua batendo contra sua bunda se tornando mais alto e frenético, a ponto de fazê-lo enxergar tudo vermelho quando explodiu de uma vez na mão dele, com aquelas bolinhas brilhando em torno dos seus olhos, até que voltasse a enxergar Joshua pressionando seu peito e se retirando de dentro com gemidos sôfregos.

Ren grunhiu. Ainda que estivesse cansado, ele não queria parar, mas Joshua se jogou ao seu lado na cama, cobrindo o rosto com o antebraço.

— Se recupere logo — Ren disse, voltando a se masturbar, melando os dedos com o esperma viscoso. — Você disse que ia me comer de quatro.

Joshua soltou um riso frouxo pelo nariz, então se sentou na cama, de costas para Ren, olhando para ele, por cima dos ombros arranhados, com aqueles olhos beirando o sarcasmo de sempre.

— Disse? — Joshua fez uma expressão pensativa. — Não me lembro.

— Ainda falta muito para que eu fique cansado, e você disse que me deixaria sem andar.

Joshua estalou as costas e o pescoço, piscando os olhos em direção a Ren, com aqueles cílios longos fazendo sombra nas bochechas vermelhas e suadas.

— Uma pena, mas isso é tudo que você terá de mim hoje. — Riu. — Quem sabe outro dia eu não volto a fazer uma caridade?

— Não vai ter outro dia, Joshua. — Ren parou de se masturbar, controlando-se para não socar o rosto de Joshua. — Só hoje já foi o suficiente.

— Então, você vai ter que usar a sua mão, para mim já chega. — Joshua se levantou da cama, com a bunda cheia exposta em sua direção.

— Fraco. Eu deveria saber que alguém que não consegue me segurar não teria forças para me comer de verdade.

— *Blá, blá, blá.* Pode continuar falando, eu não vou mudar de ideia. Eu estou saciado e cansado, e você precisa ir embora.

Joshua tinha a voz arrastada pelo cansaço e pela quantidade de maconha que fumaram, não fazendo questão de ser delicado com Ren ou de medir as palavras. Espreguiçou-se, indo para o banheiro e batendo a porta, trancando-se lá dentro, sem se importar se Ren ficaria ali ou iria embora.

Quando Ren escutou o som do chuveiro, ele correu para se vestir, sentindo aquelas dores fortes na bunda, enquanto tropeçava nos pés ao tentar passar a bermuda pelas coxas suadas. Abaixou-se com dificuldade depois que terminou, para pegar o celular de Joshua dentro da bolsa. Ele havia gravado a senha ainda quando estavam no metrô, então foi fácil desbloquear.

O papel de parede era uma foto dele mesmo, em preto e branco, em algum ensaio, com as linhas duras dos braços abertos, em um lindo *Arabesque*, e os pés esticando em uma ponta perfeita. Ele era elegante assim, dançando, mas só desse jeito.

Correu os dedos, procurando onde ficava o aplicativo de mensagens, encontrando em uma pasta escrita "social", e foi direto na conversa com Hunter, vendo que ele tinha mandando mais mensagens depois da ameaça. Eram xingamentos, reclamações e mais xingamentos. Ren não queria que ele saísse da academia, pelo menos não desse jeito, com Joshua sendo o principal motivo. Hunter estava errado em se envolver com um homem casado, mas só eles deveriam ter o bom senso de terminar com tudo, e não Joshua.

Ele apagou o *chat* inteiro, depois abriu a galeria, procurou pelas fotos de Hunter e Giovanni se beijando na sala e apagou tudo — inclusive as da lixeira —, mas quando ia colocar o celular novamente na bolsa, Joshua saiu do banheiro, enrolado em uma toalha, com pingos finos de água escorrendo do cabelo até sumir na virilha escondida.

— O que você está fazendo, Ren?

Ren abriu um sorrisinho. Em outras circunstâncias, ele teria entrado em desespero, mas nesse caso, ele estava em êxtase por Joshua tê-lo pego com a mão na massa.

Jogou o celular dele em cima da cama, fez um gesto de despacho com a mão e estalou a língua na bochecha.

— Só te devolvendo a sacanagem que fez comigo — disse, andando em direção à porta do quarto. — Tenha uma boa noite, *Garoto Cisne*.

Joshua sentiu o sangue correndo com força dentro do corpo, fazendo arder suas veias e seus nervos, como se gás estivesse prestes a explodir lá dentro, quando pegou o celular jogado em cima da cama e não encontrou mais a conversa com Hunter, muito menos as fotos que tirou dele e de Giovanni se beijando na sala de ensaio. Os dedos tremeram involuntariamente e o celular caiu de qualquer jeito no chão, estourando, com a colisão, em um barulho que fez Joshua querer gritar.

Ele correu até a sala, debruçando o corpo sobre a janela aberta, torcendo para que Ren ainda estivesse por perto. A dilatação dos seus olhos, ainda meio nublados por culpa da maconha, impedia que visse com clareza as ruas iluminadas do Brooklyn em plena madrugada. Devia ser por volta das três, mas Joshua pouco estava se importando com o som gutural que rasgou sua garganta quando ele gritou o nome de Ren, que estava prestes a atravessar a rua.

Ren se virou para olhá-lo, erguendo o pescoço para enxergar toda a bagunça que era Joshua naquele momento. O sangue de Joshua ferveu, borbulhando de um jeito que fez sua cabeça arder, ao ver o sorrisinho vitorioso preso nos lábios que, momentos atrás, estava beijando, chupando e mordendo. Queria correr até ele, pular as escadas de incêndio e sacudir Ren, enchê-lo de socos até que aquele sorriso presunçoso sumisse da sua cara.

— Seu desgraçado infeliz! — ele gritou de novo, pouco se importando com o horário ou se iria acordar os vizinhos. Sentia que estava no limite, naquele limbo em que o efeito da maconha começava a diminuir gradativamente e seus sentidos voltavam a se recobrar pouco a pouco. Caso isso acontecesse, Joshua teria um colapso bem ali. — Que merda você fez? Você não tinha o direito de apagar as minhas coisas!

Ren soltou um bocejo teatral, batendo levemente as mãos na boca aberta, com os cabelos bagunçados escondendo seus olhos nebulosos.

— E você tinha o direito de ameaçar o Hunter?

— Você sabe o que ele está fazendo, porra! — Joshua se descontrolou e apertou com força os cabelos, puxando-os para qualquer direção longe da cabeça, com a visão embaçando conforme sua raiva se transformava em lágrimas presas nos cantos dos olhos. — Ele está dormindo com um homem casado.

— E eu devo acreditar que você está fazendo justiça? — Ren levantou os dedos, fazendo aspas com eles, com sobrancelhas arqueadas, em um tom claro de descrença que irritou Joshua um pouco mais. — Por que o que eles estão fazendo é errado ou por que você só está usando disso para finalmente se livrar do Hunter?

Joshua respirou fundo, de repente enxergando tudo preto, e a única luz branca era o sorriso de Ren no meio da calçada, com a cabeça levemente inclinada para cima em direção à sua janela. Estava tudo distorcido, com bolas brilhantes se mesclando ao preto e ao sorriso meio esquisito de Ren, com o som dos carros passando sendo um incômodo muito grande para seus ouvidos. Seus dedos começaram a formigar, foi só aí que Joshua notou que apertava o batente da janela com muita força. Ele piscou, tentando voltar a enxergar normalmente, e quando isso aconteceu, o primeiro objeto que entrou no seu campo de visão foi um vaso de flor de barro, que Juliet deixava na janela para tomar Sol durante a manhã.

Quando percebeu, quando voltou a recobrar os sentidos, o vaso já estava espatifado ao lado de Ren, com terra e planta jogados no asfalto, e ele murmurava xingamentos, com a mão cobrindo o rosto.

— Você ficou maluco, Joshua?

Mas Joshua não conseguia escutar direito, não a voz de Ren, pelo menos. Ele voltou a ouvir o barulho dos carros se tornando mais alto, mais agudo nos seus ouvidos, zumbindo como se estivessem dentro da sua cabeça. Ele tapou os ouvidos e gritou com força, sentindo a garganta arder pelo esforço. Seu corpo caiu para trás, sentado no chão, com os joelhos dobrados para cima. Então, começou a enxergar tudo turvo, com a janela parecendo se mover de um lado para o outro.

O coração, desenfreado no peito, doía pela agitação e a garganta seca, sem uma gota de saliva para umedecer as paredes, fazia com que Joshua tivesse dificuldade em puxar o ar pela boca, com a língua tentando umedecer os lábios sem nenhum sucesso. Joshua sentia os dedos dormentes e a cabeça girando, enquanto o suor gelado se acumulava nas palmas das mãos fechadas e escorria para o chão, deixando-o liso sobre seu toque bruto. A pressão que retumbava nos seus ouvidos o ensurdecia, deixando-o com mais tremores e falta de ar. Por mais que estivesse respirando com força esganiçada, não parecia ser o suficiente, e o pulmão piava toda vez que puxava para dentro.

O gosto de sangue nos lábios se assemelhava a uma realidade áspera de estar no palco, enquanto dançava. Joshua não sentia nada de ruim, ele era dono do mundo, era o centro das atenções, e nada além dele importava, porque o sangue dentro dele corria quente nas veias, pela adrenalina de executar passos delicados com destreza, linhas retas e esticadas toda vez que finalizava uma sequência. Mas sentir a gota quente de sangue que escorreu dos seus lábios quando mordeu a boca com força e manchou sua toalha de vermelho escancarava que Joshua não estava no palco, não estava dançando e não estava vivo. Porque ele só sentia que estava vivo quando dançava.

Joshua tentou se levantar, mas suas pernas pareciam duas gelatinas, prestes a derreter junto ao suor que escorria do seu rosto. Seu peito inchava, como se estivesse cheio de algodão molhado, suas mãos tremiam. Ele gritou novamente, embora soubesse que ninguém viria, porque estava sozinho. Não sabia onde Juliet e Jeffrey estavam nem quando voltariam, então o desespero de estar daquele jeito, sozinho, o fez tremer com mais força, com as mãos fortes apertando e puxando os cabelos.

Joshua estava tão perdido, com medo e angustiado, que não percebia as coisas ao seu redor. Era como se estivesse no meio de uma paralisia esquisita, que seu corpo se negava a responder aos comandos que tentava, inutilmente, dar. Mesmo que estivesse sentindo um calor abraçar seu corpo todo suado, um que não estava lá segundos atrás, Joshua não conseguiu perceber, logo de imediato, que haviam braços em volta do seu corpo, nem quando alguém entrou no apartamento, mas havia mãos deslizando sobre sua pele. Joshua se agarrou neles com força, praticamente cravando as unhas na pele, sem se importar se estava machucando ou não. Só queria encontrar algum refúgio dentro delas. Agarrou-se a esse abraço como uma pessoa afundando se agarraria a uma boia salva-vidas no meio do mar, pronta para tirá-lo daquele caos turbulento.

Abraçou de volta e se escondeu no peito quente, afundando o rosto e tentando respirar fundo, com a respiração normalizando aos poucos, saliva escorrendo pelo canto da boca e pingando no seu queixo. Joshua sentiu um perfume conhecido, recobrando a sensibilidade do corpo devagar, percebendo que quem o apertava era Jeffrey. O perfume forte, que ele usava sempre quando ia trabalhar, acalmou seus batimentos acelerados um pouco, deixando que ele reconhecesse que aquele abraço apertado e o carinho que recebia eram do irmão. O bolo formado na garganta explodiu, em forma de um grito, e lágrimas começaram a derreter sobre a bochecha, parecendo queimar a pele inteira, com o corpo tremendo como um terremoto.

— Josh, sou eu — Jeffrey sussurrou, agora subindo as mãos para sua cabeça, fazendo carinho dentro dos cabelos. — Sou eu, Josh, se acalma, eu estou aqui.

— Eu odeio ele — murmurou, engasgando-se com a saliva acumulada na ponta da língua, com o rosto enterrado no braço dele. — Odeio muito ele.

— Quem? — Jeffrey tentou levantar seu rosto, mas Joshua fez força para baixo e se escondeu no vão entre braço e o tórax, encolhendo-se entre as pernas grossas do irmão mais velho.

— O Ren, eu odeio ele.

Jeffrey abafou um risinho, e Joshua escutou, mas não tinha forças para xingá-lo, só queria continuar ali, preso dentro dos braços fortes dele.

— Ele não está aqui — disse, apertando a nuca de Joshua. — Vamos para a cama, está tarde.

— Cadê a minha mãe?

— Ela está com uma amiga — Jeffrey respondeu, levantando-se do chão, ainda segurando-o com força. — Venha, vamos dormir.

— Não quero dormir sozinho.

— Eu durmo com você hoje. — Joshua continuava se escondendo no abraço de Jeffrey, apenas se deixando guiar até o quarto dele. — Deita na minha cama, eu vou pegar uma roupa para você.

— N-Não... — Ele se engasgou e apertou Jeffrey com os dedos. — Não quero ficar sozinho.

— Certo — disse. — Venha aqui.

Ele guiou Joshua até a cama, sentando-o na beirada. Foi difícil se desvencilhar do aperto, mas Joshua o soltou, meio relutante, depois que Jeffrey lhe assegurou que só iria buscar uma cueca no seu quarto.

Quando voltou, Joshua ainda chorava, não soluçava nem se engasgava, mas escondia o rosto com as mãos e contraía os dedos dos pés no chão.

Vestiu-o devagar, passou uma perna e depois a outra, tirou a toalha molhada e suja de sangue do seu quadril, jogou-a de qualquer jeito no chão, puxou Joshua pelos braços e o deitou na cama.

Joshua sentia-se fraco, como sempre parecia estar, mas agora era muito pior. Seu corpo inteiro tremia, sua mão suava e o cansaço do dia por ter se pressionado naquele ensaio, para que Apolloni não acabasse com ele, e depois de tudo o que aconteceu com Ren, todas as poucas forças, que seu corpo acumulava durante a semana, tinham esvaído. Achava que não ia conseguir, mesmo tentando mais do que aguentava, mesmo que a bolsa e todo o mérito de um talento conquistado com anos de ensaios estivessem quase tocando as pontas dos seus dedos. Joshua achava que não ia conseguir, e todo esse medo estava derretendo a confiança que existia dentro do seu corpo, pouco a pouco. Logo mais não sobraria nada.

— Josh.

Ele escutou perto do seu ouvido, e os braços de Jeffrey rodearam seu peito e a palma quente repousou contra seu coração agitado.

— Eu estou aqui, está tudo bem. Você não é um fracasso, é o melhor bailarino que eu já conheci. Depois da mamãe, é claro.

Joshua conseguiu soltar um riso frouxo. Juliet era a única bailarina que Joshua colocava acima dele, porque foi dela que herdou a paixão e a vontade de dançar balé, e sem ela ele não estaria onde estava agora.

— Relaxa — Jeffrey voltou a dizer, com a voz macia e suave fazendo sumir os sons incômodos, que antes zumbiam dentro do seu ouvido. — Estou aqui e você não está sozinho.

Demorou, mas Joshua dormiu desse jeito, com Jeffrey sussurrando contra seu ouvido e passando calor, através de um abraço de irmão que ele não sentia há muito tempo.

Ren estava com um corte na sobrancelha, feito por um dos cacos do vaso que Joshua jogara nele, escondido por baixo de um esparadrapo da cor da sua pele. Tinha chegado em casa com um sorrisinho vitorioso dançando nos lábios, por saber que agora Joshua não poderia mais ameaçar Hunter com as fotos.

Acordou cedo na segunda-feria porque queria conversar com Hunter a respeito da traição e de como esperava que ele e Giovanni tivessem bom senso para terminar tudo ou contar para Ashley, porque, apesar de não concordar com a forma com que Joshua escolhera lidar com a situação, ainda tinha uma parte sua que achava que ele não estava totalmente errado. Era uma traição, afinal de contas, e Ashley era uma boa pessoa, ela não merecia passar por isso.

Os corredores não estavam tão vazios, mas nem todos os bailarinos tinham chegado ainda, porque era cedo demais. Alguns iam para se alongar nas salas, bater papo nos vestiários ou fingir que comiam a comida do refeitório. Ren queria se encontrar com Hunter antes que as aulas começassem, mas não havia nenhum sinal dele por lá.

Talvez tenha chegado cedo demais.

Xingou e se escorou em uma das paredes perto da sala dos professores. Christopher saiu de lá com uma expressão meio decepcionada, as mãos nos bolsos e o rosto baixo.

Ren se aproximou dele devagar.

— Chris...

Christopher levantou a cabeça, abrindo um sorrisinho gentil.

— Ah, olá, Ren. Chegou cedo.

— É... foi. — Coçou a nuca. — Você sabe se Hunter já chegou? Eu queria muito falar com ele.

Foi aí que Ren notou que tinha algo de errado. Christopher torceu os lábios e a expressão decepcionada voltou a tomar forma no seu rosto.

— Você não vai conseguir mais encontrá-lo por aqui.

— O quê? Por quê?

De repente sua garganta se fechou, e o medo vivo de que tivesse chegado tarde demais corria de uma ponta à outra no seu corpo. De longe, no início do corredor, enxergou Joshua se aproximando com aquele sorriso debochado de sempre, cabelos impecáveis, salpicados de gel, e testa à mostra, brilhando na luz tórrida. Mascava um chiclete ou fingia mascar um, porque a língua se enrolava na boca e a mandíbula sensualmente se mexia de um lado para o outro.

Ele chegou a tempo de escutar Christopher lamentar:

— Hunter cancelou sua matrícula, ele não faz mais parte do quadro de bailarinos da Bolshoi.

# PAQUERA INDOMÁVEL

Ren achava que nada poderia piorar seu dia mais do que a notícia de que Hunter não fazia mais parte do quadro de bailarinos da Bolshoi e Joshua ter conseguido o que tanto queria, mesmo depois do seu esforço para que as ameaças dele não dessem certo.

Mas claro que poderia piorar, e essa piora tinha a ver com Joshua e seu sorrisinho cínico. Tinha a ver com Joshua dizendo que sempre conseguia o que queria, mesmo que novatos enxeridos tentassem intervir. E o pior de tudo não eram nem as piadas, muito menos o deboche escancarado no rosto dele durante o ensaio, era, justamente, a melhora no *Pas de Deux* deles, a sincronia nos saltos e giros, sem nenhuma dificuldade, a leveza que os passos passaram a ter e a química que surgira de repente.

Joshua tinha conseguido levantá-lo mais de uma vez, erguendo-o até que se sentasse no seu ombro por alguns segundos, antes que fosse segurado por baixo de uma perna em frente ao seu peito, com a outra enrolando-se no quadril estreito dele, enquanto girava em torno do próprio eixo, de um jeito tão elegante como um cisne deveria ser. Fizeram a sequência inteira sem pausas, repetiram novamente sem erros e, quando acabou o ensaio do *Pas de Deux*, Abigail elogiou-os com um sorriso no rosto, satisfeita com o progresso.

Pensando um pouco melhor, estar em sincronia com Joshua não era bem a parte ruim. Na verdade, Ren achava que estavam finalmente tendo progresso nos ensaios com ele, e ser elogiado por Abigail inflava seu ego. O que ele considerava ruim e que, com certeza, pioraria o resto do seu dia era ser prensado contra a parede do banheiro após o término do ensaio, sentindo Joshua indo e vindo com o pau na sua bunda, os gemidos dele alcançando seus ouvidos, o peito dele suado, escorrendo nas suas costas, a língua quente e molhada lambendo seu pescoço. Quando entrou no banheiro, para lavar o rosto e tirar um pouco a vermelhidão das bochechas, escutou a porta abrir e fechar com força, então seu corpo foi puxado com brusquidão para trás e a língua de Joshua se enfiou, de maneira bruta, para dentro da sua boca. Não conseguiu recusar, de qualquer forma. Joshua podia possuir todos os adjetivos ruins existentes no dicionário de língua inglesa, mas sabia foder tão bem que deixava Ren maluco, com as pernas fracas e uma vontade escandalosa de abri-las para ele. Joshua prensou-o contra uma parede, afoito demais para conseguir guiá-los até uma das cabines, Ren também não reclamou, porque a adrenalina de alguém entrar e vê-los daquele jeito o deixava ainda mais excitado.

Isso sim era ruim. Ou não, porque Ren gemia de um jeito tão manhoso que sua mente começava a acreditar que ele estava, na verdade, querendo fazê-la acreditar que era ruim. Sentir o pau de Joshua pulsando com força dentro da sua bunda e o som que a virilha dele fazia toda vez que colidia duro e saía firme.

Joshua rebolava o quadril atrás do seu corpo, apertava seu pescoço e, então, pressionava a virilha com força para dentro da sua bunda, com o pau dele pulsando quente contra as bordas. Porra, Ren conseguia enxergar estrelas, daquelas que seu olho automaticamente reproduz quando se está zonzo, prestes a cair. Elas brilhavam em volta do seu rosto toda vez que sentia o pau de Joshua tocando certeiro a sua próstata, com gritos agudos contidos pela palma da mão dele contra sua boca.

— Lembro bem de você falando que não transaria mais comigo — Joshua sussurrou, então gemeu contra o seu ouvido, fazendo-o tombar a cabeça em cima do ombro suado dele. — Imbecil, você nunca consegue sustentar o que fala. É uma piada.

— Uma piada tão boa que você não consegue se manter longe — grunhiu, com a mandíbula trincada, mexendo o quadril em direção à virilha dele. — Seu pau mal consegue se manter dentro das calças, de tanto que quer me foder. Fala menos e fode mais, Joshua, é melhor quando a sua boca está ocupada com alguma parte minha nela.

— Você se acha tanto, Ren. — Ele mordeu o ombro de Ren com tanta força que a dor dos dentes na pele desceu, elétrica, para seu pau raspando na parede. — Pena que não vai conseguir durar tanto tempo aqui. É por isso que eu estou aproveitando você, porque, logo, logo, estará dando adeus a Nova Iorque.

Joshua deslizou suavemente para fora, quase lentamente, de um jeito doloroso que fez Ren resmungar, querendo que ele voltasse. Quando a cabeça inchada e molhada estava quase na borda, Joshua se enfiou novamente para dentro, com tanta brutalidade que o peito de Ren colidiu inteiro contra a parede, com as costelas sendo esmagadas pelo peso do peito de Joshua contra suas costas.

Ele começou a investir mais fundo, de maneira mais dura e certeira, pele contra pele, com aquele som gostoso de pau e bunda se chocando um contra o outro.

Ren fechou uma mão em punho, em direção à parede, e a outra levou até uma das coxas expostas de Joshua, cravando os dedos na pele dele, até fazê-lo grunhir de dor pela força que as unhas deslizavam na carne. Era bruto e selvagem, tinha dor e prazer misturado no sexo deles, e era tão bom que nenhum dos dois escutou a porta do banheiro abrindo e fechando.

— Achamos ele, Rich. — Era a voz de Anthony. Ren fechou os olhos quando Joshua lambeu uma camada de suor na linha da sua mandíbula, pouco se importando com os novos pares de olhos em direção a eles. — E, nossa Joshua, que bunda bonita.

Ren tentou olhar para trás, em direção a Anthony e Richard, mas Joshua o segurou no pescoço e o beijou com tanta fome, que se tornou praticamente impossível distinguir de quem era a saliva que escapava da boca e escorria até seu queixo.

— Vamos mesmo ficar aqui vendo o Joshua foder o Ren igual uma puta?

— Qual é, Rich?! — Anthony murmurou, e seu tom de voz era divertido. Ren queria enxergá-los, mas Joshua continuava devorando sua boca. — Olha a bunda desse homem se contraindo, eu poderia ficar olhando para ela o dia inteiro.

— Você é um safado, Anthony.

Ele riu pelo nariz.

— Sou um apreciador nato de belas bundas, é diferente.

— Por isso comeu o Ren e a Kathy juntos?

— Como eu disse, apreciador nato de belas bundas, e eles têm bundas maravilhosas.

Ren contraiu o abdômen quando Joshua investiu certeiro na sua próstata. O gemido que subiu pela garganta ardeu nas entranhas e escapou fino pela boca. E então, estava se desfazendo contra a parede, sentindo Joshua arfar contra seu pescoço, com o hálito quente colidindo contra sua pele, criando bolinhas gostosas de arrepio. Ele veio logo depois de mais três movimentos frenéticos, desfazendo-se dentro de Ren, com esperma escorrendo por suas coxas suadas.

— Uau — Anthony arfou, e só então, Joshua pareceu notar que tinham companhia. Ele se virou depois de deslizar o pau inteiro para fora, segurando Ren pela cintura, expondo o peito nu e todo o resto do seu corpo para Anthony e Richard. — A parte da frente é ainda melhor que a parte de trás.

— Estavam me vendo foder o Ren?

Anthony estava sentado em cima da pia, com as pernas abertas e um sorrisinho atrevido moldando o rosto cheio de simetria. Richard estava ao lado dele, escorando o quadril no seu joelho. Ele enfiou uma mão dentro da bolsa e tirou de lá um isqueiro e um baseado novo, acendendo-o antes de responder:

— Estava admirando sua bunda e como você é bruto — ele disse, então levou o cigarro até os lábios finos e puxou o que conseguiu para dentro. Segurou a fumaça por alguns segundos e, então, soltou tudo para cima, com o cheiro forte da maconha se espalhando pelo teto. — E agora estou admirando você inteiro. Que pau bonito.

— Posso te comer assim algum dia desses.

Ren se soltou de Joshua quando as pernas voltaram a ter estabilidade, caminhou até suas roupas jogadas no chão e começou a se vestir.

— Vocês ficaram mesmo vendo a gente foder? — Ren olhou para eles meio indignado. Não que se importasse, mas agora que a adrenalina baixou, achava meio estranho que dois dos seus amigos estivessem dentro do banheiro apreciando Joshua e ele transando.

— Não era bem nossa intenção — Richard resmungou, coçando a nuca. — Mas eu concordo com o Anthony: que sexo bruto.

— O Ren gosta. — Joshua deu de ombros, aproximando-se de Anthony para puxar o baseado da boca dele. Ainda estava pelado, suado e todo descabelado, mas Ren sabia que ele não estava nem aí. — Por você ter me visto trepando.

— Era só pedir com jeitinho, meu bem. — Sorriu, cínico.

— E aí, Ren, vamos? — Richard chamou, recebendo a atenção de Ren.

— Vamos, eu já terminei aqui.

— Pra onde vocês vão? — Joshua soltou a fumaça, em círculos, pela boca na direção de Anthony.

— Para minha casa — respondeu, abrindo a boca para receber a fumaça. — Quer vir também? Vai ter muito sexo, bebida e música.

— Vão dar uma festa, é isso?

— Meus pais viajaram hoje de manhã, só voltam na segunda-feira, então resolvi fazer uma social hoje.

— Ele não vai — Ren resmungou, rolando os olhos. — Joshua é insuportável e não sabe se divertir em grupo.

— Você está trepando com ele e ainda não o conhece, Ren? — Richard soltou um risinho pela boca. Os lábios dele eram cheios e delineados, muito charmosos. — Josh só consegue se divertir em grupo quando está bêbado e chapado nas festas.

— Então, vocês conseguem ficar perto dele nas festas?

— Está duvidando da minha capacidade social?

— Ela é questionável. — Ren deu de ombros — E você ainda está pelado.

— Nada que eles também não tenham visto.

Ren rolou os olhos. Joshua era um exibicionista nato, ele não se importava de se mostrar. Na verdade, ele queria que as pessoas olhassem para ele de qualquer forma, fosse boa ou ruim. Ren notou que Joshua se sentia bem sempre que faziam seu ego decolar, praticamente tocando as nuvens, e não se escondia de nenhuma forma, fosse o lado que todos odiavam, o de seu talento, até mesmo o lado que fazia Ren delirar de prazer até gozar a última gota. Sabia que os sons que soltava, durante o sexo, deixavam Joshua cada vez mais confiante, com a ideia de que o teria facilmente nas mãos a hora que bem entendesse. Não era também como se fosse mentira, a prova disso tinha acabado de acontecer, quando foi prensado contra a parede e o deixou fodê-lo até não sentir mais as pernas.

— Foda-se, você vai ou não?

— Só porque não tenho nada melhor para fazer — disse, devolvendo o baseado de Anthony para ele.

— Então, faz o favor de se vestir logo.

— Qual é, *Bebê Cisne*?! Todo mundo ia adorar me ver andando por aí peladão. — Riu, olhando para Ren com aqueles olhos cheios de malícia e as sobrancelhas grossas quase unidas. Ele se aproximou lentamente, até tocar o peito nu de Ren, colidindo a ponta do nariz com o dele. — E você não estava reclamando da minha nudez quando eu estava te fodendo.

— Se você quer ser preso por ato obsceno, vá em frente. — Aproximou-se também, suspirando hálito quente em direção à boca de Joshua.

— A bunda do Josh tá me dando muito tesão. — Anthony soprou o que restou do baseado, apagando-o em cima da pia, pulou para fora dela e bateu as mãos nas coxas sem nenhum motivo aparente. — Melhor irmos logo, o anfitrião tem que chegar antes dos convidados, e as meninas estão esperando a gente no *hall* de entrada da academia.

— As meninas? — Joshua virou-se para Anthony e Richard. — Lorraine também vai?

— É claro. — Anthony abriu um sorrisinho de canto e enfiou as mãos nos bolsos. — Ela e a Kathy.

Joshua bagunçou os cabelos, então se abaixou para catar as roupas no chão e se enfiou dentro de uma das cabines. Ren soltou um suspiro e se apoiou sobre os ombros de Richard.

— Tinham mesmo que chamar ele?

— Josh só é insuportável quando o assunto é dança, Ren — Richard respondeu. — Quando o balé não está envolvido, ele se torna praticamente outra pessoa. É *tolerável.*

— Um jovem adulto como todos nós. Não digo normais, porque bailarinos não são normais — Anthony acrescentou. — Menos o Rich, o Rich já é um adulto velho.

— Não enche. — Ele socou o ombro de Anthony, rindo ao mesmo tempo que rolava os olhos.

Joshua saiu da cabine. Ele vestia um cardigã verde, uma calça de alfaiataria marrom e, nos pés, um mocassim. Joshua se vestia bem, era elegante de um jeito só dele e que fazia sentido apenas nele. Ele ficava mais atraente assim, com os cabelos bagunçados, levemente cheios e ondulados nas pontas, e o ar sexy que o rodeava em qualquer situação. Era impossível não ver como seus ombros relaxados eram bonitos e a curva da sobrancelha erguida era charmosa. Ele era bonito como um deus, mas um diabo como pessoa.

— Vamos? — Ele se aproximou, com as mãos nos bolsos para parecer mais descolado.

Ren achava que era impossível se atrair mais do que já estava por Joshua, parecia existir um tipo esquisito de ímã que o puxava para perto das mãos grandes dele. Joshua as enrolou na sua cintura e eles ficaram parecendo um casal de namorados, com a ideia causando um embrulho horrível dentro do estômago de Ren, mas, ainda assim, ele não se afastou. Apenas deixou que Joshua o arrastasse até a saída, com a mesma expressão de desinteresse de sempre, com o nariz empinado praticamente tocando no teto. Encontraram as meninas mexendo no celular, conversando, sentadas em um dos sofás do *hall* de entrada. Nenhuma delas pareceu surpresa com a presença de Joshua, mas ele claramente estava surpreso com a de Lorraine.

Ren quase bufou de frustração quando as mãos dele se afastaram do seu corpo para segurar Lorraine pelo cotovelo e arrastá-la pela rua, parecendo querer muito falar com ela.

Eles seguiram assim: Ren não tirava os olhos de Joshua e não escutou nada do que Anthony falou durante todo o caminho.

O apartamento de Anthony ficava em um prédio bem próximo ao de Ren. Era maior, mais arrumado e tinha muitos troféus de competições espalhados pelos móveis. A mesa da sala estava cheia de copos de plástico vermelhos, drogas, bebidas e salgadinhos. Penduradas nas janelas havia algumas fitinhas em tons de rosa, roxo e prateado, além de um jogo de luzes desligado perto da televisão. Ren torceu o nariz para a bagunça de coisas, seguindo Anthony até a cozinha. Ela era aberta, como todas as cozinhas nos Estados Unidos, sem divisão entre os cômodos, além de um balcão de mármore.

Joshua já não estava mais com Lorraine. Ele voltou para perto de Ren quando a porta do apartamento se abriu, e Katherine puxou Lorraine, junto a Richard, para as janelas cheias de almofadas, sentaram-se e conversaram sobre algo relacionado ao futuro de Richard na academia. Ele não queria mais fazer parte do corpo de baile da Bolshoi sabendo que seu potencial e talento jamais seriam reconhecidos, mas ele ainda não havia conseguido um teste para a Broadway, e sair assim, sem ter para onde ir, não era bem o que ele queria, então estava empurrando com a barriga seus dias na *Bolshoi Ballet Academy*. Ren queria poder fazer alguma coisa por ele, mas sentia que estava de mãos atadas e odiava admitir que Joshua estava certo em pelo menos uma coisa: ele não abriria mão do seu papel.

— Vai colorir a vodca? — Joshua perguntou, olhando para Anthony quando ele pegou uma garrafa cheia de *Absolut*. Ren piscou quando notou já estar na cozinha, inconscientemente escorando o quadril no balcão, ao lado de Joshua.

— É claro — ele respondeu. — Comprei glitter e corante roxo.

— Isso não faz mal? — Ren observou Anthony abrir a Vodca e pegar um pote cheio de glitter, salpicando-o lá dentro.

— Claro que não, Ren. — Ele enxergou os olhos, sempre debochados, de Joshua rolarem com força para dentro, praticamente tremendo. — É glitter e corante de confeitaria.

— No Japão não fazem essas coisas com a bebida? — Anthony perguntou, sacudindo a garrafa depois que colocou o corante. O líquido lá dentro brilhava e reluzia de um jeito que fazia Ren querer muito beber.

— Nunca vi fazendo.

Depois que sacudiu, Anthony pegou três copinhos de *shot*, encheu e estendeu um para Ren e outro para Joshua.

— *¡Arriba, abajo, al centro, pa dentro!* — Joshua e Anthony falaram ao mesmo tempo, e Ren tentou acompanhar, mas ele não conhecia aquele tipo de brinde nem sabia falar espanhol, então só levou o copo para a boca e bebeu tudo em um gole só.

— Porra, que delícia! — exclamou Joshua. — Beber me dá tesão.

— Qualquer coisa te dá tesão. — Ren rolou os olhos.

Joshua ignorou o comentário de Ren, estendendo o copinho para que Anthony o enchesse mais uma vez.

Ren observou o pomo-de-adão dele subindo e descendo de uma só vez quando Joshua levou o copo à boca.

— Vodca de qualidade. — Ele suspirou, fechando os olhos e lambendo os lábios, para capturar um pouco do líquido brilhante que escorreu pelo canto da boca.

Ren sentiu sua virilha se remexer inteira, praticamente gritando para ele puxar Joshua.

— Mas está faltando uma coisinha.

— O quê? — Anthony o olhou com aqueles olhos azuis cintilantes, parcialmente escondidos embaixo da franja loira.

— Um baseado.

Ren rolou os olhos.

— Tenho um no meu quarto — disse, fechando a vodca. — Podemos dividir. Tenho umas balinhas também.

— Espera aí. — Ren segurou Joshua pelo pulso quando ele e Anthony estavam prestes a sair da cozinha. — Todo mundo usa droga por aqui?

Eles fizeram pouco caso, com ombros indo e vindo para sua pergunta.

— Kathy não usa nada e a Ray só fuma cigarro — Anthony respondeu. — Você quer ir com a gente? Se não quiser usar, fica só olhando.

— Ele é um falso moralista, Anthony. — Joshua o olhou com aqueles olhos cheios de malícia escancarada, a mandíbula se mexendo como se estivesse mascando um maldito chiclete. — Quando transamos pela primeira vez, ele fumou comigo e nem reclamou, mas quando me viu com *coca*, quis socar minha cara.

— Você estava usando cocaína no banheiro, seu imbecil.

— Preferia que eu estivesse usando no corredor?

— Já entendi que vocês só se entendem durante o sexo. — Anthony contorceu o rosto, voltando a andar.

— Você ficaria surpreso de saber que nem quando estou fodendo com ele a gente se entende.

— Não tem como me dar bem com uma pessoa como ele — Ren resmungou, seguindo Anthony e sentindo Joshua bufando atrás do seu pescoço.

Ren não queria admitir para ele mesmo, muito menos em voz alta, que Joshua o vinha deixando meio abalado, sentindo que, de um jeito estranho, havia uma euforia dentro dele, que queimava como fogo em brasa, toda vez que estavam na mesma sala. Por mais que tentasse repetir o tempo inteiro que não se aproximaria desse jeito, era traído da maneira mais brutal pelo seu corpo, que gritava e implorava para tocar em qualquer parte do corpo de Joshua, pedindo para sentir a quentura das mãos brutas e dos beijos ousados dele. Ren não queria dar um nome àquela bagunça que sua cabeça fazia, tirando todas as suas convicções ao pensar em Joshua. Não queria dar voz a algo sabendo que, de qualquer forma, não acabaria bem.

Por mais que seu corpo gritasse, desesperado, para ter Joshua a todo instante, tremendo literalmente de prazer quando sentia os lábios dele. Lábios quentes e molhados, presos no seu ouvido, gemendo com aquela voz grossa, enquanto metia fundo nele, seu coração batendo contra as costelas de uma forma dolorosa, prestes a rasgar tudo, lembrando-o que aquela dor poderia ser maior caso não resistisse com unhas e dentes.

Só que a tensão que seu corpo sentia, quando estava perto de Joshua, envolvido pelo calor do corpo dele, pelas mãos que apertavam, sem qualquer pudor ou cuidado, alguma parte da sua carne, era maior do que ele podia suportar. Ele gostava daquele perigo vestido de tesão, gostava daquele sorriso sacana, que pingava luxúria bem perto da sua boca. Ele gostava de se perder facilmente, de se desconectar da realidade e mergulhar de cabeça naquele caos de prazer e ódio que só Joshua sabia proporcionar.

— *Bebê Cisne*, vem cá — a voz de Joshua, tão baixa e rouca, puxou Ren bruscamente de volta para a realidade. Seus olhos brilharam quando se direcionaram à figura dele toda largada em cima da cama de Anthony, olhando-o com aqueles olhos felinos cheios de desejo escancarado escorrendo pelos cantos, batendo direto contra o rosto de Ren. — Estou com uma coisa deliciosa na língua, vem provar.

Como um ímã puxando-o para perto de Joshua, Ren engatinhou até estar de joelhos entre as pernas abertas dele. Anthony estava ao lado de Joshua, deslizando os dedos em cima do peito dele, olhando para Ren como se quisesse devorá-lo inteiro, e a ideia de ter qualquer um dos dois bem ali não pareceu nem um pouco ruim.

— O que você tem aí?

Joshua abriu a boca, com a língua caindo para fora, e Ren observou, bem no meio dela, brilhando por causa da saliva, uma balinha azul redonda com um coração bem no meio. Ele sabia o que era, e apesar de nunca ter experimentado, sua boca salivou com imagens dele e de Joshua passando de uma língua à outra.

Deitou em cima do peito de Joshua, aproximando o rosto do dele, praticamente implorando para que fosse beijado e tocado, e abriu a boca quando seu nariz tocou o dele, gelado. Sua língua, pingando saliva, esbarrou com a de Joshua, ainda fora da boca. Ren lambeu a balinha, mas não a tirou da boca de Joshua.

A cama de Anthony era espaçosa e grande, facilmente comportava os três, mas Ren estava confortável entre as pernas abertas de Joshua, deslizando uma das suas mãos pelas coxas, subindo lentamente pelo braço, até chegar à nuca suada, firmando os dedos com força na carne quente. Joshua não o tocou de imediato, ele puxou Anthony para perto e virou o rosto para o lado, beijando-o. Ren grunhiu, frustrado, mas quando parou para observar a maneira como a balinha passava de uma língua para a outra, o que saiu da sua boca foi um gemido longo e arrastado. Ele desceu as mãos para a blusa de Joshua, subindo-as até que os mamilos dele estivessem à mostra, então abaixou-se e lambeu um deles, sentindo-o tremer embaixo do seu corpo.

Os estalos do beijo de Joshua com Anthony era um tipo de melodia erótica demais para a sanidade de Ren, mas de repente, o som parou e Ren sentiu suas bochechas sendo apertadas por mãos fortes e seu rosto sendo erguido para cima com brutalidade, com o pescoço estalando no processo. A boca de Joshua, molhada e vermelha, bateu contra a sua, e ele pouco se importou em esperar que Ren entendesse o que estava acontecendo para que a língua quente se enfiasse com tudo dentro da sua boca. A balinha se embolou no meio, escorregando para o canto, passando de um lado para o outro no ritmo selvagem do beijo.

Gemeu contra a boca de Joshua quando sentiu a língua de Anthony deslizando pelo seu maxilar, então por sua bochecha, e de repente, a língua dele estava se enfiando no meio do beijo.

Ren nunca tinha beijado daquele jeito, mas seu corpo reagindo inteiro a isso, deixava claro que estava adorando a experiência. Era uma mistura de sentidos diferente: Joshua era bruto, Anthony deslizava com mais suavidade e Ren tentava acompanhar os dois do jeito que conseguia, querendo controlar aquela agitação que crescia dentro dele e tremia, feito choque, contra seu corpo.

Ren jogou a cabeça para trás e sentou-se em cima da virilha de Joshua, sem saber ao certo se o efeito da balinha afetava seu organismo. Mas estava mais leve e fluido, sua cabeça era um grande vazio e suas orelhas queimavam, com as artérias pulsando com força e abafando sua audição, enquanto se remexia tão lentamente quanto seus olhos captavam. A língua de Anthony se movia em câmera lenta pela sua percepção meio falha, a de Joshua, rápido e firme, e a saliva escorria em gotas espaçadas, parecendo glitter prateado, quase pingando no queixo e no peito dele.

De repente, um som abafado de música começou a retumbar nos seus ouvidos. *Slow Down*, do Chase Atlantic, vinha de algum lugar distante, tentando socar as paredes e penetrá-los do mesmo jeito que Ren tentava penetrar a língua na boca de Joshua e Anthony. Era gostoso o jeito como sua língua deslizava de cima para baixo entre as duas, como as mãos fortes deles apertavam uma parte do seu corpo. Ren sentia que, quanto mais apertassem e o marcassem, mais prazer ele teria, mais colado a eles conseguiria ficar.

Sua consciência foi substituída por uma euforia latente que fazia seu corpo responder involuntariamente a qualquer estímulo, sendo o principal deles as mãos de Joshua deslizando, firmes, para sua bunda, enfiando-as dentro da calça e apertando a carne com tanta força, que fez escapar da sua boca um gemido arrastado e cortado. Parecia que sua mente estava mais lenta que seus movimentos e que nada do que fizesse faria com que essas duas partes trabalhassem juntas. Seu cérebro amortecido dizia para que aproveitasse o momento e não deixasse que aqueles corpos fossem para longe, que os segurasse com força e chupasse as línguas deles.

Foi jogado de costas na cama, com seu corpo leve quicando tantas vezes, antes de parar no lugar, que fez com que sua cabeça girasse. Luzes prateadas cegavam sua visão, mas conseguia enxergar entre elas, de um jeito embaçado e distorcido, o sorriso de canto de Joshua, os cabelos suados de Anthony e sua consciência sendo embalada mais uma vez por aquela euforia cheia de desejos disformes. Ren abriu um sorrisinho arteiro, esticou os braços e puxou alguém para perto. Não importava quem fosse, só queria sentir, mas quando uma língua bruta entrou na sua boca, ele teve a certeza de que era Joshua em cima dele e que quem tirava sua roupa, pouco a pouco, era Anthony. E conforme ele puxava as peças do seu corpo, raspava os lábios molhados e chupava sua pele.

Depois disso, tudo se tornou um borrão de lembranças deliciosas e obscenas.

Joshua respirou fundo depois que saiu de dentro de Anthony, sentindo o coração bater rápido e o prazer queimar dentro das veias, enquanto se jogava para o lado, vendo-o terminar de gozar com Ren, deixando-o satisfeito de uma maneira sublime. O que tocava de fundo agora era *Call Out My Name*, do The Weeknd, e isso significava que a festa já havia começado e que o anfitrião estava preso no próprio quarto, terminando de foder Ren com uma suavidade que Joshua nunca teria.

Estava amortecido e leve de um jeito que só sentia quando se drogava, o que era ruim, porque Joshua tinha a necessidade quase catastrófica de se drogar sempre que sentia estar deprimido, de mau-humor ou com fadiga, e ele estava desse jeito praticamente o tempo inteiro. Ele não se importava, de qualquer forma. Seria bom por pelo menos oito horas e estava satisfeito agora, escutando o som abafado da música e a respiração pesada de Ren próxima ao seu ouvido.

Anthony se levantou da cama, vestindo as roupas, alegando que precisava socializar com os convidados. Joshua enxergava os olhos dilatados, os movimentos lentos e a frustração por ter que sair dali. Queria puxá-lo e beijá-lo novamente, foder com ele e sentir todos os toques outra vez, ouvindo a voz macia dele gemer em conjunto com a de Ren, que se arrastava na cama e grudava em Joshua, com as pernas suadas por cima do seu quadril. A sensação de puxar Ren para o seu corpo, prendê-lo com as mãos fortes e beijar incessantemente sua boca inchada era ótima, principalmente quando ele respondia aos seus beijos com a língua atrevida extremamente molhada.

Joshua deu um último selinho nele, levando a mão até o pau e retirando a camisinha, enrolou um nó com uma dificuldade quase monstruosa e olhou para Ren, enxergando-o distorcido e quase brilhante. Ele ria sozinho, de olhos fechados e ombros nus balançando no ritmo do som da própria risada. Ela se misturava com as batidas da música, fazia o som delas retumbar dentro da sua cabeça, o que lhe dava a sensação de estar dentro do mar, com os ouvidos abafados e os olhos se fechando em diferentes tempos, arrastados assim como sua mão, que deslizava pelo corpo de Ren.

Ren olhou para ele, com as pupilas dilatadas brilhando sobre a luz fraca do abajur de Anthony, aproximou-se devagar e sentou-se no colo de Joshua.

— Não consigo manter minha cabeça em pé — ele disse, arrastado, e abaixou o tronco para deitar a cabeça no seu peito. — O que você fez comigo, seu desgraçado?

— Te droguei com meu beijo — respondeu, com a voz rouca saindo mais baixa, próximo ao ouvido dele.

— Odeio o seu beijo.

— E eu odeio você.

Então, eles voltaram a se beijar, com rostos contorcidos e línguas se tocando sem ritmo. Eram uma bagunça, uma bagunça cheia de ódio e tesão que dava certo, com mãos apertando a carne machucada pelo sexo e criando novas vermelhidões por cima. As respirações já não regulavam direito, mas Joshua sentia aquela vontade gostosa e única de deslizar os lábios molhados nos de Ren e mordê-los com força, chupando-os para dentro da boca e sugando-os sem calma, até que os sentisse inchar entre seus dentes.

— Você é tão idiota, porra — Ren gemeu quando as mãos de Joshua apertaram a carne da bunda dele com os dedos, com suas unhas enfiadas na pele. — Me beija de novo.

Joshua sorriu de canto, piscando os olhos tão lentamente que parecia estar dormindo. O quarto de Anthony girava, o abajur piscava e a sensação que tinha agora era a de que finalmente afundara nas águas turbulentas do mar, mas estava só beijando Ren, empurrando sua língua contra a dele, e a água do mar era a saliva dele escorrendo pelo canto da sua boca toda vez que a abria para puxar ar e conseguir respirar.

Ficaram daquele jeito por tanto tempo que, quando saíram do quarto, não conseguiam distinguir quem era quem e o que estava acontecendo.

Luzes néon piscando por toda a parte e quase nenhum espaço para se mover; música alta, corpos suados e gente se beijando para todos os lados. Joshua estava lento quando saiu do quarto de Anthony, puxando Ren pelo pulso. Ele queria beber, queria tanto que seu corpo começava a tremer de repente, tornando-se quente, quase febril, de um jeito nada bom. Enxergou Anthony com Lorraine no meio da pista, ambos se beijando e se agarrando fervorosamente, depois seus olhos mudaram de direção e, em um canto, perto da janela, estavam Richard e Katherine. Eles trocavam carícias e beijos, pareciam bobos e idiotas. Joshua torceu o nariz quando eles sorriram entre o beijo.

Ren grudou nas suas costas, rindo e murmurando um monte de coisa esquisita. Joshua não conseguia entender, seu cérebro amortecido não conseguia captar o que saía da boca dele, as palavras fugiam dançando e sumiam na pista improvisada. Depois de *Call Out My Name*, Joshua deixou de distinguir o que era música e o que era ruído. Eles brigavam na sua cabeça e o deixavam zonzo, quase surdo. Era um tipo ruim de sensação, da qual Joshua estava querendo se livrar usando o álcool.

Na mesa, ele enxergou os salgadinhos, e seu nariz voltou a se contorcer com o cheiro forte do queijo, com o estômago embrulhando como se quisesse fazê-lo vomitar tudo que não comia há quase dois dias inteiros. Tentou engolir essa ânsia, mas ela desceu, rasgando sua garganta, deixando tudo ácido e quente no caminho. Era como se estivessem queimando seu peito com fogo, ameaçando explodir tudo lá dentro.

Tudo dentro do seu corpo queimava e ardia, mas Joshua estava aéreo demais para se importar no momento, mesmo que toda essa queimação estivesse incomodando e fazendo-o tremer e suar. Ren beijava seu ombro, seu pescoço e chupava seu maxilar. O peito dele grudado nas suas costas era bom, fazia Joshua inflar como um balão, prestes a explodir de prazer mais uma vez.

— *Papacito, I can see the devil in your eyes...* — ele cantou, praticamente sussurrou, ao pé do seu ouvido, então Joshua conseguiu distinguir um pouco do que estava tocando.

Pegou a garrafa de vodca brilhante, achando-a um máximo, e perdeu um tempo girando-a entre os dedos, admirando o brilho e a cor que se formavam lá dentro. Enxergava uma espécie disforme de mar colorido, cheio de criaturas luminosas tentando sair de dentro do vidro. Joshua olhou para elas, para o brilho delas, e segurou a garrafa pela ponta, sorrindo sem saber se estava mesmo sorrindo.

O barulho de vidro estourou seu ouvido, espalhando tudo em cima da mesa, e ele gargalhou, vendo o brilho roxo do mar se espalhando por cima dos salgadinhos. Tentou tocar em um dos peixes, mas Ren segurou seu pulso, afastando-o da mesa.

— O que você fez?

— Libertei os peixes — sua voz saiu arrastada, quase sumindo no volume máximo de *OHMAMI*, do Chase Atlantic. Joshua olhou para os olhos escuros de Ren, que estavam uma bagunça de desejo e apreensão, então o puxou pela nuca, grudando com força sua boca na dele.

A língua de Ren tinha gosto de vodca, e Joshua apreciou-a inteira, massageando-a até que parecesse estar impregnada na sua. Só que, de repente, seu peito estalou com tanta força que enxergou tudo turvo por um segundo, e ele afastou-se de Ren, empurrando o peito dele com as palmas das mãos. Foi como ter dedos estourando suas costelas e esmagando seu coração sem piedade. O ar começou a se prender no pulmão e Joshua não conseguia colocá-lo para fora. Entrou em desespero, com o coração se tornando frenético contra sua pele, socando e empurrando, como se quisesse rasgar tudo. Agarrou-se a Ren, chiando, com os dentes raspando nos lábios. O som incomodou seus ouvidos e Joshua tentou gritar, mas o que saiu foi água, escorrendo por seus pés e se espalhando pelo chão.

Joshua achou ter enxergado os peixes nela, o brilho da vodca e mais nada além disso. Seu estômago se contorceu dolorosamente, parecendo murchar a cada tentativa de se livrar do que não possuía lá dentro. Sentiu lágrimas geladas escorrendo pelos cantos dos olhos, estava ofegante e tudo doía. Escutou vozes de perto, mas não conseguia distinguir quem era ou o que estava acontecendo. Seu estômago voltou a contrair, e mais uma vez enxergou os peixes se derramando na poça brilhante de água.

Abriu um sorriso de canto, gostando do que via, com a cabeça pesada caindo para os lados.

Depois disso, tudo se tornou preto.

Pensar no que a dança significava estava começando a deixar Ren frustrado. Quando chegou a Nova Iorque, ele acreditava que seria capaz de conseguir coisas que jamais conseguiria no Japão. Mas estava enganado. Ele sempre estava. Dançar nunca foi uma profissão que Ren desejou seguir.

Quando começou a dançar, ele achava tudo divertido, e era uma distração boa para os dias corridos. Ren foi ingênuo por achar que nada seria diferente ao pisar em uma academia de nome, longe da sua terra natal. Joshua estava mesmo certo ao dizer que ele não aguentaria a pressão e que desistiria em algum momento. Suas mãos tremiam, o peso de o ter segurado nos braços quando caiu, chapado e bêbado, fez o trabalho de abrir uma porta imaginária, a qual estava tentando manter trancada até o momento que conseguisse a bolsa.

Sua primeira reação, quando Joshua apagou nos seus braços, foi congelar, como se tudo dentro do seu corpo tivesse parado de funcionar para explodir de uma vez quando sentiu Richard tirando-o de perto. Ele, com ajuda de Lorraine, que o levou para o hospital e ligou para Juliet. Ren ficou ajoelhado no chão, próximo a alguns cacos de vidro e vômito, sem foco nos olhos e surdo, isolado de sensações, até que Anthony o sacudiu pelos ombros.

— Ei, Ren. Ren, olhe pra mim. Ren. — Ren piscou algumas vezes, antes de recobrar os sentidos e olhar nos olhos azuis de Anthony. — Levanta, você vai se sujar.

Foi como se estivesse morto. Ren não conseguia reagir e precisou que Anthony e Katherine o levantassem e o colocassem sentado no sofá, enquanto limpavam a bagunça que Joshua fizera antes de praticamente colapsar no meio da sala. Ele percebeu, depois de alguns segundos com os olhos fixos em um quadro esquisito, que só havia eles três dentro do apartamento e que o silêncio mórbido vinha da falta das pessoas, que antes enchiam o ambiente com murmurinhos e cantoria.

Ethan, um dos bailarinos escalados para a

apresentação, apareceu na porta de entrada e chamou a atenção de Anthony com três toques, usando os ossos das juntas dos dedos.

— O Rich e a Ray vão ficar com o Josh no hospital até a mãe dele chegar — ele disse, escorando o ombro na madeira da porta. — Vocês precisam de alguma ajuda?

— Não precisa, Eth — foi Katherine quem respondeu. Ela sorria, mas não era um sorriso feliz. Na verdade, Katherine parecia meio aliviada e preocupada. — Nós damos conta, pode ir pra casa descansar.

Ethan balançou a cabeça e saiu, fechando a porta.

— Ei, Ren, você pode deitar no meu quarto se quiser — Anthony sussurrou, olhando com aqueles olhos azuis penetrantes.

Ren respirou muito profundamente e negou, reunindo forças para tentar se levantar do sofá. Suas pernas estavam bambas, mas ele conseguiu disfarçar a dificuldade com um sorriso falso no rosto, que doeu os músculos.

— Eu estou bem, melhor ir para casa.

— Tem certeza? — Anthony esfregou o chão e fez uma careta. — Que merda, viu? Se ele não tivesse desmaiado, eu fazia ele limpar tudo sozinho.

— Tenho — disse, bagunçando os cabelos mais do que já estavam bagunçados. — Tenho sim.

— Tudo bem. Qualquer coisa você liga pra gente.

— Certo. Obrigado.

Saiu depois de vestir o casaco, e, enquanto caminhava, Ren pensou sobre o que a dança significava para ele. Estava no momento de tentar clarear as ideias e decidir o que valia a pena e o que não valia. Ren estava começando a achar que ter largado sua vida no Japão, seu pai e seus amigos, não tinha sido uma boa ideia. Apesar de este ser o pensamento mais forte, Ren não conseguia chegar a um consenso, porque uma parte pequena, tão pequena quanto um grão de arroz japonês, dizia que ele deveria lutar pela oportunidade que havia conseguido, mesmo com os obstáculos que estavam surgindo no meio do caminho.

Esse obstáculo tinha nome e sobrenome e provavelmente morreria antes de completar vinte anos, e Ren não queria acabar como ele.

Antes de chegar em casa, Ren ligou para o pai e implorou para que ele pegasse o primeiro voo do Japão para os Estados Unidos.

# Preço da Perfeição

A primeira coisa que Joshua sentiu, quando abriu os olhos, foi dor. Era pesada, como se tivesse sido espancado na cabeça com um martelo até abrir um buraco fundo no meio dela. A segunda foi o incômodo entre o braço e o antebraço, um tipo de incômodo fino que ardia em um ponto específico da pele, queimando veias e nervos. Joshua tentou piscar para que a percepção de onde estava fosse clara, mas estava enxergando tudo embaçado, com leves pontos prateados piscando na frente dos seus olhos. A terceira coisa foi a secura dos seus lábios, formando cascas de pele morta. Ele puxou uma delas, sentindo aquele ardor momentâneo e o gosto de sangue e sugou o lábio, até que o gosto desaparecesse na sua garganta.

Joshua não conseguia se lembrar de nada, e essa era uma das piores sensações do mundo.

Aos poucos, depois de muito tentar, sua visão foi ganhando foco. Enxergou, primeiro, luzes muito brancas em um teto ainda mais branco, uma janela fechada, uma televisão desligada e seus pés, esticados, escondidos em um cobertor verde água — a única coisa colorida ali. Então, piscou, olhando ao redor para tentar descobrir onde estava, ainda sentindo como se estivessem martelando sua cabeça, e só depois de vasculhar tudo, percebeu que estava em um quarto de hospital. Ele não estava sozinho, tinha alguém dormindo, todo torto, em uma das poltronas ao lado da sua cama, mas com a visão ainda meio limitada, não conseguia saber quem era. Tentou falar alguma coisa, mas a garganta seca não expeliu som algum, além de um grunhido meio esganiçado, que provavelmente não chamaria a atenção da pessoa na poltrona, em um sono muito pesado, muito menos a atenção de ninguém que estivesse do lado de fora.

Joshua tentou de novo, coçando a garganta antes de grunhir um pouco mais alto, com a visão ganhando um pouco mais de foco quando a pessoa se remexeu, assustada, e abriu os olhos.

Mesmo com dificuldade, Joshua nunca confundiria aqueles óculos de gente inteligente que seu irmão usava quando ia trabalhar. Era Jeffrey, tentando espantar o sono ao se levantar da poltrona e caminhar em sua direção.

— Porra, você finalmente acordou — ele disse, inclinando o rosto para perto do seu, olhando bem fundo nos seus olhos. — Vou chamar a mãe, espera um segundo.

E então, ele saiu, tão rápido que nem sequer deu tempo de Joshua conseguir falar alguma coisa.

Quando a porta se abriu novamente, Juliet entrou, junto de Jeffrey e uma enfermeira, com o rosto pálido e cheio de olheiras. Jeffrey segurava a mão dela com força, tinha uma expressão cansada no rosto e olhava para Joshua com um misto de preocupação e irritação, agora que parecia mais acordado.

— Você não faz ideia do susto que me deu. — Juliet se aproximou de um lado, enquanto a enfermeira verificava seus sinais vitais e conferia a bolsa de soro presa na haste de metal ao lado da cama. Jeffrey não se aproximou, ele apenas olhava para Joshua como se quisesse apertá-lo pelo pescoço. — Josh, você quase teve uma overdose!

E, então, ela começou a chorar.

Joshua quase nunca se sentia mal com as coisas que fazia ou com as escolhas que tomava, mas, ele não conseguia deixar de se sentir um completo pedaço de bosta imunda e seca quando isso afetava diretamente sua mãe. Joshua sabia que estava se destruindo, mas essa foi a única maneira que encontrou de não surtar antes da hora, ou não conseguiria continuar dançando. E se não conseguisse continuar dançando, ele não achava que conseguiria viver. A dança era parte da sua vida, e sem ela Joshua preferia morrer.

— D-desculpa.

Foi tudo o que conseguiu dizer, incapaz de olhar nos olhos cheios de lágrimas da sua mãe. Ela apertava uma das suas mãos, mas Joshua não tinha forças para apertar de volta, tudo o que conseguia fazer era se martirizar por ter sido um idiota. Ele não se lembrava de muita coisa, só de ter ido a uma social na casa de Anthony. Já o que aconteceu lá era um borrão disforme nas suas lembranças.

— Você precisa me escutar, Josh. — Ela se sentou próximo ao seu quadril e levou as mãos para seu rosto, tocando com cuidado e preocupação a pele da sua bochecha. Juliet parecia tentar lutar contra o choro, mas Joshua sabia que para uma mãe era difícil ver seus filhos em uma cama de hospital. Apesar da expressão angustiada, as íris mesclavam-se com uma irritação palpável, que queimou seu rosto quando ela o fez olhar diretamente para seus olhos. — Ou você começa a comer e parar de viver de drogas, ou eu vou te tirar da dança.

— Mãe... — Sua garganta secou muito mais do que antes, fazendo com que um embrulho descesse rasgando goela abaixo. Joshua se desesperou instantaneamente, porque ele sabia que sua mãe não estava brincando. Enquanto continuasse se destruindo, seu destino com a dança estaria ameaçado. — Por favor.

— Por favor? — Ela riu, amarga. — Sabe o que eu passei enquanto estava nesse corredor, esperando você acordar? Sabe o que eu senti quando o Richard me ligou, dizendo que você tinha desmaiado em uma festa? Fizeram exames toxicológicos em você e seu organismo estava cheio de drogas. Além de estar alcoolizado. O que você tem na cabeça, Joshua? Se quer viver da dança, precisa estar vivo e saudável! — Juliet voltou a apertar suas bochechas, com o polegar passando de um jeito pesado por elas, o que fez com que Joshua sentisse uma ardência incômoda nas bordas dos olhos. — E a última coisa que você está é vivo e saudável. Eu não aguento mais olhar para você e ver essa palidez na sua pele, não consigo mais parar de me preocupar se você vai conseguir chegar até o fim de um ensaio sem ter um mal súbito. Joshua, você acha que isso é vida? Que vai chegar a ter o futuro promissor que deseja se destruindo assim? Eu amo você, mas eu não aguento mais, meu filho, eu não aguento mais saber que posso te perder, a qualquer momento, por causa da sua irresponsabilidade.

Não deveria doer, mas doeu. Doeu, porque Joshua sabia que era verdade. Ele sentiu como se uma mão cruel e pesada estivesse esmagando todos os órgãos dentro do seu corpo, até escorrerem entre os dedos e terminarem de drenar o que ainda restava dentro dele. A sensação que passou a ter, por ter feito sua mãe sofrer, era pior do que aquela maldita agulha perfurando sua pele e o corpo dolorido, era pior do que a secura nos seus lábios e pior do que não se sentir vivo. Joshua não se importava com essas coisas, mas se importava com Juliet, porque ela era a única que verdadeiramente se importava com ele e a única pessoa que ele não queria magoar ou desapontar, e isso o consumiria por muito tempo, até que visse nos olhos de Juliet novamente que ela o havia perdoado.

— Eu só... — tentou, mas as palavras se dissolveram antes mesmo de chegarem à ponta da língua seca. Ele olhou para os lados, para Jeffrey escorado na porta e, depois, para a enfermeira, que saía do quarto lentamente. Ela falou alguma coisa com Jeffrey e, então, seguiu-o para o lado de fora. — Mãe, me desculpe.

Jeffrey voltou antes que Juliet pudesse falar alguma coisa — na verdade, Juliet não parecia querer aceitar suas desculpas —, segurando uma garrafinha plástica de água nas mãos, aproximou-se de Joshua e entregou-a para ele. A água desceu fria e macia, enchendo sua boca. O alívio foi instantâneo, removendo aquela secura incômoda de antes.

— Mãe, você não acha melhor conversar com ele em casa? — Jeffrey escorou o quadril na cômoda ao lado da cama, com os braços cruzados e aquele semblante, de que estava muito decepcionado com Joshua, estampando seu rosto. — O médico só estava esperando ele acordar para dar alta. Não precisamos ficar muito mais, a conta vai vir cara.

— O médico não vai vir olhar ele?

— A enfermeira já olhou — disse, descruzando os braços. — Eles mandam os enfermeiros e não precisam sair dos belíssimos escritórios.

— O Doutor Thompson cuidou muito bem do Josh enquanto ele estava desacordado, Jeff.

— Só vamos embora.

Juliet suspirou, segurou a mão de Joshua e deslizou o polegar levemente por cima da pele, até o momento em que a enfermeira voltou para o quarto, para retirar o acesso do braço dele e entregar a receita com alguns remédios que o médico passara. Só depois disso foram liberados.

Joshua se arrastou pelos corredores como um quase morto. Sua cabeça doía e seu pulmão parecia estar cheio de bolas de algodão, que dificultavam a entrada e a saída de ar toda vez que tentava respirar, só que não queria mais dar trabalho para Juliet e ter que ouvir sua mãe se lamentando pelo seu estado deplorável.

Joshua sabia que não estava se ajudando, mas era difícil se manter saudável em qualquer quesito quando sua mente só conseguia pensar nas falhas que estava cometendo durante os ensaios com Ren. O adágio estava pronto, mas a coreografia ainda não estava limpa e o *Pas de Deux* precisava de alguns ajustes para que ficasse perfeito, e Joshua não conseguia aceitar menos que a perfeição. Ainda que pudesse culpar Ren, sabia que, desta vez, a culpa não era só dele. Estava fraco e apático, não conseguindo erguê-lo em todos os ensaios, o que fazia Abigail duvidar da sua capacidade como bailarino, e era isso que ferrava com tudo: a decepção escorrendo, crua, dos olhos da sua professora.

Joshua queria ser o melhor, e ele não tinha tempo para pensar na sua saúde enquanto não estivesse com aquela bolsa em mãos.

Quando chegaram em casa, Jeffrey o ajudou a tomar banho. Estava fraco e quase desmaiou no box duas vezes. Só não caiu no chão porque Jeffrey o segurava firme na cintura. Depois passou quase uma hora tentando comer uma canja de galinha. O estômago embrulhava toda vez que tentava engolir e era difícil não soluçar e engasgar enquanto mastigava, mas Juliet o segurou no sofá, enquanto levava colheres pequenas até sua boca, esperando-o pacientemente engolir para colocar mais um pouco. Ela parava quando percebia que ele estava ofegante, com os olhos úmidos carregados de lágrimas pesadas, acariciava seu rosto e, então, levava mais um pouquinho de comida para sua boca. Joshua não se sentiu melhor depois de comer, nem mais disposto depois de tomar um dos comprimidos que o médico passou. Ele estava, até mesmo, bem mais exausto que antes, como se o mundo todo tivesse caído em cima dos ombros e tentasse empurrá-lo para baixo.

Juliet ajudou-o a trocar de roupa, colocou-o na cama e abraçou-o com força, abrigando-o nos seus braços quentes e aconchegantes. Joshua chorou até dormir, sentindo todo o corpo doer, com as laterais da testa pulsando, como se alguém estivesse martelando pregos bem fundos na sua pele. Ele queria gritar alguma coisa, qualquer coisa, mas nada, além de soluços, saiam da sua boca. Quando finalmente dormiu, Joshua desejou nunca mais acordar.

Estava sendo uma tarefa difícil conseguir se alimentar corretamente. Sua mente adorava traí-lo sempre que colocava algo para dentro, gritando que ele ganharia peso e não caberia no traje da apresentação. Então, vomitava tudo, ignorava as recomendações médicas de que precisava de uma terapia ou grupo de apoio e fingia que estava tudo bem, mesmo sabendo que nada estava bem e que, se continuasse assim, só pioraria sua situação. Naquela manhã, tinha bebido toda a vitamina, escutando palavras de incentivo de Juliet enquanto recebia carinhos no pescoço. Tentava não colocá-la para fora porque sabia que não aguentaria os ensaios se fizesse isso, então imergiu seus pensamentos com tudo na dança, nas mãos de Ren no seu corpo, enquanto faziam o *Pas de Deux*, e nos seus passos delicados sobre o piso, enquanto eram assistidos pelos demais. Por mais que tivessem diferenças absurdas, em cima de um palco, ele e Ren pareciam ter sido feitos para dançarem juntos. Claro, Joshua nunca admitiria isso em voz alta, nem em vida nem em morte.

Quando chegou à academia, Joshua era, mais uma vez, o alvo de olhares. Não que ele se importasse, na verdade Joshua gostava de ser o centro das atenções em qualquer situação, mas sabia que só estavam olhando tanto por causa do que aconteceu na social de Anthony.

Ele entrou no banheiro sem se importar em falar com alguém, largou a bolsa em cima da pia e tirou lá de dentro a caixinha de veludo azul. Olhou para os lados, verificando se tinha alguém dentro do banheiro, e quando teve a certeza de que estava sozinho, prensou o dedo dentro da caixinha e levou o que conseguiu grudar na sua pele para o nariz, aspirando tudo de uma só vez, com a cabeça caindo para trás. Suspirou, com os olhos fechados, sentindo a ardência do pozinho descendo pelo seu canal respiratório.

— Inacreditável.

Joshua bufou, abrindo os olhos para capturar, através do espelho, a imagem de Ren parado atrás das suas costas, com os braços cruzados e uma expressão totalmente descontente naquele rosto irritante dele.

— O que você quer, Ren?

— Você quase teve uma overdose na festa do Anthony e continua usando isso?

Joshua respirou muito profundamente, fechou a caixinha de veludo e guardou-a dentro da bolsa, a qual puxou, sem muita delicadeza, de cima da pia, pronto para sair dali e poupar seu tempo de escutar ladainhas vindas de Ren.

— O que eu faço ou deixo de fazer não é da sua conta.

— É da minha conta quando começa a afetar o nosso dueto.

— Não está afetando o nosso dueto.

Tentou passar por ele, mas Ren parou bem na sua frente, impedindo que continuasse andando.

— Afeta quando só temos o *Adagio* pronto e metade do nosso *Pas de Deux* está uma bagunça.

— Eu não tenho culpa se você não é bailarino o

suficiente para me acompanhar. — Tentou passar de novo, mas Ren espalmou a mão aberta no seu peito, empurrando-o para trás. — Qual é, Ren?

— Quem está sendo um péssimo bailarino aqui é você.

Joshua olhou para ele, para os olhos escuros escorrendo irritação. Estava de saco cheio das pessoas dizendo que ele não era um bom bailarino. E quando ia retrucar, Ren voltou a falar, desta vez batendo com força a ponta do dedo bem no meio do seu peito.

— Eu estou concentrado, estou acertando todos os passos, estou me alimentando e, diferente de você, eu não estou me drogando feito um viciado. Então, sim, quem está acabando com nosso dueto é você, não eu. E espero que você não estrague tudo, como faz com a sua vida. Não é só você aqui, há tantos outros bailarinos que precisam que isso dê certo. Ou o seu egoísmo e ego inflado não te deixam enxergar isso? Não consegue perceber que os professores estão dando o sangue deles nessa porra? Ah, é, eu me esqueci que você veste essa máscara de menino talentoso e está pouco se fodendo para todo o resto. Me esqueci que você só liga para essa merda que chama de umbigo e não liga que há muitas outras pessoas aqui dependendo dessa nossa interação. — Ren suspirou, soando impaciente, ainda com o dedo batendo no seu peito, de um jeito tão bruto e forte que parecia prestes a penetrar sua pele. — Mas você realmente não se importa, não é? Não se importa com a Academia, com o *Pas de Deux*, com os outros. O que esperar de alguém que não liga para a própria mãe, não é mesmo? Pior: o que esperar de alguém que não liga para própria vida?

As palavras de Ren o atingiram, como ferros

quentes, contra sua pele, queimando tudo, em uma letargia que o deixava agoniado e desesperado para gritar, mas da sua boca só saíam ofegos e gemidos de frustração e raiva, com o efeito da cocaína começando a queimar tudo dentro do seu corpo, fazendo seu coração bater freneticamente, de um jeito que parecia prestes a estourar suas costelas. Ele reuniu forças, sem saber de onde, para apertar o dedo de Ren dentro da sua mão e jogá-lo para o lado sem delicadeza alguma, com os olhos embaçando à medida que piscava na direção dele.

— Você não sabe absolutamente nada sobre a minha vida! — gritou, empurrando-o com força para trás, até que as costas de Ren batessem contra o mármore de uma das cabines. — Eu me importo com a minha mãe e me importo com o meu *Pas de Deux*. Você acha mesmo que quero que isso dê errado quando a minha bolsa está em jogo? Você é só um imbecil que foi convidado pelo Christopher para dançar comigo! Eu sou a estrela dessa apresentação, eu que sou o centro disso tudo! — Joshua abriu os braços, rindo histericamente, como um lunático, mas não estava nem aí. Tudo que queria era fazer Ren engolir cada palavra e se engasgar com elas até perder a cor. — Você chegou aqui achando que as coisas seriam fáceis como é na sua cidadezinha? Acorda, Ren! — Bateu com o punho fechado no peito dele. Ren não parecia estar abalado, na verdade ele parecia apenas estar esperando que Joshua terminasse de falar para retrucar tudo o que soltava desesperadamente pela boca seca. — Acorda você para a vida, porra. Nova Iorque não é lugar para amadores como você. Aprende uma coisa, enquanto você se importar com os outros, nunca será nada.

Joshua parou, respirou fundo e se afastou de Ren,

sentindo a cabeça pesar e doer bem na nuca, como se tivesse sido socado ali um monte de vezes. Foi nesse momento, nessa pausa, que Ren soprou um risinho cheio de escárnio e se desencostou do mármore, puxando Joshua pelo pulso para que voltasse a olhá-lo nos olhos.

— Se você se importasse com a sua mãe, com sua dança e com sua futura bolsa, não estaria se destruindo deste jeito. Eu vi, no dia que Apolloni veio assistir nosso ensaio, como ela tenta cuidar de você e você simplesmente não se importa! Acorda você, Joshua! — Ele o soltou quando Joshua reclamou, irritado, de dor, mas não se afastou, com o nariz praticamente colado ao seu. — Esse seu egocentrismo vai te destruir e você vai cair sozinho.

— Que direito você tem de afirmar que eu não me importo com a minha mãe? — Joshua respirou contra a boca dele, tão profundamente que fez Ren contorcer o rosto com o incômodo do halito quente, ainda que não tivesse se afastado. — Você não sabe porra nenhuma sobre ela ou sobre mim, você não sabe porra nenhuma nem sobre si mesmo, com esse olhar petulante como se entendesse tudo e todos. Não passa de uma fachada, de um jeito de se encaixar onde você não pertence.

Joshua esperava tudo, menos que Ren começasse a gargalhar. Lágrimas escorreram dos seus olhos e os ombros começaram a ir e vir, em um frenesi que fez o sangue de Joshua borbulhar, fervente, dentro das veias. Olhou para Ren com os olhos queimando, sentindo a raiva ondular até a cabeça e explodir quando a gargalhada aumentou de tom.

Ren andava para trás enquanto ria, segurando a barriga com os braços, até parar no meio do banheiro. Foi nesse momento que Joshua perdeu todo o controle de seus movimentos e avançou em cima de Ren, com uma mão erguida fechada em punho, pronto para acertá-lo no rosto, mas Ren pescou seu movimento antes mesmo de ele chegar muito perto, segurando seu pulso com força. O riso cessou e o banheiro foi inundado em um silêncio profundamente lúgubre, até que Ren estalou a língua no céu da boca.

— Guarda esse tapa para quando você estiver menos deplorável — ele disse, com a voz soando em um tom tão arrogante que fez Joshua, pela primeira vez, encolher-se diante dele, sentindo-se o maior fracassado do planeta Terra.

Com as palavras ecoando dentro de sua cabeça, Joshua não conseguiu formular nada para dizer a Ren e se defender como sempre fazia. *Deplorável.*

*Você está deplorável.*

De repente, Joshua foi inundado por uma fraqueza súbita, sentiu como se as pernas derretessem, sendo incapaz de sustentar todo o peso do próprio corpo, e ele só não foi ao chão, porque Ren o segurou com força pela cintura. As mãos firmes pareciam bem mais seguras do que Joshua queria admitir que elas eram, como uma chama azul recém-acesa, prestes a entrar em combustão. Os músculos de Joshua sucumbiram, gritando por socorro, com a magreza sendo exposta para Ren além do visual.

Preso pelo aperto, Joshua se viu indefeso e exposto, não como no teatro, na frente de uma plateia que iria aplaudir sua genialidade daquele jeito que ele adorava, mas contra olhos duros e vazios, que eram somente capazes de ver seus defeitos e falhas, todos os seus buracos. Joshua precisou se esforçar para não chorar, pois não queria parecer ainda mais fragilizado do que aparentava estar. Ren enxergava mais do que ele mostrava para as pessoas, e Joshua queria apenas cegá-lo para que voltasse a agir como antes, sem que suas barreiras fossem quebradas e expostas tão violentamente na sua cara. Por isso, virou o rosto, usando suas últimas forças para se afastar do aperto quente das mãos de Ren, deixando-o para trás.

Joshua cobriu o rosto com vergonha, sentindo o nariz arder, e se perguntou, enquanto fugia, que sensação esquisita era aquela, sabendo que não era a ardência decorrente do uso de cocaína, mas sim dos seus próprios fantasmas internos. Só que, antes que pudesse cruzar a porta do banheiro, escutou Ren murmurar nas suas costas:

— Ou você melhora ou pode dizer adeus à sua bolsa.

As palavras pesaram mais que toneladas e, em parte, foram a razão de Joshua ter se arrastado pelo resto do dia. A outra parcela de culpa veio com a chegada da realidade, estourando a porta de sua consciência. Joshua estava prestes a falhar e isso era inadmissível. Por mais que quisesse negar, Ren não estava errado.

Não desta vez.

O ensaio, apesar do clima pesado entre Joshua e Ren, seguiu como Joshua queria que seguisse. Abigail demonstrou satisfação quando eles encerraram o *Pas de Deux* sem nenhuma falha, e isso fez Joshua se sentir um pouco melhor. Ele ainda não estava totalmente arruinado, mesmo que estivesse se sentindo um grande saco de merda ambulante, que se arrastava pelos corredores. O melhor de tudo era que ninguém, além de Ren, parecia notar seu estado. Joshua sempre engolia qualquer problema e erguia o queixo, andando como um rei, mesmo com as pernas pesadas e a cabeça doendo como a porra do Inferno inteiro.

— A apresentação está cada vez mais perto — disse Abigail, olhando de Ren para Joshua, com aquela postura ereta de sempre. — Vocês dois são nossa maior jogada. Ninguém está esperando que o "Lago dos Cisnes" seja feito por dois meninos, e que a história seja tão mais intensa que a original. Vocês não podem decepcionar, todos os olhos estarão em vocês.

Ela se aproximou deles, colocando uma mão em cada ombro. Joshua sentia o peso das palavras, ele sabia que era o principal e que todo mundo estaria olhando para ele na apresentação e, novamente, estava com medo, aquele medo bobo de falhar, mesmo quando nunca tinha falhado em toda sua vida. Ele culpava Ren por isso, queria socá-lo inteiro, mas precisava engolir todo seu orgulho, porque ele estava certo.

— Josh, você é o nosso melhor bailarino, vai ganhar essa bolsa de olhos fechados, mas preciso que dê mais do que o seu melhor, preciso que você ultrapasse o que nos dá todos os dias, sei que você consegue. — Então, virou-se para Ren. — Ren, você foi trazido para cá exclusivamente para fazer par com o Josh. Vocês dois são a combinação que faltava nessa apresentação. Você tem muito talento, e eu estou confiante de que irá se manter durante toda a apresentação. Não falhe. Nenhum dos dois.

Joshua sentiu o gosto quente e incômodo da vitamina de banana querer subir pela sua garganta, junto à pressão das palavras dela, mas engoliu tudo, com seu melhor sorriso, e assentiu para Abigail.

— Eu nunca te decepcionei, senhorita Abby, não vou fazer isso agora — ele disse, balançando a cabeça, com os cabelos suados pinicando as pálpebras. — Vou fazer todo mundo olhar para mim e pensar "ele é o número um". — Então, riu. — Como de costume, é claro.

Abigail abriu um sorrisinho orgulhoso, apertando-o no ombro.

— Obrigado por confiar em mim e na minha dança, senhorita Abby. — Ren se curvou para ela, naquela mensura de cordialidade que sempre fazia Joshua revirar os olhos. — Não vou te desapontar.

— Ótimo. Vocês estão liberados. — Ela se afastou, ainda com aquele sorrisinho orgulhoso no rosto. — Vocês têm ensaio com o Chris agora, não se atrasem.

Ren foi o primeiro a sair, depois de se curvar mais uma vez para Abigail, e quando Joshua fez mensura de se virar, ela o chamou mais uma vez.

— Eu indiquei você ao corpo docente da Royal — ela disse, sem o olhar, mexendo no som para tirar o CD lá de dentro. — Todos vão estar de olho em você, Joshua, todos. Apolloni está apostando uma crítica inteira na sua performance, você precisa ser muito mais do que perfeito. Eu te treinei e sei da sua capacidade, sua técnica é impecável e seus passos são leves como um cisne. Você é o único nesta academia que foi feito para o papel da Odile, e eu não espero menos do que perfeição vindo de você, entendeu?

— Entendi.

Tudo dentro de Joshua embrulhou, queimando-o no peito e enchendo seus pulmões de algodão, de um jeito que era muito difícil de respirar, mas Joshua engoliu mais uma vez todo o incômodo ao sair da sala, sentindo o suor pingar de suas mãos, com a visão, quase turva, coberta pela franja molhada. Ao lado da porta estava Ren, escorado na parede com uma perna dobrada nela, com aquela postura cheia de si, que o irritava mais do que uma sapatilha limpa.

— Abigail estava inflando o seu ego?

— Não enche o meu saco, Ren.

Joshua estava tão cansado. Pensar em tudo que escutara durante aquele dia fazia todo o resto da pouca força que ainda possuía evaporar como gás. A apresentação estava perto, muito perto, e Joshua não achava que conseguiria, mesmo escutando que ele era capaz. Ele sabia que era o melhor, mas seu corpo implorava por um descanso, seus músculos ardiam e as laterais da testa pulsavam com tanta força, que era capaz de ele ser derrubado só com isso. Apenas com esta pequena dor de cabeça.

Caminhava lentamente pelo corredor, em direção à sala de aula de Christopher, quando sentiu uma mão quente e pesada tocar no seu braço, fazendo-o parar no lugar. Joshua sabia quem era, pois ele e Ren eram os únicos circulando no corredor naquele momento. Joshua também estava acostumado com a textura da pele dele contra a sua. Eles se tocavam o tempo inteiro, de todo jeito, então não precisou de nem uma palavra para Joshua saber que era Ren segurando seus braços.

Lentamente Joshua se virou, esperando encontrar raiva e irritação nas expressões de Ren, no entanto a única coisa que enxergou dentro daqueles olhos enormes e escuros foi uma preocupação crua que ele nunca tinha visto vindo de Ren. Então, esperou, sentindo-se cansado demais para brigar novamente com ele.

— Não sei o que ela disse lá dentro — ele murmurou, deslizando os olhos por todo seu rosto — Mas você precisa ir com calma, ou não vai aguentar.

— Sei me virar.

— Estou falando sério, Josh.

— Não preciso da sua preocupação.

Então, soltou-se e, imediatamente, sentiu falta da quentura da palma da mão dele na sua pele. Mas Joshua não disse nada, apenas encarou Ren por um curto momento e voltou a andar, torcendo para que o resto do ensaio o fizesse esquecer de todos os seus problemas, porque enquanto estivesse dançando, nada conseguiria atingir ou o derrubar.

Quando as aulas acabaram, Joshua estava exausto. Ele se jogou no chão, tentando respirar profundamente, enquanto bebia o restante da água na sua garrafa térmica. Lorraine resmungava alguma coisa ao seu lado, parecendo tão cansada quanto, mas Joshua não conseguia dar atenção. Não naquele instante, não com todos os seus problemas voltando a atormentá-lo de uma vez, como se alguém tirasse da sua pele um *band-aid* com muita força. Até tentou prestar atenção, achando que ultimamente vinha sendo um amigo negligente, mas estava tão focado nos seus objetivos, que se esquecer de dar atenção a Lorraine era inevitável. Não que ela estivesse reclamando ou dando indícios de que isso a estava chateando, pois ela não era esse tipo de amiga, mas ainda assim, Joshua não queria deixar Lorraine de lado o tempo todo, porque, por muito tempo, ela foi sua única amiga.

— Ray?

— Hm?

Ela parou de falar, esticando as pernas para tirar dos pés as sapatilhas de ponta. Joshua ajudou, massageando os dedos dela, enquanto pensava no que dizer.

— Meu irmão vai fazer um jantar hoje, para apresentar seu novo namorado, e eu tenho que estar presente — disse, esticando os dedos dela, com cuidado, onde não estava machucado, ouvindo-a suspirar. — Você não quer ir também? Minha mãe vai adorar te ver.

— Jantar? — Ela coçou os olhos verdes delicadamente com a pontinha do indicador, olhando para Joshua. — Não estou com tanta fome.

— Eu também não. — Deu de ombros, mesmo sabendo que isso não impediria sua mãe de lhe dar comida. — Mas tem tempo que não ficamos só nós dois.

— É por causa dos ensaios. — Ela começou a desfazer o coque lentamente, e pouco a pouco, os fios loiros e longos caíram pelos braços. Joshua achava Lorraine uma menina muito bonita. Ela era delicada e bem cuidada, tinha bochechas rosadas e olhos grandes, parecendo duas esmeraldas, no meio do nariz arrebitado e fininho. — Quando acabar tudo a gente volta a ter mais tempo.

— Então, você não quer ir?

— Posso fazer um esforço para te acompanhar. — Lorraine abriu um sorrisinho de canto, olhando para Joshua. — E também estou curiosa para saber quem é o novo namoradinho do Jeff.

— Deve ser uma pessoa bem sem noção para querer namorar o insuportável do meu irmão.

— Ah, para. — Ela deu um soquinho de leve no seu ombro, fazendo-o rir pelo nariz. — Seu irmão só é chato com você. Ele deve ser um amor de pessoa com o novo namorado.

— Ei. — Anthony se jogou entre Joshua e Lorraine, esticou as pernas e os abraçou por cima dos ombros. Joshua o afastou sem nenhum traço de delicadeza, olhando-o com uma sobrancelha erguida. — O que vão fazer agora?

Richard se aproximou com Katherine e Ren. Ele estava mexendo no celular, tinha um risinho preso nos lábios e digitava freneticamente alguma coisa. Joshua não gostou disso e olhou para Ren, esperando que ele sentisse seu olhar pesado, mas ele não pareceu notar, ou se notou, não deu importância, sentando-se no chão, perto deles, ao lado de Katherine.

— Temos um jantar para ir — Lorraine respondeu,

fazendo cafuné nos cabelos de Anthony. — O irmão do Josh está de namoradinho novo e vamos conhecer essa noite.

— Fofoqueira — Joshua resmungou, beliscando a pele do braço dela. — A minha vida pessoal não é do interesse de vocês.

— Alguém está de mau-humor — Richard murmurou, fazendo pouco caso, então se virou para Ren. — E você, Ren?

Ele finalmente deixou o celular de lado, jogando-o dentro da bolsa, para dar atenção ao que Richard havia perguntado.

— O que tem eu?

— Tá livre agora?

— Não estou — disse, levantando-se. — Tenho que encontrar uma pessoa importante agora.

Joshua o olhou com curiosidade genuína e uma pulga atrás da orelha, mas não disse nada, muito menos deixou transparecer seu incômodo, pois não daria esse gosto para Ren. Levantou-se do chão e puxou Lorraine por debaixo do braço, pouco se fodendo em se despedir ou parecer educado e explicar alguma coisa. Saiu, puxando-a pelos corredores, ouvindo-a falar sem parar sobre algo que passava direto pelos seus ouvidos, enquanto trocava as sapatilhas por um mocassim confortável, apenas esboçando reações automáticas para ela. Saiu da Academia com um cigarro preso nos lábios e Lorraine ao seu lado, como costumava ser antes de Ren bagunçar tudo em sua rotina e estar sempre presente em cada um dos seus pensamentos mais obscuros. Do lado de fora, enxergou Ren entrando em um táxi, parecendo com pressa pelo modo como gesticulava e falava com o taxista.

O metrô de Nova Iorque estava sempre lotado,

mesmo sendo quase dez horas da noite de uma segunda-feira, mas era a única opção de transporte que tinham no momento se não quisessem ir a pé até o Brooklyn. Quando chegaram, Joshua estava ofegante e cansado, tudo que ele queria era deitar na sua cama e dormir, mesmo que seu sono não fosse dos melhores. Era melhor fingir que conseguia dormir do que ficar acordado, em um jantar com o novo namorado de Jeffrey. O último que ele teve nem sequer durou dois meses. O rapaz era da idade de Joshua e totalmente imaturo para relacionamentos, e na época Jeffrey estava atolado com as aulas que ministrava na faculdade para ter tempo de ficar com o cara. Ele se cansou, é claro, deu um pé bem dado na bunda de Jeffrey e sumiu no mundo. Joshua achou que, depois disso, seu irmão largaria de vez essa ideia de namorar, mas estava errado, e a surpresa que teve, quando abriu a porta da sua casa, o fez quase cair para trás, com os olhos arregalados na direção da pessoa sentada no seu sofá, conversando casualmente com Juliet como se fizesse parte da família há muito tempo.

Joshua sentiu o sangue ferver, borbulhando freneticamente dentro das veias, como se uma bomba tivesse explodido lá dentro. Lorraine o segurava na cintura, impedindo-o de avançar de uma vez para dentro de casa, e agora Joshua se arrependia amargamente de tê-la levado, porque se Lorraine não tivesse ido, ele já estaria a um passo de socar aquele rostinho cínico que o olhava cheio de deboche.

— O que você está fazendo na minha casa?

A pessoa sentada no seu sofá abriu um sorrisinho de canto, aquele que Joshua mais odiava no mundo todo, cruzou uma perna em cima da outra e respondeu:

— Vim jantar com o meu namorado.

# A QUEDA DO CISNE

Uma tensão pesada se instalou na sala no momento em que ele atravessou a porta de casa. Ele olhava para Hunter e Hunter o olhava de volta, com aquela pose presunçosa de sempre, como se fosse o dono da porra do mundo inteiro. Joshua queria encher a cara cínica dele de soco, mas Lorraine o segurava na cintura e Juliet olhava para os dois, sem entender a reação exagerada e o clima esquisito que pesou todo o ambiente.

— Eu perdi alguma coisa?

Mas antes que algum deles pudesse responder, Jeffrey apareceu na sala, com os cabelos úmidos, óculos de armação grossa no rosto e o perfume IN2U, da Calvin Klein, invadindo todo o espaço. Parecia estar muito feliz por estar apresentando seu novo namorado para a família, mas quando percebeu a tensão palpável no ambiente, seu sorriso morreu no mesmo instante.

— Que caras são essas?

— Eu também gostaria de saber. — Juliet se levantou, parando ao lado de Jeffrey. Eles estavam no meio da sala, entre o sofá e o móvel da televisão, olhando de Joshua para Hunter.

Joshua soltou um riso amargo pela boca, o qual subiu quente pela garganta.

— *Pfft*, esse é seu novo namorado, Jeff? — Lentamente, ele tirou as mãos de Lorraine da sua cintura, afastando-se dela para se aproximar de Hunter. Estava tão perto que conseguia sentir o hálito quente e pesado dele batendo, cheio de força e raiva, contra seu rosto.

— Não ouse — Hunter grunhiu, com a voz saindo tão pesada que dificultava a respiração dele, e isso fez com que Joshua abrisse um sorrisinho cínico cheio de satisfação.

— Sempre soube que você jogava mais sujo do que eu, mas namorar o meu irmão, enquanto mantém um relacionamento com um homem casado, realmente é de foder, Hunter, você se superou.

— Do que você está falando, Josh? — Jeffrey perguntou, com uma sobrancelha erguida deslizando para fora dos óculos. Joshua notou quando os olhos de Hunter vacilaram, e o jeito como ele engoliu seco agradava tanto, que era prazeroso ter o poder de foder com todo aquele teatro nas mãos.

— Ah. — Ele estalou a língua no céu da boca, virando-se na direção de Jeffrey, piscando os olhos ao colocar uma mão na cintura, enquanto a outra acenava em despacho, como se estivesse no meio de um espetáculo. — Ele não te contou, irmãozinho?

— Joshua... — Hunter tocou-o no pulso, com a voz arrastada e cheia de raiva impulsionando o calor que crescia dentro do peito de Joshua, fervendo aquela irritação constante que sentia por Hunter, como lava escorrendo de um vulcão. — Pare com isso. Eu já saí da academia, você conseguiu o que queria. As coisas não giram em torno de você, que merda!

Mas Joshua ignorou, e seus olhos se prenderam em Jeffrey, que tinha no rosto um semblante inexpressivo. Ele apenas piscava os cílios longos, com a sobrancelha erguendo, junto do movimento, e a postura do corpo na defensiva, parecendo esperar que qualquer um dos dois explicasse o que estava acontecendo.

— Contou o quê? — Jeffrey insistiu, olhando de Hunter para Joshua.

— Que ele tem um casinho com Giovanni Bianchi, marido da minha professora de sapateado. Eu teria uma foto, mas o filho da puta do Ren apagou.

— Jeff, não escute ele.

Hunter se aproximou lentamente de Jeffrey, e isso fez Joshua gargalhar, curvando-se para a frente, segurando a barriga, sentindo a cabeça girar pelo cansaço e pela rapidez com que se moveu.

— Você nem ao menos consegue negar — disse, estalando a língua no céu da boca outra vez, sentindo um gosto amargo abraçá-lo em todo lugar. — Deve estar com o meu irmão só para me provocar.

Hunter se virou de uma vez para Joshua, com o rosto inteiro contorcido de raiva pura, uma raiva que fez crescer satisfação genuína dentro de Joshua, daquele tipo que só ele conseguia fazer. Joshua deixou um arzinho quente escapar pelos lábios, escancarando seu deboche, com a postura tão reta e elegante, do mesmo jeito que sempre ficava no balé, enquanto seus olhos faiscavam, com vontade de amassar Hunter no meio da sua sala.

— Eu nem sabia que você tinha um irmão! — gritou, voltando a se aproximar de Joshua, batendo com força no seu peito magro, jogando-o para trás com brutalidade, desequilibrando-o um pouco. — Só soube disso quando cheguei aqui e fui apresentado à sua mãe. O que mais você quer de mim, Joshua? Já acabou com meu futuro na Bolshoi e agora quer acabar com minha vida particular também?

— Eu não acabei com nada. — Rolou os olhos. Pouco se importava com a vida de Hunter, mas se ele estava namorando seu irmão por vingança, ele revidaria. — Você fez isso sozinho, se envolvendo com um homem casado, eu só vi e cobrei um posicionamento seu. Apenas isso.

Hunter fechou o punho na gola da sua camisa, amassando o tecido, o que fez Joshua abrir um sorrisinho cínico de canto, segurando o punho de Hunter.

— Vai me bater na minha própria casa? Mas que visita mais mal-educada.

— Eu deveria ter te quebrado inteiro quando você me ameaçou naquele dia, quando me fez sair do lugar em que eu demorei anos para conquistar meu espaço. Você não vale o talento que tem, Joshua, você é sujo e desagradável.

— Viu só, Jeff? Seu namorado está ofendendo seu irmãozinho — Joshua resmungou, em um tom pesado de escárnio, olhando para Jeffrey e apontando a palma aberta para Hunter, exibindo no rosto uma expressão de falsa dor e angústia. — Eu não me importo que você demorou anos para estar lá. Se não tem capacidade para aguentar uma verdade, como acha que sobreviveria mais tempo? Se liga, Hunter, você que é fraco e pulou do barco na primeira oportunidade. Eu só te *ajudei* a chegar na borda.

— Joshua, isso é verdade? — Juliet o olhou com a testa franzida, parecendo muito chocada, e a mão sobre o peito, como se tivesse levado um soco muito forte. — Lorraine, você sabia disso?

— Não — ela respondeu, piscando os olhos, meio atordoada. — Não fazia ideia, senhora Jones.

— Isso não é da conta de nenhum de vocês — Joshua grunhiu, com a sua raiva aumentando cada vez mais ao ver o olhar chocado de Juliet. Lorraine não parecia surpresa, ela apenas balançava a cabeça e desviava os olhos do seu rosto.

— Deixa eu ver se entendi. — Juliet se aproximou, empurrando tanto Joshua quanto Hunter para se sentarem no sofá. Os dois caíram, sentados, de uma vez, olhando para Juliet. Joshua abriu a boca, pronto para protestar, mas Juliet ergueu o indicador para cima e murmurou: — Quieto. Quem fala agora sou eu. — Ela apontou para Hunter, que assentiu. — Você namora o Jeff e teve um caso com Giovanni Bianchi que, por acaso, é casado com minha amiga Ashley.

O clima pesou na sala, mas Joshua sorria sem abrir a boca, sentindo a satisfação escorrer por todo seu corpo. Hunter se remexeu no sofá, apertou as mãos nos joelhos e olhou diretamente nos olhos de Juliet.

— Olha, senhora Jones, eu admiro você como bailarina e a respeito como mãe do meu namorado, mas a minha vida particular não tem nada a ver com você, muito menos com Joshua. A única pessoa a quem eu talvez deva alguma explicação é o Jeffrey, e a mais ninguém. Se vocês me permitirem falar sobre a minha vida com o meu namorado, eu agradeceria. Esse show não vai continuar com a minha participação, chega disso para mim. — Hunter apontou o dedo para Joshua. — E você, de uma vez por todas, me deixa em paz. Eu não estou mais na Bolshoi, não quero cruzar o meu caminho com o seu, mas se depender de mim, eu não vou abrir mão do seu irmão por mais um capricho seu. Não vou deixar que você tire outra pessoa da minha vida.

— Eu duvido muito que meu irmão queira ficar com alguém como você, Hunter.

— Quem decidirá isso será o seu irmão, agora cala a boca — Juliet mandou. — Eu achei que o episódio no hospital seria o ápice de toda a merda que você poderia fazer, mas isso? Em que mundo você acha que vive, Joshua? Quem você pensa que é para pisar nas pessoas e intimidar alguém com algo que não é seu? Você não é ninguém, não passa de uma criança mimada e cheia de pretensão. Eu não enxergo mais em você o meu filho. Você parece uma pessoa estranha, sem escrúpulos e sentimentos. Eu não enxergo mais aquele menino que dizia me amar e amar o balé. Você parece só a casca daquele garoto, porque por dentro está tudo seco.

As palavras da sua mãe fizeram algo dentro de Joshua quebrar muito rápido. Ele sentiu uma dor comprimir seu coração, como se as mãos de Juliet esmagassem-no entre os próprios dedos. De repente, seu fôlego se tornou pesado e respirar virou um trabalho quase impossível. Ele se levantou com dificuldade, segurou a mãe nos braços e soluçou, olhando para ela com tanto desespero que sua imagem refletia nas íris dela. Juliet o encarava de volta, mas o que Joshua enxergava nos olhos dela, além de sua própria imagem deplorável, era a decepção escancarada.

Joshua se lembrou de quando ela o levou para sua primeira aula de balé. Ele tinha dois anos, era uma criança tímida e magricela, que segurava a mão de Juliet, com medo de se perder no meio de tanta gente, mas quando a aula começou, ele sentiu, naquele instante, que queria dançar pelo resto da sua vida. Quando a aula acabou, Juliet sorriu, cheia de orgulho, pegou Joshua no colo e sorriu para ele. Naquela época, sua ponta ainda não era boa, nem seus giros, nem sua técnica, mas com cinco anos Joshua já conseguia fazer uma pirueta dupla. Juliet dizia que, se ele sempre trabalhasse duro, conseguiria conquistar grandes coisas, e agora que estava quase conseguindo, enxergar sua mãe, a pessoa que mais amava no mundo inteiro, olhando-o com tanto desprezo, fez todo seu mundo desabar sobre seus pés, empurrando-o para o mais fundo do poço dos fracassados. Joshua não sabia quando tinha se perdido, mas, de repente, ele quis desesperadamente se encontrar de novo e voltar a dar orgulho para sua mãe, como fazia quando era uma criança cheia de sonhos e desejos.

Mas, ao contrário do que seu coração desejava profundamente, sua boca despejou, de um jeito quase cômico, o que não conseguia colocar para fora sem parecer um completo babaca:

— Então, por que você ainda se importa comigo? Por que você não me larga logo de uma vez? — Joshua murmurou, com os olhos queimando por causa das lágrimas pesadas que escorriam pelos seus olhos até as bochechas vermelhas. — Eu nunca quis ser uma decepção para você, nunca quis que as coisas que eu faço chegassem até você, porque eu sabia que veria esse seu olhar. Eu não me importo com as outras pessoas, mãe, só me importo com você.

— Ótimo jeito de demonstrar que se importa comigo, Josh.

— Eu não sei fazer, tá legal? — Joshua gritou, com seus olhos acumulando lágrimas, que o impediam de enxergar com clareza. O que não era ruim, porque, com a visão turva, ele não conseguia ver a decepção nos olhos de Juliet. — Eu não sei ser bom, não consigo fazer nada além do balé. Eu não me importo com o que as pessoas falam de mim, se gostam ou não, eu quero que todo mundo se foda! Eu só não quero perder você.

Joshua viu, meio borrado pelo acúmulo de lágrimas, Juliet engolir em seco e piscar os olhos, e sentiu quando seu braço foi preso pelos dedos dela e seu corpo guiado até o quarto dela, afastando-se dos outros na sala. Joshua gostava de atenção, ele gostava de ser o centro das atenções, mas naquele momento, sentiu-se aliviado por não estar no centro de tudo, não com Hunter, Lorraine e Jeffrey vendo seu declínio e desespero.

— Senta aqui e me escuta. — Juliet jogou Joshua na cama, agachando-se em sua frente, entre seus joelhos. — Eu estou decepcionada com você. Não só isso, sinto que falhei como mãe, ao te criar e ver o rumo que a sua vida está levando. Eu sinto que eu falhei na sua criação ao saber que você gasta o dinheiro que te dou com drogas, que não adianta eu te alimentar na boca, você não se ajuda a melhorar em absolutamente nada! Isso é frustrante, Joshua. Isso me quebra por dentro e me faz sentir uma inútil, porque não importa o que eu faça por você, nada parece ser o suficiente.

Joshua abaixou a cabeça, sentindo-a pesada no seu pescoço. Olhar para Juliet desse jeito estava matando cada célula do seu corpo, e Joshua só queria fazer isso parar. A garganta seca dificultava a saída das palavras, então a única coisa que conseguiu pronunciar foi:

— Me perdoa.

— Eu não sei se eu consigo fazer isso agora, Joshua, você passou de todos os limites. Acabar com o sonho de alguém de uma maneira tão baixa assim? Isso não é algo que eu aceite, não dá para simplesmente deixar isso passar.

— Mas o Hunter merecia...

— Cala a sua boca, ninguém merece ter o sonho tirado desse jeito. — Juliet apontou o dedo no seu rosto, fazendo-o fechar a boca e engolir o amargor que queimava sua garganta. — Ainda mais se essa pessoa não fez nada para você. Se ele tinha um caso com alguém casado, que ele resolvesse com a pessoa. Se algum dia ele fizer algo de ruim para o seu irmão, aí sim teremos direito de interferir, mas fora isso? Não é da sua conta, não importa. Não é tirando as pessoas do seu caminho que fará você se tornar o melhor bailarino, Joshua. Eu sempre disse que deveria se esforçar, ser o melhor de uma forma limpa, nunca apoiei e nunca incentivei você a derrubar ninguém para estar no topo.

— Eu sei.

— E por que fez isso? Por que você sujou suas mãos com essa atitude tão baixa? Quem você pensa que é para decidir quem fica ou não na Bolshoi? Você é só mais um bailarino no mundo, meu filho. Se quer ter o destaque que merece, ser o número um, faça pelo seu esforço, se alimente e ensaie direito. Aja como um ser humano decente e seja honesto. Não um drogado de merda que usa da maldade para tirar alguém que possa ser melhor. Não é assim que se chega no topo. Uma hora você vai tropeçar em quem você tentou derrubar e vai cair também.

— Eu só... — Joshua tentou dizer, mas se engasgou no meio das palavras e começou a chorar com mais força, apertando as mãos em cima dos joelhos, como se quisesse arrancar a pele. Juliet segurou suas mãos, impedindo-o de se machucar mais. — Mãe, eu só não consigo evitar. Me desculpa por isso, por ter feito você ir até o hospital me ver deplorável daquele jeito. Eu posso tentar parar por você.

— Você pode também ir atrás do Hunter e pedir desculpas pelo que fez — Juliet disse, passando os dedos pelas suas mãos. — Você não é uma criança, sabe que o que fez foi uma atitude mesquinha. Eu quero que você faça algo sobre isso, que peça desculpa para ele e pare com esse ódio gratuito.

— Eu faço qualquer coisa por você, menos isso. — Joshua puxou suas mãos para longe das mãos dela, olhando-a com uma careta no rosto. — Não vou correr atrás dele, muito menos pedir desculpas. Eu não volto atrás no que eu falo, muito menos no que faço. Não me force a isso, porque eu não vou fazer. Posso parar com as drogas e tentar me alimentar melhor, mas não vou pedir nada a ninguém.

— É assim que vai ser então?

Joshua afirmou, então Juliet se levantou do chão e suspirou.

— Lide com as consequências que terá a partir

deste momento, porque eu não vou te perdoar até que faça isso. Vou continuar decepcionada com você e não vou passar a mão na sua cabeça. Foi homem para fazer o que fez? Seja homem agora para lidar com tudo que vier com isso. Se você diz que me ama, então terá que se acostumar de agora em diante, porque eu não vou mais te ajudar até que você vire um ser humano decente.

Juliet saiu do quarto, deixando Joshua sozinho, com aquele peso nos ombros que o fazia sentir uma vontade enorme de nunca mais se levantar. Ele se jogou para trás, caindo de costas na cama dela, e fechou os olhos, chorando até que a queimação no peito fosse substituída pelo sono conturbado de sempre.

Ren abriu um *Arabesque* em primeira posição, um braço esticado, na mesma altura que a perna erguida atrás do corpo e o outro esticado na frente do rosto, com os ombros alinhados de um jeito elegante. Joshua o segurava na cintura com leveza e suavidade, pronto para puxá-lo para cima até que uma das suas pernas abraçasse a cintura dele. Conseguia sentir os músculos de Joshua tencionados enquanto o impulsionava para cima, mas ele estava focado, e isso era bom, porque estavam nos últimos ensaios gerais antes da grande apresentação e nenhuma falha era permitida. Abigail e Christopher estavam sentados nas cadeiras acolchoadas do teatro que fariam a apresentação, observando o ensaio e fazendo anotações, o que não ajudava muito na sua ansiedade, porque era a primeira vez que Ren se apresentava desse jeito, profissionalmente e para um público tão grande. Ele não podia errar, precisava honrar a confiança que depositaram nele e em sua dança.

Quase no final do *Pas de Deux*, tocando a sinfonia Op 20, Act 1: No. 9, Finale (Andante), quando a música ganha força e os passos começam a ficar mais brutos e ela muda para o segundo ato — a Op 20, Act 2: No 10, Moderato —, Noah Spencer entra, como Von Rothbart, para separar Odile de Odette e começar a tentar destruir tudo. É nesse momento que toda a história ganha intensidade e os sentimentos acompanham o ritmo dos violinos e dos corpos dos bailarinos no palco. Ele e Joshua precisavam mostrar uma intensidade avassaladora, capaz de deixar todo mundo sem fôlego e sem palavras, quando tudo acabasse. No final da peça, Joshua precisaria pular na frente de Ren, salvando-o de Noah e morrendo no seu lugar. Eles ainda não tinham ensaiado no palco essa parte, e Ren queria *e* precisava passar todo seu desespero e angústia quando segurasse Joshua nos braços, morto pelas mãos de Von Rothbart, até que não conseguisse mais suportar a dor e o arrastasse até a ponta do palco, na frente da orquestra estrategicamente posicionada para esconder os colchões no chão. Para a plateia aquela parte era o lago, e era ali que Odette, em sua forma humana, afogaria-se com Odile nos seus braços, morrendo junto ao seu amor.

Quando o ensaio acabou, Ren estava exausto. Sua pele estava suada, a blusa que usava grudava no peito e o shortinho de malha curto parecia ter se transformado em pele. Estava incomodado com isso, mas orgulhoso do desempenho que tivera no ensaio. Abigail olhou para ele e, então, para Joshua, parecendo analisá-los antes de começar a falar. Ren sabia que ela tinha muitas considerações para expor, então apenas esperou ao lado de Joshua, os dois parados, no centro do palco, ofegantes.

— Esse foi o melhor ensaio que vocês dois fizeram desde que começamos.

Foi nesse momento, ao escutar as palavras de Abigail, que Ren relaxou, notando, apenas naquele instante, que estava prendendo o pouco ar que tinha nos pulmões. Joshua soltou um risinho despretensioso ao seu lado, erguendo o queixo, naquela pose arrogante de sempre.

— Se nos mostrarem essa intensidade e essa técnica no dia da apresentação, tenham certeza de que vão deixar todo mundo, principalmente Apolloni Petrov, de queixo caído. Ren, quando vimos seus vídeos nas redes sociais, percebemos, na mesma hora, que você tinha que fazer o *Pas de Deux* com o Joshua. Será um sucesso. A dança dos dois combina, na mesma proporção que é completamente diferente, e é isso que vai atrair o público: essa diferença e essa igualdade que vocês têm. Joshua sempre dançou dentro da zona de conforto dele, a Lorraine, e como esse era o último ano dele aqui, eu queria desafiá-lo, queria ver até onde esse menino poderia subir. E você, Ren, não só fez ele subir, como subiu junto dele.

Ren olhou rapidamente para o lado, querendo enxergar qual era a expressão que Joshua estava fazendo diante das palavras de Abigail, mas ele estava apenas a encarando, sem presunção, sem arrogância, com o queixo na altura do seu. Não tinha nada ali. Ren não soube identificar o que Joshua estava sentindo, mas conhecendo Joshua como ele conhecia, tinha certeza de que ele estava sentindo alguma coisa e provavelmente não era nada boa, porque tudo que vinha de Joshua era questionável.

— Vocês dois são perfeitos para esse papel, eu enxergo a Odile e Odette em vocês. — Então, ela se levantou e caminhou lentamente entre as fileiras, inundando o teatro com um silêncio confortável de espera. Quando ela passou pela fileira em que ficaria a orquestra e o piano, que impedia a plateia de ver a borda e o chão do palco, ela parou, olhou diretamente nos olhos de Ren, então nos de Joshua, e balançou a cabeça. — Não me decepcionem. Agora andem, temos a última prova do figurino para fazer. Tomem um banho, não quero ninguém suado vestindo as fantasias.

Ren se curvou para Abigail, enquanto Joshua apenas balançou a cabeça sutilmente, antes de ser puxado pela lateral da blusa, por Ren, até os chuveiros, onde os outros meninos estavam tomando banho. Quando chegaram lá, Anthony travava uma espécie de lutinha com Noah e Ethan — ele interpretava o Benno na peça —, enquanto tomavam banho. Ren enxergou, pelos cantos dos olhos, Joshua revirar os olhos e bufar, caminhando até onde deixara sua bolsa, um pouco mais afastada dos demais. Então, Ren seguiu até onde os outros estavam, escorou em uma das paredes abertas, que dava para o chuveiro, e assobiou, chamando a atenção deles.

— Legal ver esse tanto de pau murcho balançando enquanto vocês lutam.

Anthony encheu a mão de água e jogou no seu rosto.

— Não enche, Ren.

Ren gargalhou, ligando um dos chuveiros. Tirou as roupas, jogou-as dentro da bolsa, que estava em cima de um banco e entrou no box. O alívio que sentiu em cima dos seus ombros foi instantâneo quando a água fria escorreu pela sua pele, deslizando dos ombros para as costas, das costas para a lombar e da lombar para a curva de sua bunda, até escorregar diretamente no chão. Ele fechou os olhos, espalmou uma mão no azulejo e deixou que a água lavasse seu cansaço e suas frustrações, mas, de repente, sentiu um par de mãos apertando bruscamente sua cintura.

Sua coluna inteira arrepiou quando Joshua começou a beijá-lo no pescoço. O cheiro dele sempre era inconfundível, Ren nem sequer precisou se virar para saber que era ele grudado nas suas costas.

Quando ele se aproximou um pouco mais, colando a pélvis molhada contra sua bunda, fazendo-o sentir a dureza do pau dele, Ren abriu a boca para gemer, mas Joshua a tapou com a mão aberta, aproximando o rosto da sua orelha, com a ponta do nariz tocando a pele molhada do seu pescoço.

— Quero você quietinho hoje — sussurrou, lambendo a linha do seu maxilar marcado. — Não estou a fim de que nos escutem.

Joshua tirou a mão da sua boca, escorregando-a para seu pescoço, com os dedos deslizando sobre a pele molhada.

— Um exibicionista como você querendo que eu fique quieto? Isso é algum tipo de piada?

— Se você não quiser, tudo bem, eu vou para o chuveiro do Anthony e o convenço, em dois segundos, a foder comigo, e você não vai nem ouvir quando ele gozar.

Ren sentiu tudo dentro dele vibrar, começando pela virilha até subir para o seu pescoço. Joshua causava um efeito anestésico esquisito em seu corpo quando estavam prontos para sentir prazer juntos. O tipo de prazer que só conseguia com ele, cheio de brutalidade e nenhum sentimento envolvido, além do carnal. Não que Ren quisesse ter qualquer outra coisa, além disso, com Joshua. Ele o conhecia bem o suficiente para saber que entrar em uma relação maior do que sexual com Joshua era a porra de uma furada, então apenas ficou quieto, porque senti-lo com tanta vontade nas suas costas era quase um alívio, depois de um dia cheio de ensaios e cobranças.

Ren não estava acostumado com esse mundo. Na sua cidade ele dançava só porque gostava, porque se divertia fazendo isso, não porque queria ganhar alguma coisa. Ren nunca fez uma apresentação tão grande como a que estava prestes a fazer, sendo o principal. Todas as vezes que dançou em um palco foram projetos pequenos, feitos pela sua academia, todo fim de ano, para as famílias dos bailarinos, e nada além disso, então ele estava sentindo a pressão com uma força tão grande, que sugava inteiramente suas energias. Kiyoko até mesmo perguntou se ele queria desistir, quando o encontrou, meio catatônico, na cama, pensando no que estava fazendo com sua vida, ao estar em Nova Iorque, no meio daquela gente arrogante, que fazia de tudo para ganhar. Ren não era assim, nunca foi, e achava que estava perdendo praticamente toda sua essência estando na Bolshoi, mas ele não ia desistir, não agora que estava a um passo de subir no palco e fazer a maior apresentação da sua vida inteira.

Ren sentiu a mão de Joshua apertando-o no pescoço, então descendo lentamente pelo seu peito, até chegar ao seu pau duro louco por um pouco de alívio. Ele rodeou-o com firmeza, espalhando água e gotas de esperma, que escorriam da fenda, por todo seu comprimento, deslizando a ponta do polegar por cima da pele sensível, e isso fez uma onda cortante de prazer ondular sua coluna inteira. Ren teve que engolir o som de prazer que subiu rasgando pela sua garganta, sentindo atrás das suas costas o risinho, cheio de escárnio, que Joshua deixou escapar pela boca, com o sopro do hálito dele batendo diretamente na sua nuca.

— Quietinho, *Bebê Cisne*. — Joshua sorriu, e Ren sentiu a boca dele se abrindo contra sua pele. — Hoje você não solta nenhum ruído, ou eu saio desse chuveiro e te largo assim, cheio de tesão e sem ninguém para te aliviar.

— Desgraçado. — Ren tentou se empinar para ele, mas Joshua segurou na sua cintura e empurrou seu peito contra o azulejo.

— Está com pressa? — Joshua lambeu uma gota gelada de água que escorreu pelo seu ombro, mordendo, em seguida, a pele, raspando os dentes levemente. — Eu não estou com tanta assim.

— Temos que provar os figurinos.

— Vão nos esperar.

Joshua começou a masturbá-lo, deslizando a palma inteira pela sua ereção, até senti-lo todo molhado. Ele deslizava a pélvis contra sua bunda como se estivesse metendo, o pau, duro e pulsante, raspava entre as bandas, que estavam desesperadas para senti-lo dentro.

— Me come de uma vez — pediu, com sua voz saindo em um tom cheio de impaciência que fez Joshua grunhir contra seu pescoço. Ele mordeu, lambeu e chupou, deixando propositalmente marcas que, mais tarde, tornariam-se grandes roxos evidentes e difíceis de cobrir. Tentou gemer, mas Joshua tapou sua boca novamente com a mão que estava na sua cintura, e Ren teve que, mais uma vez, engoli-lo como se engolisse quinhentos pregos.

— Vou te foder tão forte, *baby* — Joshua gemeu contra seu ouvido e soltou o pau, o que fez Ren gemer contra sua mão, de frustração, sentindo falta do calor da palma de Joshua em contraste com as gotas geladas que caíam do chuveiro. Ele a deslizou por seu quadril até chegar à sua bunda, apertou a carne e arranhou a pele, antes de empurrar um dedo dentro da sua bunda sem aviso. Ren quase mordeu a língua, louco para gemer, mas a mão de Joshua na sua boca fazia uma pressão tão forte, que ele sentia as pontas dos dedos dele empurrando sua bochecha para dentro dos ossos. — Você gosta, não é? Gosta do jeito que eu arrebento o seu cu.

Ren não respondeu, ele não conseguia responder. Nenhum som conseguia sair da sua boca, mas ele balançou a cabeça, desesperado para que Joshua metesse de uma vez. Só que Ren sabia que, quanto mais implorasse, mais Joshua faria questão de demorar, capturando cada gota do seu desespero com satisfação genuína, inflando o ego. Era o que Joshua gostava, de se sentir o centro do mundo, e quando estavam juntos, Ren acabava dando isso a ele de um jeito ou de outro.

Quando Joshua enfiou o segundo dedo, Ren enxergou estrelas no lugar da água, sentindo-o enfiá-los e puxá-los em um ritmo que fazia seus sentidos se perderem no meio do caminho. Ele beijou seu ombro e afastou a mão da sua boca, e quando Ren achou que conseguiria soltar algum som dela, Joshua segurou-o no queixo, virou seu rosto na direção dele e o beijou cheio de fome. A língua dele chegou antes dos lábios, fazendo com que saliva escorregasse pelos cantos e se misturasse com a água do chuveiro. Ren quase se derreteu de tanto prazer, porque o beijo de Joshua era sempre tão obsceno, que desligava qualquer pudor e sanidade que pudesse existir dentro deles naqueles momentos. Era como ser beijado pelo próprio Diabo, lascivo e erótico.

Joshua apertou sua cintura com uma mão, com os dedos entrando e saindo da sua bunda. Ele inseriu o terceiro, enquanto se beijavam, e foi aí que Ren percebeu que não aguentaria muito mais se ele continuasse. Empinou a bunda na direção dos dedos dele, pedindo silenciosamente para que Joshua o fodesse logo, sem afastar a boca dele.

— *G-Garoto Cisne*... — Ren conseguiu gemer contra a boca de Joshua quando ele se afastou minimamente para respirar, jogou a cabeça para trás, fechou os olhos e molhou os lábios com a língua, mal conseguindo deixar a boca fechada, por causa da forma como os dedos dele entravam e saíam bruscamente do seu cu.

Joshua subiu a mão para seu pescoço e o apertou com força, deixando-o sem ar por alguns instantes, depois comprimiu os dedos na sua mandíbula. Os dedos firmes não deixavam que movimentasse a cabeça, mesmo quando voltaram a se beijar, e Ren quis gemer com tanta força, quando sentiu os dedos saírem de dentro, mas apenas conseguiu morder os lábios de Joshua, enquanto revirava os olhos, cheio de prazer, jogando a bunda para trás, sentindo-o apertá-la e empurrá-lo contra a parede gelada.

— Você quer que eu te foda, não é? — Ele riu contra sua boca, afastando-se dela de uma vez. Ren achou que estava finalmente livre do aperto na sua boca, mas era Joshua que estava atrás dele, e se Joshua o queria quieto, ele o faria ficar quieto. Então, a mão dele voltou a tapá-la e a outra deslizou por todo seu corpo, passou pelo seu pau, parou ali, masturbou-o um pouco, brincou com as bolas e, então, finalmente voltou para sua bunda. Joshua não bateu nela, porque o estalo faria barulho e ele não queria isso. — Vou te foder agora, *baby*, e você vai ficar quietinho, não vai?

Ren afirmou com a cabeça, com os olhos lacrimejando de desejo, e então, ele sentiu a glande de Joshua tocar o meio da sua bunda e arqueou as costas, deitando a cabeça no ombro de Joshua quando ele começou a empurrar para dentro. Estava na metade e Ren só queria senti-lo inteiro, queria xingar Joshua e mandá-lo empurrar tudo de uma vez, mas o cretino estava se divertindo tanto com sua agonia de tê-lo logo, que fazia tudo lentamente de propósito.

Ele soltou um risinho contra seu pescoço, empurrou o restante da ereção para dentro e, com uma mão, segurou metade do pau, até que estivesse inteiro dentro, e o soltou para firmar a palma quente na sua cintura. O pau de Joshua não era tão grande, Ren já estava acostumado com o comprimento dele, mas era grosso e pegava bem lá dentro quando ele ondulava os quadris para a frente e para trás, daquele jeito devasso que o fazia perder todos os sentidos. Ele soltou um suspiro de deleite, que foi abafado pela mão na sua boca.

Joshua começou a empurrar com força. A pressão causava uma série de pequenos arrepios, parecendo picadas de abelha, e a mão de Joshua na sua cintura não ajudava a balancear o equilíbrio. Tudo era escorregadio, desde as gotas que respingavam do chuveiro para a parede, não deixando espaço para que Ren se apoiasse sem escorregar vergonhosamente, até a pele quente e vibrante de Joshua. A palma dele contra a boca de Ren, impedindo que qualquer som passasse, não suportava, contudo, a própria respiração abafada, batendo e inundando os dedos com um calor quente, quase febril. Ren chupou as juntas e os nós, preferindo isso a lidar com as investidas desordenadas e violentas de Joshua.

O quadril de Joshua não parava, batendo uma série de vezes, de maneira rude, e jogando Ren em direção ao registro da água. As costelas doíam, mas o prazer que vinha com a dor era o suficiente para fazer Ren se tornar uma vadia pelo pau de Joshua. E era demais. O combo de lábios, pau e presença nublavam a racionalidade. Queimou quando Joshua lambeu sua orelha e mordeu o pescoço, como se fizesse questão de dizer quem estava no comando. Ren tombou a cabeça para o lado, com o cabelo pingando suor e água morna. O corado da sua pele também mostrava o prazer emergente, circulando a barriga. Ren estava perto. Os ladrilhos do piso iam e vinham, acompanhando a forma como Joshua metia. O barulho da sua bunda com a pélvis de Joshua ecoava ritmadamente. Joshua gemeu e apertou mais sua cintura, moendo o quadril com força. Desta vez, ele empurrava de forma curta, não querendo sair demais de dentro da bunda de Ren.

Os braços magros, porém firmes, abraçaram seu corpo de vez. Ren tomou um susto, gemendo quando o pau de Joshua fincou com força na sua bunda. Joshua o fez ficar nas pontas dos pés, pegando uma das pernas e levantando-a contra a parede, com o joelho prensado nela e a perna caída para baixo, praticamente pendurada. Desse jeito o contato ficou ainda mais gostoso e preciso, alcançando pontos erógenos que Ren não sabia que tinha.

— Porra, Josh...

Por mais que a mão, bem presa ao seu rosto, fizesse um bom trabalho, o gemido escapou entre as frestas abertas dos dedos, soando de um jeito manhoso e exasperado. Joshua grunhiu, metendo com mais força.

— Eu te mandei calar a boca.

Apesar da agressividade, não havia raiva, apenas um suspiro de prazer borbulhando. Ren, então, soube que Joshua também estava perto.

Ren abriu um sorrisinho presunçoso contra a palma da mão de Joshua.

— Tá gostoso? Porque eu tô te sentindo tão fundo, é bom pra caralho.

Joshua mordeu seu ombro, chupando a região como maneira de repreendê-lo por continuar falando, mas nenhuma outra palavra passou, não quando Ren também começou a ir de acordo com o ritmo do quadril dele, batendo a bunda na direção certa, rebolando em círculos. Joshua riu, mais parecido com um choro, ainda que Ren soubesse que ele jamais admitiria estar afetado. No entanto, a presunção de Ren durou pouco. Joshua o jogou contra a parede, pressionando seu corpo completamente e usando a mão livre, a que não o abraçava mais, para masturbar seu pau. Os olhos de Ren se arregalaram antes de se fecharem. Sendo estimulado desses dois jeitos, não demorou muito para Ren gozar, lambuzando os dedos e o azulejo do banheiro.

Joshua gemeu mais uma vez atrás dele, encontrando dificuldade para continuar fodendo, porque a superestimulação tornava tudo mais sensível do que deveria ser.

Quando Joshua deslizou as mãos para longe da sua boca, Ren sussurrou, olhando por cima dos ombros:

— Goza pra mim, Joshua.

O gesto havia sido tão luxurioso que Joshua o fez sem nenhum esforço. Meteu mais três vezes e gozou, tirando o pau antes, manchando a pele de Ren com sua porra, que escorreu pela bunda até as coxas, misturando-se com a água fria do chuveiro.

Ren estava torpe, ele fechou os olhos e começou a tentar normalizar a respiração. E quando sentiu que as pernas estavam um pouco mais firmes no chão, virou-se lentamente para olhar para Joshua, mas o gesto fez com que ele se afastasse do seu corpo bruscamente. Joshua bagunçou os cabelos molhados com as pontas dos dedos, virou-se de costas e saiu, deixando Ren sozinho, com sua respiração desregulada.

Se tinha uma coisa que Joshua gostava, na mesma proporção que odiava, era a prova do figurino. Ele sempre ficava apreensivo, com medo de ter engordado alguns quilos e não caber na roupa, mas também gostava de se ver muito perto de se tornar o personagem que interpretaria. Sua roupa era linda, cheia de penas pretas por todo o tecido. Ele não usaria blusa, mas sim uma camada de pelos nos ombros e braços que seguravam as asas nas suas costas, além de uma calça de lycra preta bem justa e acinturada um pouco abaixo do umbigo, cheia de *strass* prateados por todo o tecido. Na cabeça, grudaria algumas penas nos fios do cabelo, dando a entender que elas estavam nascendo dali. Era linda, Joshua estava apaixonado pela sua roupa, mas estava morrendo de medo de vesti-la.

Ele estava sozinho no banheiro, pois os outros meninos tinham ido se trocar no vestiário do teatro, onde as roupas estavam penduradas em cabides para não amassar. Joshua apenas tirou a sua da arara e saiu de lá, escondendo-se no banheiro para pensar e tomar coragem, quando alguém entrou. Ele achou que fosse Ren, e estava prestes a mandá-lo tomar no cu, porque tinha enxergado de longe um amontoado de penas brancas, mas era Lorraine, vestida em um lindo tutu branco, com *strass* e penas brancas. Ela estava tão linda, parecia uma princesa, sua verdadeira Odette. Era Lorraine quem deveria ter conseguido o papel, não Ren.

— Você ainda não se vestiu? — Ela se aproximou devagar, parando na sua frente. — Abigail quer fazer um último ensaio hoje, com todo mundo vestindo o figurino, e só falta você.

Joshua respirou muito profundamente, olhou nos olhos de Lorraine e abaixou os ombros.

— Pode me ajudar?

Lorraine abriu um sorrisinho gracioso. Ela era toda delicada, e vestida assim, de cisne, ficava ainda mais.

— Claro, Josh.

Ela o puxou delicadamente pelo pulso, ajudou-o a vestir a roupa com delicadeza, para não sujar nem rasgar nada, ajeitou cada pena nos seus braços e ombros e grudou as dos cabelos. Joshua calçou as sapatilhas e sentiu que, finalmente, seu esforço estava valendo a pena, pois a roupa tinha entrado com facilidade, não parecia precisar de nenhum ajuste.

— A costureira olhou sua roupa, Ray?

— Olhou, mas ela disse que estava ótima. — Lorraine sorriu. — Só não posso ganhar peso, porque ela ficou certinha no meu corpo.

— Acho que também não posso engordar.

— É. — Ela ajeitou as penas nos seus ombros, piscou os olhos e abriu um sorrisinho cheio de dentes. — Você está lindo.

— Você também está — ele disse, dando um selinho na boca dela, então bufou. — Você deveria ter sido a minha Odette.

— Nem tudo é como queremos. — O sorriso dela murchou e Joshua se sentiu um pouco mal, porque eles treinaram juntos, por tantos anos, para esse momento, e de repente, um bailarino sem nome, que não é ninguém, foi convidado para fazer a Odette. Ele sabia que Lorraine tinha se sentido traída pela companhia, mas ela nunca falaria isso em voz alta, pois Lorraine era boazinha demais para isso. — É melhor irmos, Abigail está esperando.

— Pode ir na frente, eu já estou indo.

Lorraine lançou para Joshua um último olhar, antes de se afastar e sair do banheiro, deixando-o sozinho. Ele se olhou no espelho, enxergando Odile queimando nas suas íris, o cisne negro nascendo junto daquele figurino.

Joshua estava pronto para o show.

# SONATA DE SOLIDÃO

A primeira e única coisa que Joshua pensou, quando entrou na boate, foi:

*Porra, que lugar asqueroso.*

E tudo o que ele enxergava era um borrão neon vermelho e lilás no meio de corpos, movendo-se por todo canto. Ele estava meio perdido, dentro de uma boate duvidosa que cheirava a vodca barata, suor e maconha. Alguém tinha derrubado cerveja nos seus sapatos de couro, em algum momento que tentava dançar na pista, e o tecido começava a grudar e incomodar. Ele gostava de ir a boates, mas não era bem o que Joshua tinha planejado para a sua noite. Entretanto, depois do último ensaio, Anthony o puxou pelo pulso para aquela boate, sem que Joshua tivesse tido a chance de retrucar ou entender para onde estava sendo levado, tagarelando no seu ouvido que eles precisavam relaxar antes do grande dia.

Joshua queria mesmo era ter ido para casa ensaiar um pouco mais, mas, quando percebeu, já estava com uma garrafa de cerveja na mão, usando uma identidade falsa que um amigo esquisito de Anthony tinha entregado a ele, quando estavam na fila, para entrar na boate, garantindo que funcionaria e eles não teriam prolemas, um baseado de maconha preso entre os dedos e o corpo de uma garota desconhecida se esfregando no seu peito. Ele piscou, com os sentidos entorpecidos, procurando Anthony no meio daquele monte de gente bêbada , mas não o encontrou de imediato, então apenas largou a menina lá, sem dizer uma palavra, bebeu um gole generoso da cerveja quente e saiu à procura de Anthony pela boate. Quando o encontrou, perto do balcão de bebidas, sentou-se, de qualquer jeito, em um dos bancos altos e deitou a cabeça na banqueta.

— Esse lugar fede a suor — resmungou, piscando os olhos com dificuldade. Um pouco da cerveja na garrafa derramou na sua mão quando bateu ela com força na madeira, mas não conseguiu se importar naquele instante. — Não tinha um lugarzinho menos podre pra me levar, não?

— Não é tão ruim assim — Anthony murmurou, levando à boca uma espécie de bebida colorida, que Joshua não fazia ideia do que era e não se importava em saber, de qualquer forma. — Quando ficar bêbado o suficiente nem vai fazer diferença, e estamos esperando o Richard e a Katherine chegarem.

— *Argh*, porque não me avisou que eles viriam? Assim eu teria recusado — Joshua grunhiu, virando o restante da garrafa goela abaixo. A cerveja desceu quente e amarga, queimando sua garganta, mas era melhor do que estar sóbrio naquela boate horrível.

— Foi por isso que eu não avisei. — Anthony abriu um sorrisinho presunçoso que fez Joshua rolar os olhos.

Ele ergueu a mão para o *barman*, pedindo mais uma cerveja, e ficou ali, ao lado de Anthony, até que Richard e Katherine chegassem de mãos dadas.

O *barman* entregou para Joshua sua cerveja. Ele era charmoso, um homem preto de pele clara muito bonito, tinha os olhos bem pretos, e uma barba bem-feita, deixando-o com o ar de homem elegante que sabia conduzir, além de parecer ter uns trinta anos, pelo menos. Joshua piscou para ele, torcendo para que ele gostasse de homens, e quando foi retribuído com um sorrisinho charmoso, resolveu parar de resmungar por um tempo, porque ao menos uma coisa boa aquela boate parecia ter.

— Vocês demoraram — Anthony murmurou, com um sorrisinho cheio de segundas intenções para eles, mas Richard apenas rolou os olhos e puxou Katherine pela cintura para mais perto. — Se demorassem mais um pouco, o Joshua ia embora.

— Se eu soubesse que eles viriam, nem teria vindo.

— Como sempre você está com um ótimo bom humor — Richard disse, sentando-se ao lado oposto de Anthony, com Katherine entre suas pernas abertas. — O que é isso que está bebendo?

— Se chama Caipirinha Mágica, prove. — Ele estendeu o copo para Richard, que bebeu um golinho pelo canudo, saboreou a bebida e, então, abriu um sorrisinho charmoso. — Boa, né? Quer provar também, Kathy?

Ela assentiu, então Anthony entregou a ela a bebida e estendeu a mão para o *barman*, pedindo outra.

— Uau, é muito boa.

— Josh julgou minha bebida e nem quis provar.

— Você não me ofereceu.

— E você ia aceitar?

— Não. — Deu de ombros, voltando a beber sua cerveja.

Joshua ainda não estava muito no clima, sua cabeça estava presa nos ensaios e na apresentação. Ele queria ter ido para casa para treinar mais um pouco, mas sem a ajuda de Juliet ele sentia um pouco mais de pressão. Ela não o estava ignorando completamente, ainda tentava fazê-lo comer, mas não o ajudava nos ensaios, e ele precisava dela agora, principalmente porque a apresentação estava batendo à sua porta, sem se importar se Joshua estava pronto ou não. Às vezes ele achava que sim e, às vezes, que não. Ensaiando com Ren no palco, ele sentiu como se realmente fosse a Odile, e a sensação era magnífica. Era como no filme Cisne Negro, quando Nina, no palco, transforma-se no cisne negro na frente de toda a plateia, tirando o fôlego deles. Mas quando estava fora do palco, todo aquele torpor evaporava e deixava apenas o medo de não conseguir, de esquecer e de errar.

Bebeu todo o resto da cerveja e não se preocupou em pedir outra. Aquela boate estava quente, Joshua sentia suas mãos suarem e seu cabelo grudar na nuca. Ele virou um pouco o rosto na direção de Anthony e o encontrou em uma conversa com a mesma menina com quem estava dançando antes. Richard e Katherine tinham sumido, Joshua não se importava com eles, então não fez perguntas, deixou Anthony flertando com a garota e voltou a encarar o *barman*.

— Por conta da casa — ele disse, colocando uma bebida parecida com a de Anthony na sua frente, mas as cores eram outra, no lugar dos limões tinha alguns morangos fatiados dentro do copo e algo cristalizado rodeando a borda. O *barman* piscou para Joshua, de um jeito tão sedutor e charmoso que fez sua virilha inteira queimar, com o clima, de repente, entrando no seu corpo, como se nunca tivesse estado de mau-humor antes.

— O que é isso?

— Só beba, gato.

Joshua olhou para o lado, para Anthony, que abriu um sorrisinho malicioso na sua direção e, então, sussurrou:

— Ele está comendo na sua mão.

— Cala a boca — sussurrou de volta, rolando os olhos.

A bebida era gelada e muito doce, mas fez Joshua se sentir um pouco melhor do que quando estava empurrando cerveja quente para dentro. Na metade dela ele descartou o canudinho e bebeu todo o resto de uma vez, pouco se importando com o teor alcoólico que aquela bebida poderia ter, sentindo na ponta dos lábios o que eram aqueles cristaizinhos grudados na borda. Ele lambeu um, pressionou a língua no céu da boca, soltou um suspiro de satisfação, quando acabou, e olhou para o *barman*, que também parecia satisfeito, olhando-o de volta, enquanto atendia duas mulheres com maquiagens exageradas, como se tivessem saído direto de um show da Broadway.

— Meu turno hoje é até às duas da manhã, gato. — Joshua assentiu, lambendo os lábios, pediu mais uma cerveja e voltou para a pista de dança, sentindo, atrás dele, Anthony com a garota que ainda não sabia o nome e não fazia questão de saber. Ele parou no meio da pista, tentou escutar a música, mas estava começando a sentir o efeito do álcool e achava que era ou Lady Gaga, ou Miley Cyrus, ou Katy Perry. Joshua não tinha certeza, mas a batida era boa e facilmente estava levando seu corpo. Quando percebeu, estava entre Anthony e a garota, sendo beijado na boca por ela e sentindo Anthony se esfregando nas suas costas, lambendo seu pescoço.

Suspirou e, então, virou a cabeça, largando a menina para beijar Anthony na boca. Eles eram uma bagunça no meio de um monte de gente bêbada e drogada, e Joshua estava pouco se fodendo para seu futuro estado ou para que horas chegaria em casa. No momento, ele só queria curtir como qualquer um naquele lugar, o que era estranho, dada sua situação atual — a apresentação batendo na porta —, o que, com certeza, resultaria em um mau-humor fodido no dia seguinte, ao ter consciência de que perdeu uma noite de ensaio para beijar uma boca que já conhecia muito bem.

Joshua perdeu a noção do tempo enquanto dançava, depois de ter se cansado de beijar Anthony e a garota, e quando percebeu uma movimentação muito perto do seu corpo que não era deles, Joshua piscou os olhos, adaptando as íris ao neon vermelho e roxo da boate. Ele ainda conseguia enxergar com clareza as coisas ao redor, o que era bom, e enxergar com clareza o fez reconhecer o *barman* charmoso. Então, parou de dançar e caminhou até ele.

— São duas horas, gato — ele disse, com os lábios próximos dos seus. — Me chamo Charles.

— Josh.

— Vamos sair daqui, Josh.

Joshua não perguntou, deixou que Charles o levasse, pelo meio das pessoas, até uma área ao fundo, próxima às caixas de som. Eles subiram uma escada giratória até uma porta com uma placa dourada escrita V.I.P., então Charles tirou, de um dos bolsos de sua jaqueta de couro marrom, um cartão magnético e o passou perto da maçaneta, o que a fez abrir instantaneamente.

Joshua ficou boquiaberto com a área VIP de lá. Conseguia enxergar toda a boate e todo mundo que estava na pista de dança. Ele viu Richard e Katherine se beijando próximos ao banheiro feminino e, no meio da pista, Anthony dançando com um cara qualquer. A música daquela área não era a mesma que tocava no andar de baixo, e Joshua conseguiu perceber, mesmo com todo o álcool esquentando seu corpo, que o que tocava era *Drugs & Money*, do Chase Atlantic, e as pessoas não dançavam como as do outro andar. A maioria estava sentada em sofás de couro preto, sendo iluminadas pela baixa luz neon lilás e vermelha, que saía em feixes móveis que vinham do teto. Charles o guiou até o bar daquela área.

— Ei, Bella — Charles chamou pela moça bonita que parecia estar cuidando das bebidas. Ela era alta, ruiva, cheia de sardas no rosto e usava um vestido justíssimo no corpo, que a deixava elegante e fina. Bella olhou para Charles, sorrindo sem mostrar os dentes. — Tem algum quarto livre?

— Sempre tem um quarto livre para você, garanhão — ela disse, puxando um pano de copo debaixo do balcão para enxugar algumas taças que estavam em cima da pia. — O Red Room tá livre e eu sei que você adora aquele quarto.

— Ótimo, hoje é meu dia de sorte, então. — Ele piscou para Bella e olhou para Joshua. Charles deixava Joshua cheio de tesão.

Joshua deixou que Charles o guiasse até o quarto, depois de ele pedir à Bella mais um copo daquela bebida de antes, bem caprichada. Ela era gostosa, gelada e estranhamente fazia Joshua querer viver. Passaram por um corredor extenso de portas fechadas, que não dava para escutar nada por causa da música. O que era bom, porque, se fossem mesmo transar, ninguém escutaria, mas também era ruim, porque Joshua adorava que escutassem.

O quarto era enorme. Joshua entrou antes de Charles, que segurou a porta para ele, com um sorrisinho charmoso. A cama era redonda e tinha lençóis vermelhos estendidos em cima do colchão, com um dossel de cortina fina que dava um ar sedutor ao quarto. Charles fechou a porta, parou atrás de Joshua, segurou-o na cintura e virou-o para a frente, tocando seu peito com o dele. Joshua olhou bem para o rosto dele, com as expressões marcadas e definidas. Ele era realmente muito bonito e as mãos firmes dele faziam uma pressão gostosa na sua cintura.

— O quarto tem luz neon, quer ligar?

— Claro.

Ele empurrou Joshua delicadamente para perto

da cama, fazendo-o se sentar na borda, e então, caminhou para perto de uma cômoda mais ao canto. De dentro de uma das gavetas, Charles pegou uma espécie de mini controle branco, tirou do bolso do paletó uma caixinha antiga de rolo de filme, andou lentamente até um pequeno frigobar perto da cama, tirou de lá duas latinhas geladas de cerveja e, só depois disso, com as mãos cheias, que voltou a se aproximar de Joshua. Ele sorriu daquele jeito galanteador e se jogou na cama. Joshua terminou de beber o restante do que tinha na sua taça e a colocou na mesinha de cabeceira, olhando para Charles.

— Está geladinha — disse, olhando-o de volta e estendendo a latinha para ele.

Joshua arrastou o corpo para o lado de Charles e se deitou na cama, aceitando a latinha.

— E o que é esse rolo de filme?

Antes de responder, Charles ligou as luzes néon do quarto, um vermelho fluorescente que deixava os contornos dos seus corpos quase brilhando, dando a Joshua uma visão quase erótica do ambiente. Ele suspirou, bebeu um gole da cerveja e cravou os olhos nos de Charles. Ele abriu a caixinha, e quando Joshua colocou os olhos nela, suas pupilas dilataram instantaneamente.

Joshua perdeu a noção do tempo e espaço depois que seus sentidos foram tomados pela sensação torpe de estar chapado e bêbado, sentindo na pele a maciez da língua de Charles, das mãos dele no seu corpo e da pele dele tão quente contra a sua, com os olhos dele, enquanto o tocava, brilhando no vermelho das luzes néon. Joshua pensava no seu papel, em Odile ganhando forma em cima do palco. Ele pensava que ninguém além dele deveria fazer o cisne negro, porque Joshua *era o* cisne negro, ele se sentia como o cisne negro:

carne, osso, pele, pelos e penas. Aquelas penas pretas em volta dos seus braços, crescendo à medida que Charles chupava seu pescoço, mordia e lambia a carne, enquanto se afundava pesado no meio das suas pernas. Joshua escutava sua própria voz xingando-o, agressiva e bruta, como sempre costumava ser, e sentia vibrando no seu pescoço os sons dos gemidos dele.

Joshua estava extasiado, com a respiração desregulada e os batimentos cardíacos acelerados. Ele sempre gostou da sensação pós-sexo tanto quanto gostava da sensação pós-dança. Eram quase iguais, era a mesma satisfação genuína que enchia seu corpo de vida.

Quando ele chegou ao prédio em que morava, eram quase oito horas da manhã, sua cabeça estava doendo e tudo que ele queria era que Juliet o abraçasse e cuidasse dele, mas ela ainda estava chateada, e isso fazia Joshua perder o foco, porque ver sua mãe tão perto, mas parecendo estar tão longe, derretia toda a sensação de vida que ele conseguia dançando e fazendo sexo.

Subir as escadas foi um trabalho muito difícil, Joshua precisou segurar com força no corrimão até seu andar, e quando chegou, escutou uma voz que não queria escutar tão cedo, aquela que o irritava e esgotava até o último fio da sua paciência. Joshua não conseguiu segurar a vontade de rolar os olhos, sentindo a saliva secar na boca e o estômago ferver, com uma forte sensação de náusea se formando, como bolo, na garganta. Tentou molhar os lábios ressecados pela noite com a língua, mas o que sentiu foi como se ela estivesse áspera, o que o incomodou profundamente.

Ele não queria ter que dar o braço a torcer, muito menos se humilhar, como um qualquer, diante de Hunter. Em hipótese alguma, Joshua daria a ele o gostinho doce desse espetáculo; ele jamais diria uma palavra vinda do seu coração ou porque ele realmente gostaria de dizer aquilo, porque ele não sentia, muito menos queria. Mas a sua mente estava um caos, nublada pelo álcool e pela quantidade ridícula de drogas que ingeriu com Charles durante toda a madrugada. Disputava contra seu egoísmo, algo que ele sabia que seria a única coisa possível para ter Juliet de volta e voltar a ficar bem. Aquilo que, por mais que ele fosse se arrepender amargamente, era o único jeito de ter aquilo que queria de volta: sua mãe.

Joshua queria mesmo lutar contra seu ego inflado, usando da covardia que o acompanhava para descer as escadas do prédio e voltar algumas horas no tempo. Ele queria voltar para a boate, dançar como um lunático na pista de dança e, então, encontrar Charles para foderem mais uma vez, sentindo-o criar linhas de pó na sua pele macia, inalando desde o perfume até aquilo que o embriagava, até perder os sentidos das coisas e esquecer todo aquele monte de merda que era a sua vida.

Mas se Joshua fizesse isso, não teria Juliet de volta e continuaria sentindo todo aquele aperto e vazio no peito, que sempre o acompanhavam — perdendo-o apenas quando dançava, sentindo as vibrações da música, rodopiando e saltando com a pureza e brutalidade de um cisne. Ele só precisava cuspir o que Juliet queria ouvir e convencê-la de que saíam do seu coração, não apenas porque ele precisava dela de volta para conseguir ensaiar nesses últimos dias. Joshua queria se convencer de que a dependência emocional que ele tinha dela não o estava matando aos poucos, como uma doença incrustada em seu sangue.

Decidido, ele abriu a porta, tentando não deixar explícito o quão bêbado e chapado ainda estava, só que a visão da sua mãe sorrindo para Hunter na mesa do café da manhã fez seu estômago vazio embrulhar inteiro, mas Joshua engoliu a sensação amarga e sufocante e caminhou até eles. Jeffrey foi o primeiro a notá-lo, olhando para Joshua com aqueles olhos, quase escondidos dentro dos óculos, cheios de preocupação. Joshua estava pouco se fodendo para a preocupação dele, tudo que queria era que Juliet voltasse a se importar.

— Onde estava? — Jeffrey perguntou, o que fez Juliet e Hunter olharem na sua direção.

— Não te interessa.

— Joshua... — Juliet chamou sua atenção com aquele olhar duro, e ele apertou as mãos atrás do corpo, fazendo força com as pontas das unhas na pele sensível. — Onde estava?

— Mãe, você pode me ajudar a ensaiar?

— Onde você estava?

— Com o Anthony, dançando.

— Até agora?

— Mãe... — pediu, sentindo o corpo tremer. — Eu preciso ensaiar.

— Você pode fazer isso sozinho.

Era agora. Joshua era um bom ator, ele tinha que ser, porque só assim conseguiria bons papéis nas peças de balé que ainda faria pela frente. Odile era só a primeira porta. Sua mãe, a segunda. Ele olhou para ela, então para Hunter, que comia bacon com ovos e torrada e parecia estar se divertindo com a situação. Joshua queria muito socá-lo, até que o sorrisinho de escárnio desaparecesse e só sobrasse sangue no meio de hematomas. Mas, se queria sua mãe de volta, ele precisava fingir que se arrependia e Joshua era muito bom em fingir qualquer coisa.

Ele se virou para Hunter, apertou um pouco mais as unhas na carne e fingiu uma expressão de arrependimento que doeu os músculos do seu rosto. Ele sentiu, firmes e quentes, os olhares de Juliet e Jeffrey presos em suas ações, e isso bastou para começar seu teatrinho.

— Sinto muito, Hunter — apesar de parecer sincero, não existia nenhuma verdade nisso, e dizer essas três palavras fizeram seu estômago embrulhar, como se estivesse prestes a explodir. Hunter arregalou os olhos, surpreso, o que inflou seu ego e deu gás para continuar a encenação até conseguir ter a atenção de Juliet de volta. — Ainda acho que está usando o meu irmão, mas não é da minha conta e eu não deveria ter me metido, então sinto muito.

— Está falando sério?

Hunter largou o garfo de qualquer jeito em cima do prato, com o barulho tilintando e fazendo a cabeça de Joshua doer, mas como não queria sair do personagem, apenas assentiu, mordendo os lábios, tentando passar nervosismo para eles.

— Estou com cara de quem está brincando?

— Vindo de você, eu não duvidaria que estivesse.

Joshua bufou.

— Que seja. Já fiz o que tinha que fazer. Se você acredita ou não, aí é com você.

Então, ele saiu, dando as costas para Hunter, sua mãe e Jeffrey.

Enquanto caminhava para o quarto, um sorrisinho cheio de satisfação brotou na sua boca quando escutou as pisadas da sua mãe o seguindo. Ele desfez o sorriso ao entrar no quarto, querendo passar arrependimento genuíno para Juliet.

— Estou orgulhosa de você, Josh.

Ele deu de ombros.

— Preciso ensaiar, mãe — Joshua tentou jogar a isca, o que pareceu funcionar, porque Juliet se aproximou e o sentou na cama, agachando entre seus joelhos.

— Primeiro você precisa comer um pouco — ela disse, sorrindo. — Vou preparar uma vitamina e algo levinho para forrar seu estômago.

— Mãe...

— Você não pode estar fraco, Josh, a apresentação está logo aí. — Ela acariciou um dos seus joelhos, o que fez Joshua relaxar um pouco. — Depois que comer, precisa dormir, e então, à tarde eu ensaio toda sua variação com você, tudo bem?

Joshua olhou para a mãe e assentiu. Estava com muita dor de cabeça e provavelmente não iria conseguir ensaiar agora, então, talvez, fosse mesmo melhor comer e dormir um pouco. Ou pelo menos tentar comer e tentar dormir, porque, por mais que estivesse se esforçando nisso, ainda era difícil e doloroso. Mas enquanto tivesse Juliet por perto, fazendo o que precisava fazer por ele, Joshua acreditava que conseguiria, porque ele precisava estar forte para interpretar o papel da sua vida.

Ela saiu do quarto dele em silêncio e, enquanto esperava, Joshua não conseguiu se mexer. Continuou sentado na ponta da cama, olhando para os dedos trêmulos. Levou à boca o polegar e raspou os dentes na cutícula, olhando para a porta do quarto. O ardor veio antes da dor. Era uma dorzinha suportável, mas o gosto de sangue fez seu estômago embrulhar. Ele tirou o dedo da boca, viu uma gotinha vermelha no canto do dedo, onde tinha puxado uma pelinha da cutícula, e apertou com o indicador, fazendo-a se espalhar. Joshua ficou olhando o sangue escorrer até Juliet entrar no quarto, com um copo de vitamina em uma mão e um prato com sopa de legumes e carne picada na outra.

— Josh? — Ela colocou tudo em cima da mesa de cabeceira e segurou seus dedos. — O que você fez?

— Só puxei.

— Venha lavar. — Juliet o puxou para o banheiro, enfiou sua mão na água corrente, deixando o sangue escorrer pelo ralo, pegou no armário, em cima da pia, um *band-aid* e enrolou no seu dedo. — Não faça mais isso, está bem?

— Tá.

— Venha, vamos comer.

— Tem muita comida — Joshua resmungou quando se sentou na cama, sentindo o estômago embrulhar antes mesmo de começar a comer, mas Juliet apenas negou, colocou a bandeja em cima da cama e se sentou na sua frente. — Não sei se estou com tanta fome assim, mãe.

— Tente comer o máximo que conseguir.

Ela assoprou uma colher cheia, enquanto Joshua tentava beber um gole da vitamina. Foi difícil no começo, as primeiras colheradas sempre desciam como se estivessem devorando toda sua pele de dentro para fora, de um jeito quase corrosivo. Foi ainda mais difícil segurar o desconforto e as lágrimas que escorriam, quentes, pelas bochechas. Juliet fazia pausas de quase cinco minutos, para esperar Joshua mastigar o que estava na sua boca, sorria toda vez que ele engolia e, então, incentivava-o com mais um pouco. A vitamina estava esquecida em cima da mesa de cabeceira, apenas porque Joshua não conseguia se concentrar em ingerir as duas coisas juntas, então

Juliet deixou que ele tentasse primeiro comer o que descia da sopa para, depois, beber a vitamina.

Joshua estava quase no limite, demorando mais do que cinco minutos para engolir o que ainda tinha no prato, mas Juliet parecia contente pelo seu progresso, e isso era bom. Quando Joshua estava ofegante, praticamente sem conseguir respirar direito, enquanto mastigava, Juliet disse:

— Você comeu bastante hoje. Beba um pouco da vitamina, deite e descanse. Daqui a algumas horas eu volto para te acordar, e aí podemos ensaiar sua variação pelo tempo que quiser.

Joshua puxou um pouco de ar pelo nariz, antes de engolir o que ainda tinha na boca. Foi doloroso, seus olhos ardiam e sua garganta queimava, mas tinha conseguido comer um pouco mais da metade da sopa.

— Eu não quero a vitamina, mãe.

— Beba um ou dois goles, só para ajudar a descer melhor a comida.

Juliet acariciou seus cabelos, deixou um beijo na sua testa, pegou o prato e esperou que Joshua bebesse os goles que conseguia.

— Não aguento mais.

— Você foi bem. — Ela sorriu. — Deite e durma, vai acordar melhor e mais disposto.

Joshua assentiu, deitado na cama, observando Juliet sair do quarto com o prato e o copo. Ele tentou dormir, cobriu-se até o pescoço e rolou por quase trinta minutos na cama. Mas, mesmo com sono, seu corpo não conseguiu desligar, e Joshua apenas ficou deitado, olhando, pela janela do seu quarto, o céu mudando de cor, até o momento que Juliet voltou para que pudessem ensaiar pelo resto do dia.

O dia da apresentação significava que meses de ensaio já haviam corrido, levando embora as estações e trazendo novas no lugar. Joshua não se atentava a isso, porque dentro das salas de ensaios, o clima era sempre o mesmo; quente. Carregado de suor e perfeccionismo exagerado.

Ele vestiu seu figurino com a ajuda de Lorraine, quase tendo um colapso, com medo de ele não caber por ter comido um pouco de abóbora amassada com espinafre antes de ir para o teatro. Depois que se viu no espelho, com aquelas penas por todo canto, ele fugiu para o camarim masculino, para tentar se maquiar e mascarar o nervosismo que queimava suas veias, mas as mãos trêmulas o impediam de segurar o pincel de sombra com firmeza. Ele estava suando em partes muito específicas do corpo, e isso estava começando a incomodar. O figurino não ajudava muito, as penas coçavam e os *strass* prateados nas costuras raspavam na pele e criavam arranhões que ardiam por causa da camada de suor. Joshua sempre sentia essa ansiedade ruim antes de se apresentar e saber que Apolloni Petrov estaria na plateia, avaliando cada um dos seus passos, transformava tudo dentro dele em um verdadeiro mar tempestuoso, dez vezes pior do que costumava ser das outras vezes. Isso aumentava em um milhão por cento a vontade de não estar perto de ninguém antes de o espetáculo começar.

Ele estava se olhando no espelho quando Juliet entrou de fininho, ignorando os outros meninos se arrumando lá dentro. Ela parou às suas costas e colocou a mão suavemente nos seus ombros, apertando-o delicadamente, antes de acender as luzes laterais do espelho.

— Que cara é essa?

— Minha roupa está pinicando. — Fez uma careta quando mexeu o quadril na cadeira, de um lado para o outro.

Juliet dobrou a barra da calça de lycra para ver como estava costurado os *strass* na roupa, deslizou o dedo por cima da pele e olhou para Joshua.

— Acho que Lorraine deve ter algodão nas coisas dela, vou pegar alguns e grudar no seu figurino, senão vão machucar sua pele. Eu já volto.

Joshua respirou fundo, sentindo toda a pressão de ser o principal socando suas costas. E era tão ruim sentir isso, porque ele deveria estar acostumado, mas era difícil manter a cabeça no lugar quando a apresentação colocaria seu nome no mapa e o faria ganhar uma bolsa da *Royal Academy of Dance*, em Londres. Tentou respirar, contando até três, com os olhos fechados e a boca entreaberta, e teria falhado nisso se não tivesse sentido a mão de Juliet tocando-o no ombro novamente.

— Tudo bem, filho?

— Tudo. Só estou nervoso.

— É normal ficar nervoso nesses momentos, mas tente manter a calma. Levante. — Joshua levantou, olhou ao redor, por todo o camarim, e percebeu que agora só tinha ele e Juliet lá dentro. Os outros meninos deveriam estar se alongando e se aquecendo, espalhados pelos fundos do palco, procurando formas de se acalmar. Joshua não se importava com eles nem com a maneira como relaxavam, a única coisa que importava era ele e mais nada nem ninguém. Talvez Ren, porque se ele não estivesse bem, o *Pas de Deux* deles estaria acabado, então Ren não podia estar nervoso, ou o nervosismo dele passaria para Joshua e estaria tudo arruinado. — Lorraine tinha gaze nas coisas dela, vou costurar atrás dos *strass*, então fique quieto para não te furar.

Foi nesse momento que Ren entrou no camarim. Ele estava meio suado e parecia ter corrido uma maratona. Joshua olhou para ele com desdém, vendo-o caminhar depressa até os chuveiros e se trancar lá.

— Desmancha essa cara azeda, ele é o seu par, você deveria estar preocupado com ele — ela disse, terminando de costurar a gaze, então ajeitou a roupa no lugar e passou as mãos por cima, para verificar se não havia marcado e se não estava mais arranhando sua pele. — Eu vou sair agora, tudo bem? Preciso pegar um bom lugar na frente para te ver.

— Fica aqui mais um pouco, mãe, não quero ficar sozinho ainda.

— Vai ficar tudo bem. — Juliet beijou sua testa e sorriu para ele. — Se concentre e não se machuque. Eu e seu irmão vamos estar torcendo por você. Dê o seu melhor e tente não trombar com ninguém.

Joshua assentiu, engolindo com dificuldade um bolo incômodo de saliva que acumulava nas bordas da sua boca. Levou o polegar novamente para os dentes, passou a língua por cima das cutículas, com medo de morder e fazer sangrar mais uma vez, então voltou a se olhar no espelho, pronto para tentar começar a se maquiar, quando sentiu o coração começar a bombear sangue com mais frequência nas veias. Joshua piscou, abriu a boca e tentou puxar um pouco de ar para dentro dos pulmões, mas não conseguiu e começou a se desesperar. Ele apertou os olhos com as pontas dos dedos e abaixou a cabeça, sentindo o corpo inteiro tremer, como um terremoto interno, muito mais devastador que os externos, porque Joshua achava que não ia aguentar muito mais e estava só empurrando tudo com a barriga. Mas ele também não desistiria, não agora que estava a um passo de agarrar seu maior sonho com as mãos, praticamente tocando aquela bolsa na Royal com as pontas dos dedos.

O que aconteceu, no entanto, fez seu corpo inteiro congelar, daquele jeito estático que nem um comando funciona direito. No espelho, refletido no lugar da sua própria imagem, estava o Cisne Negro, olhando-o com um sorrisinho perverso cheio de segundas intenções, como se Joshua tivesse virado a própria Odile em forma de Cisne, meio humano e meio animal. Ele ofegou, sentiu os pulmões incharem e pesaram dentro das costelas, o ar começou a entrar com dificuldade. Ele não conseguia respirar pelo nariz e a boca seca parecia impedir que o ar entrasse por ela. Joshua olhou fixamente para a imagem no espelho. Não a sua imagem, mas para a que era refletida no espelho, para Odile sorrindo como Joshua sempre costumava sorrir para todos.

Odile era invejosa e perversa como ele.

Piscou os olhos, torcendo para que Odile sumisse, mas ela não sumiu, e foi aí que Joshua se desesperou ainda mais, com o coração socando as costelas, praticamente batendo nos músculos das costas. Sua consciência turva dificultava sua forma de pensar com coerência, e ele ergueu o punho fechado na direção do espelho, pronto para parti-lo em milhões de pedacinhos, quando alguém o segurou pelo pulso. Aquelas mãos fortes que Joshua estava acostumado a sentir em todo lugar: nos ensaios, na cama, no banheiro...

Ren o apertou com força, olhando para Joshua pelo reflexo no espelho. Então, Joshua percebeu que Odile tinha sumido e só restava sua imagem bagunçada e ofegante, uma que ele também não queria ver.

— O que pensa que está fazendo? Enlouqueceu de vez?

Ren já estava vestido com seu figurino, e Joshua ficou tempo demais parado, olhando-o pelo espelho, deixando escancarando que estava analisando-o inteiro. Ele estava bonito. Joshua não diria isso em voz alta, mas também não disfarçaria. Ao contrário da sua roupa, a de Ren era toda branca, tinha mais *strass* e mais penas. Ele usava uma coroa de Swarovski na cabeça, com penas saindo dela, e ainda não estava maquiado, então as olheiras profundas, embaixo dos olhos dele, estavam em evidência — não tanto quanto as de Joshua, que criavam camadas roxas fundas na pele.

— Nada que seja da sua conta.

Ren virou sua cadeira, olhando-o diretamente nos olhos.

— Josh, só por hoje você pode, por favor, me ouvir? Dá pra parar de ser egoísta e mesquinho por um momento e prestar a porra da atenção em mim? — Ren aproximou o corpo de Joshua, segurando com força na sua mandíbula, com os dedos firmes afundando na carne. — Surtar agora e quebrar tudo não vai adiantar nada.

— Você nem sabe o que aconteceu, não banque o psicólogo.

Joshua segurou a mão de Ren, que estava presa no seu rosto, mas ao invés de retirá-la com raiva, fechou os dedos em volta do pulso dele.

— Porra, eu não quero bancar o psicólogo, só quero fazer você parar de surtar desse jeito, ou vai acabar se machucando!

— Quem ouve isso pode acreditar que se importa comigo, *Bebê Cisne*.

— As pessoas não podem enxergar aquilo que não existe, *Garoto Cisne* — Ren murmurou em um sussurro, esfregando o polegar na sua bochecha. — Eu não dou a mínima para o que você já fez antes de chegar aqui, mas o que você faz agora importa. — Ren aproximou o rosto do seu, com a respiração dele batendo com força contra sua boca entreaberta. — Eu não quero perder a oportunidade que tenho de subir naquele palco e apresentar a peça por sua causa. Ela é muito maior que você, Joshua, então coloca juízo nessa sua cabeça de merda e foca no que é importante. Não é só o meu futuro que está em jogo, o seu também está. Não se esqueça que há uma maldita bolsa entre tudo isso.

— E você quer essa bolsa, Ren?

Ren não respondeu, ele parou, com os olhos ainda cravados bem fundo nos seus, e soltou um longo suspiro. Joshua não queria ter entendido, mas ele entendeu, e isso o irritou. Levantou-se, cheio de raiva, porque Ren não parecia estar correndo atrás da bolsa, como Joshua estava, e isso significava que ele não merecia ter chegado aonde chegou. Ele puxou Ren pela cintura, roçou a virilha na dele e deslizou a mão sobre a parte nua da pele, apertando a carne macia logo depois.

— Você sabe que eu não vou te deixar brilhar mais que eu, não é?

— Quem disse que eu quero que você pegue leve? Eu tenho tanto talento quanto você. Se parasse de olhar para o seu próprio umbigo, saberia que qualquer um aqui pode te tirar do pedestal que você se coloca todos os dias.

— Nem você acredita nisso. — Joshua deslizou as mãos até a bunda de Ren, apertando-a, até que ele passou os braços sobre seus ombros e enganchou os dedos nos seus cabelos ainda meio bagunçados. — Eu nasci para ser a estrela dessa peça, diria até que Odile faz parte de mim de um jeito que a Odette não faz parte de você.

— E você estava surtando por isso? Por ela ser tão parte de você que se perdeu no personagem?

Joshua apertou com mais força a mão na bunda de Ren, praticamente amassando os dedos por cima do figurino dele, com a raiva líquida deslizando pelos seus olhos. Ele não tinha se perdido no personagem, isso nunca aconteceria com ele, ou achava que nunca aconteceria. Joshua conhecia Odile muito bem, e era por ele conhecê-la desse jeito, que a sentia dentro do seu corpo, como uma metamorfose, diretamente para a apresentação. Porque, quando entrasse no palco, quem estaria lá em cima seria o Cisne Negro, e não Joshua. Ele não tinha se perdido nela, tinha se achado com ela.

— É muito fácil se perder quando você é perfeito para aquele papel. A realidade se junta à ficção e você se encontra no seu personagem. — Joshua subiu as mãos para a lombar de Ren. Ela estava exposta e ele sentiu a pele macia sobre seus dedos, então aproximou seu rosto lentamente do rosto dele, serpenteando a língua pelo maxilar marcado, antes de sussurrar: — Mas isso é uma coisa que você nunca vai entender, porque nenhum papel foi feito para você.

— Se eu não conhecesse você, diria que isso é um elogio.

— Entenda como quiser, Ren. Talvez, um dia, alguém faça algo perfeito, que você vai se encaixar, assim como eu me encaixo bem em tudo.

Ele abriu um sorrisinho de canto, charmoso, para Joshua, que fez sua virilha inteira borbulhar, quente e frenética, com o hálito dele soprando perto da sua bochecha.

— Você é só um cachorro de rua, Joshua. Qualquer buraco que você enxergar vai servir como um abrigo.

— Eu gosto do seu buraco, por exemplo. — Joshua

balançou as sobrancelhas em ondas controladas, cheias de segundas intenções, deslizando o polegar por cima da pele de Ren, de um jeito um pouco mais agressivo que antes.

— Meu Deus, que merda foi essa? Por que você não consegue ser uma pessoa normal uma vez na vida? Caralho.

Ren tentou se afastar, rolando os olhos como se não tivesse gostado, mas Joshua sabia que ele estava se fazendo de difícil, então o puxou de volta, girando seu corpo e o dele de modo que conseguisse prendê-lo contra a penteadeira do seu espelho, com as luzes acesas criando sombras charmosas atrás deles.

— Cala a boca, Ren, aproveita esse tempo antes de entrarmos no palco.

— Vai amassar a minha roupa, não dá. — Ele virou o rosto, claramente fazendo charme, e Joshua gostou disso, de tê-lo soando prepotente e sem vontade quando seus olhos gritaram o quanto estava sentindo tesão, com a luxúria praticamente escorrendo brilhante das íris dele.

— Prometo não amassar, mas você vai precisar ficar bem quietinho, do mesmo jeito que ficou quando eu te fodi no banheiro.

Ren grunhiu, segurando Joshua pelos ombros, antes de o puxar para perto e colidir sua boca com a dele, de um jeito tão forte, que Joshua sentiu um choque incômodo momentâneo, o qual foi substituído muito rápido pela sensação gostosa da língua de Ren se enrolando na sua.

Joshua gostava de beijar Ren. Ele tinha um beijo agressivo que acendia todos os seus sentidos, explodindo-os, em excitação, bem lá no pé da barriga. Joshua gostava tanto de sentir essas coisas, da mesma forma que gostava de dançar, porque as sensações de euforia que Ren conseguia, sem muito esforço, causar em seu corpo, eram quase as mesmas.

Ofegante, Ren se afastou um pouco, abrindo aquele sorrisinho prepotente, antes de se afastar completamente, com os lábios inchados. Então, desceu as mãos do ombro de Joshua, mexendo, às cegas, na penteadeira até encontrar um pouco de pó branco. Ele salpicou na sua testa, nos olhos e nas suas bochechas tão delicadamente que não parecia estar fazendo nada. Joshua fechou os olhos, aproveitando um pouco a sensação gostosa, sentindo-o pintar seus olhos com sombra preta pigmentada com poucas camadas de glitter, que brilhariam, sutis, nas luzes do palco. Ele delineou seus olhos, puxando uma linha reta, elegante e bonita e, depois, mais uma embaixo dos olhos, colou pequenas penas nos cílios e, então, passou um batom bem preto em seus lábios.

Joshua se olhou no espelho, vendo uma mescla de Joshua e Odile, e foi quase surpreendente senti-la dançando dentro do seu corpo.

— Me deixe te maquiar também.

Ren soltou ar pelo nariz.

— E você sabe maquiar alguém além de você mesmo?

— Não seja chato. — Joshua puxou Ren pela cintura e o fez sentar em cima da penteadeira.

— Eu, chato. *Tsc*, olha só quem fala.

Então, Joshua maquiou Ren, sentindo-se um pouco mais leve, agora que não estava pensando muito sobre a apresentação, sobre a bolsa e sobre uma futura crítica negativa de Apolloni Petrov.

Joshua apertou os dedos gelados nos de Ren, observando, pela fresta da cortina escura, centenas de pessoas que se aglomeravam no teatro para assistir à apresentação da *Bolshoi Ballet Academy*. Ele estava nervoso mais uma vez, sentindo tudo dentro do seu corpo queimar e ferver quando ele enxergou Apolloni Petrov sentado na primeira fileira, com uma espécie de caderninho nas mãos, anotando sabe-se lá o que nele, ao lado da bancada da Royal. Joshua precisava dar tudo de si, ou perderia a bolsa da *Royal Academy of Dance*, para finalizar sua formação como bailarino. Ele apertou com um pouco mais de força os dedos nos de Ren, sentindo-o retribuir o gesto, com as mãos suando juntas.

— Preciso de um cigarro — Joshua sussurrou, depois de sair de perto das cortinas, tentando controlar a respiração para não começar a hiperventilar.

Ren soltou sua mão, olhando-o com os cantos dos olhos. Joshua respirou fundo e lentamente se afastou para o fundo do teatro, pensando em como sua vida tinha dado um giro de cento e oitenta graus desde que conheceu Ren. Ele ainda o odiava e preferia estar fazendo o *Pas de Deux* com Lorraine, mas também não podia dizer que Ren era de todo ruim quando eles combinavam como parceiros. Isso ficou nítido nos ensaios, quando pararam de reclamar abertamente um para o outro, depois de receberem bronca de Abigail, e começaram a se sentir um pouco mais. O *Adagio*, o *Allegro* e o *Pas de Deux* simplesmente fluíram de um jeito surpreendente, e Joshua achava que, desse modo, ele conseguiria a bolsa.

Aos poucos foi caminhando para o fundo do teatro, depois de passar no camarim e pegar sua cartela de cigarros e o isqueiro meio velho com a imagem da Estátua da Liberdade já quase sumindo pelo tanto de vezes que o polegar passava sobre o desenho. As asas grandes nas suas costas incomodavam um pouco quando não estava dançando, elas eram pesadas e o deixavam arqueado para trás se não se equilibrasse do jeito certo. Com cuidado para não arruinar o figurino, Joshua se agachou no chão, com as mãos em concha ao ativar o fogo do isqueiro e acender o cigarro, e sugou a fumaça duas vezes, engasgando-se no processo antes de tragar direito e se sentir mais aliviado por isso.

Estava um pouco frio na parte externa do teatro, mas, no momento, Joshua não se importava com isso, não quando ele precisava aliviar o nervosismo daquele jeito, antes de todas as apresentações, ou surtaria.

Suspirou e soltou a fumaça para longe dos seus lábios, com o corpo quente quase não condizente com a temperatura ambiente, mas Joshua já sentia a calmaria dando as mãos e a ansiedade escorrendo de suas pernas, virando poça de água abaixo do seu corpo.

Fumou, até que o cigarro fosse só uma lembrança nos seus dedos, e voltou para dentro, observando o tumulto rotineiro de minutos antes das apresentações começarem. Caminhou devagar, voltando direto para o camarim, para calçar as sapatilhas pretas e guardar o maço e o isqueiro, quando viu Ren sentado no chão, alongando as pernas, com os músculos firmes das suas coxas contraindo e relaxando dentro da calça de lycra branca.

— Se sente melhor agora? — ele perguntou, ao notar que Joshua tinha entrado no camarim e segurava o par de sapatilhas na mão esquerda.

Concordou silenciosamente e se sentou de frente para Ren.

— Está nervoso, *Bebê Cisne*?

— Um pouco. — Ren esticou os braços para cima e depois arrumou as asas brancas atrás do corpo. Piscou os cílios longos, pintados de branco e com penas coladas sobre toda a extensão das pálpebras, lambeu o canto dos lábios, pintados de vermelho vivo, e se levantou, esticando as mãos para que Joshua as pegasse. — Vamos?

— Quebre a perna, *baby* — Joshua sussurrou próximo ao ouvido dele, arfando com as pálpebras pintadas de preto raspando na pele macia de Ren, o que o fez abrir um sorrisinho, parecendo sentir as cócegas das penas finas acariciando-o no rosto com sutileza.

— Quebre a perna, *Garoto Cisne*.

Então eles se colocaram nos lugares, cada um em uma extremidade do palco, com corações nervosos e ossos trêmulos.

A apresentação que decidiria o futuro dos bailarinos da *Bolshoi Ballet Academy* estava prestes a começar.

# LAGO DAS LÁGRIMAS

Não se ouvia nem um ruído depois da salva de palmas que iniciou a apresentação da Bolshoi, mas dentro da cabeça de Joshua parecia estar acontecendo uma grande rave, enquanto ele espiava pela fresta de uma das coxias os bailarinos do primeiro ato se posicionando nos seus lugares para entrar. As cortinas tinham acabado de se abrir e a orquestra começou a tocar, as melodias de Tchaikovski soando, suaves, pelas bocas e cordas dos instrumentos, em contraste com a loucura dentro da sua mente.

Joshua se afastou da coxia que estava escondido para que Anthony entrasse no palco, uma réplica de um salão de um palácio real, para apresentar os personagens da corte. Estava tudo muito bonito, as danças, os figurinos e o palco, mas Joshua não conseguia se concentrar, não quando ele conseguia enxergar Apolloni Petrov sentado ao lado do comitê da *Royal Academy of Dance*, analisando cada bailarino dançando e rodopiando pelo palco.

Joshua se afastou um pouco, respirando com dificuldade. O primeiro ato demorava pelo menos quarenta minutos, e ele só entrava na metade para o primeiro *Pas de Deux*, então ele ainda podia tentar relaxar enquanto isso, mas seu coração frenético, socando as bordas das suas entranhas, não parecia querer descansar. Joshua deu alguns passos para trás, até bater em uma parede, e com os cantos dos olhos, percorreu todo o ambiente escuro, preenchido por cortinas pretas e equipamentos de luz e som e professores andando de um lado para o outro, achando Ren sentado em uma cadeira, recebendo uma massagem nos ombros de Richard, com os olhos fechados e a boca aberta parecendo suspirar em deleite.

Richard não fazia parte do corpo de baile do "Lago

dos Cisnes", mas Christopher achou importante que ele estivesse presente nos fundos, junto dos outros, para dar apoio. Richard não se opôs, mas Joshua achava uma perda de tempo que ele estivesse ali, com eles, sem fazer parte da peça.

Nervoso e com o coração socando as costelas, Joshua caminhou até o camarim no qual suas coisas estavam. Ele precisava relaxar um pouco antes de ter que entrar e se mostrar a melhor Odile de todos os tempos.

Do lado de dentro, os instrumentos de cordas deveriam soar menos profundamente, mais para o público do que para Joshua, mas ele os sentia vibrar junto das cordas vocais, como se seus pulmões fossem marionetes de circo. Era uma apresentação triste. Olhando para o espelho, Joshua preferiu esquecer que seus olhos tinham a cor que tinham e focou no contorno teatral da maquiagem, mas nem mesmo isso adiantou. Sua pele se mexia de baixo para cima, puxando-se pelas laterais. Joshua mordeu a boca. Ardia tanto e queimava, mas se tocasse, se permitisse se tocar, arruinaria toda a aparência que gastou horas para construir. Sua traqueia era um caminho fino, alargando-se para comportar aquela ansiedade maluca de pré-apresentação.

O violino chorou.

As sobrancelhas de Joshua caíram e sua boca se curvou. Os ombros foram para a frente, acompanhando a risada estrondosa. Ela veio do fundo, de um lago que Joshua descobriu, naquele momento, que tinha no corpo. Não era o mesmo lago da peça. Não era bonito, nem brilhava. Não era feito das lágrimas de um cisne, não era nem sequer líquido. Joshua apertou o figurino no ponto em que sentia o coração bater. Nenhuma outra expressão pingou para fora. O que quer que preenchesse aquele buraco era vivo e falava com ele:

*Olhe para mim.*

Joshua negou. Negou para o vazio, porque não havia ninguém que estivesse olhando por ele.

*Olhe para mim.*

A voz era persuasiva.

Era presente a ponto de ser real, de esquentar os ouvidos de Joshua. Se ele fechasse os olhos, se deixasse com que ela o consumisse, certamente poderia tocá-la.

Uma mão invisível, macia e muito, muito fria, acariciou seu queixo ao longo do pescoço, levantando a cabeça levemente. Era tão imperceptível quanto uma pluma levada pelo vento.

Joshua, então, viu.

Viu asas escuras preenchendo todo o espelho com magnitude. Elas eram compridas, espessas, e respiravam. As penas se mexiam, tremendo, dizendo-lhe que estavam lá porque podiam voar. No entanto, nenhuma sensação de liberdade o acompanhou. Pelo contrário, aquelas eram asas, sim, mas eram asas que não podiam voar. Não ainda.

— Eu preciso... — faltou fôlego para completar a frase, as palavras ficaram presas no espaço. Joshua fechou os olhos e ouviu trovões, então abriu-os novamente e as asas não estavam mais lá.

*Faça-as voltar para mim.*

As pupilas dilataram sem que Joshua se desse conta.

De repente, seus olhos eram como dois buracos negros, e neles não existia vida além da escuridão. Não existia nada em que Joshua pudesse se agarrar para se sentir vivo novamente. A música nunca parou de tocar, e agora parecia muito mais alta do que um dia já foi.

*Me devolva.*

— O que você quer?

Não houve resposta.

Seu corpo ficou tão pesado que Joshua precisou se sentar, ou despencaria direto para o chão. Encolheu as pernas contra o peito, abraçando-as, em uma tentativa inútil de se sentir seguro, mas isso não aconteceu. Joshua não achava que estava seguro.

Os olhos agitados batiam por todos os lados do camarim. Bateram nas roupas penduradas, nas luzes redondas brancas, nas maquiagens sujas e meladas, bateram no chão de madeira e no papel de parede vermelho desgastado.

Bateram em uma caixinha de veludo azul.

A boca se abriu, puxou o ar e depois se fechou. Abriu-se novamente, apenas para mostrar que o sufocamento era bem-vindo. Joshua tocou as próprias bochechas, buscando calor, mas o contato era dormente demais, frívolo.

Ele esticou a mão até ela, raspando a almofada do polegar no veludo macio, mas não tinha textura alguma. A sensação que tinha era de pele sobre pele.

A voz apareceu de novo, assim como o peso das suas asas, curvando suas costas de maneira dolorosa e explícita.

*Pegue.*

Joshua tentou recusar, tentou resistir ao impulso. Tentou ser coerente. Ele pensou em Juliet, no olhar de decepção e na dor que causaria, mas nada disso o impediu, porque ele não se importava realmente.

Abriu a caixinha rapidamente, despejando as partículas de pó branco em cima da mesa escura. Elas refletiram como cristais quebrados. Com um olhar poético, Joshua teria imaginado gotas de chuva escorrendo pelo vidro do carro, mas agora, prestes a perder o coração, Joshua abaixou a cabeça e cheirou.

Sentiu, então, entorpecência.

A droga fazia milagres, acalmava-o mais do que qualquer outra coisa no mundo. Se isso era certo —

Joshua achava que era o certo — ou se era errado, nunca importou. Todos os medos, todas as dores, naquele momento, não eram mais nada.

As asas ficaram leves, podiam voar, e a voz parecia satisfeita. A música ficou silenciosa, o som das sapatilhas batendo na madeira do palco sumiu completamente. Joshua tombou para a frente, encostando a testa suada na penteadeira.

O lago se tornou claro, virando água cristalina por entre seus dedos. Joshua não se viu, mas acompanhou um cisne pousando sobre a superfície espelhada. Seu pescoço longo e gracioso serpenteou o ar antes de se curvar para Joshua. Ele não se curvou de volta, levantou-se, arrumou o cabelo, respirou fundo e voltou para a coxia.

— Ótimo, não saia daqui, logo é sua vez de entrar — alguém falou com ele quando se aproximou da coxia.

No palco, o *Pas de Deux* de Ren e Anthony acontecia suavemente. Ele estava lindo, como um cisne deveria estar, e parecia caber bem nos braços de Anthony. Joshua entrava naquele momento, pronto para matar Odette, mas o que acontecia era a surpresa de quem estava assistindo: Odile se apaixonaria. Ele entrava no palco enquanto o *Pas de Deux* acontecia, segurando uma lança de cristal, mas quando seus olhos batessem com os de Ren, a mágica aconteceria. O baque da lança caindo no chão faria Odile acordar para a nova realidade.

Joshua tentou respirar profundamente, levantando-se até ficar nas pontas dos pés. Os pulmões exigiram isso: o movimento de dor antes do brilho que reluzia sobre ele no palco. Nenhuma fagulha de ar passou, então Joshua tentou novamente, puxando o ar para dentro, e mais uma vez, o sufoco permaneceu. Tocou o pescoço, tentando tirar a mão fantasma que o apertava sem misericórdia. Foi nesse momento, prestes a colapsar por falta de oxigênio, que seu olhar se conectou com o de Ren e algo eletrizante, incandescente e abrasivo explodiu dentro do seu corpo, queimando veias e cartilagens e derretendo o que cortava seu fluxo de ar, como cera fervendo.

Ren tinha a mesma expressão doce de desespero, vazando vida pelos poros do rosto. A inocência de Odette resplandecia bravamente, porque, agora, Joshua e Ren estavam mortos.

Paradas, na frente deles, estavam Odette e Odile.

Era o momento deles, o momento em que Odile se apaixonaria perdidamente por Odette, quando ela invade a floresta e o lago dos cisnes para matá-la.

Joshua parou no canto do palco, mantendo-se elegantemente sobre suas sapatilhas, com os olhos sem abandonar Ren na sua forma de Odette. O *Pas de Deux* com o príncipe Siegfried terminaria no exato instante em que Odile, tomando a chance após a despedida cheia de promessas, cercaria Odette com sua aura obscura e petulante. Os olhos de Ren se arregalaram, como dizia o roteiro, interpretando o medo e a angústia de Odette ao pensar que as intenções de Odile eram malignas.

Mas não eram.

O amor havia florescido na forma de uma flor de verão corajosa, resistindo à intensa nevasca do inverno.

As mãos firmes e pesadas de Odile seguraram e rodearam a cintura de Odette até que girasse uma pirueta lentamente. Depois deslizou as mãos por seus braços, entrelaçando as mãos.

Ignorando as luzes cegantes, Joshua continuou.

Ouvindo os sons de surpresa da plateia, o dueto prosseguiu. Os murmúrios, ainda que audíveis, eram contidos e precisos. A dança entre Odette e Odile foi pensada com esse propósito, de chocar e causar uma onda de admiração conforme a ousadia tomava gosto. Nos braços de Odile, Odette se transformou em cisne.

O tom triste, representado pelos instrumentos, ocasionou ainda mais carga dramática, deixando que o amor interrompido ouvisse sua sonata de desolação e solidão. Odette precisou fugir para o lago formado por suas próprias lágrimas, no qual Odile, com o coração em pedaços, prometeu voltar por ela.

Joshua saiu do palco quando a música terminou, e nesse mesmo instante, Anthony voltou para os holofotes, com os cabelos recheados de gel piscando para o público. Joshua tossiu com desespero enquanto tentava respirar, já atrás da coxia. O espaço-tempo ao redor dele se assemelhava a um furacão de cores e cheiros. Dançarinos iam e vinham sem parar. Um deles esbarrou no seu ombro, levando Joshua a trombar contra uma parede, e felizmente, ou não, aquele era um canto afastado de todos.

Os sons se tornaram abafados, e conforme a luz diminuía, Joshua passou a interpretar a escuridão que sobrepujava um dos cantos reclusos. Nessa escuridão, Joshua enxergou Odile e pressentiu, nos ossos, a nebulosa sensação de tê-la dentro do seu corpo.

Ela estava na frente dele, sorrindo, cheia de presunção.

Apertou os cabelos, puxando os fios soltos com força, recusando-se a cair em uma alucinação perigosa. A perfeição custou demais para Joshua sacrificá-la desse jeito.

Enquanto Ren fazia seu solo, o número final do ato 1, naquela metamorfose bonita de cisne para humano, Joshua esperava por seu momento de entrar, com os ossos vibrando sem parar.

Quando a música se tornava mais pesada e o ato 2 começava, com uma melodia cheia de um sentimento de autoconhecimento — afinal, todos conhecem aquela música, até os mais leigos, porque ela era a principal do "Lago dos Cisnes" —, Joshua se sentia o mais poderoso ser de todos, apenas por estar nela, dançando um solo cheio de dor e frustração, por não poder ficar com quem seu personagem amava incondicionalmente. Ele passava isso enquanto deslizava os pés em ponta pelo palco, esticando-os e puxando-os em *Développé*, e então, saltando em *Entrechat*.

Nesse momento, Van Rothbard, interpretado por Noah Spencer, enxergava, de uma parte da floresta, Odile tentando fisgar o coração de Odette. A revolta pela traição o faz lançar a maldição nela também, transformando-a em um belo cisne negro.

Joshua sabia que estava chocando o público quando saiu do palco e escutou uma salva de palmas pelo seu número. Ele estava ofegante e suado, sentindo uma fraqueza incomum nos ossos, como se eles fossem se partir em milhões de pedaços a qualquer momento, enquanto tentava descer, goela abaixo, a água fria de uma garrafinha que pegou em uma das mesas próximas às coxias. Estava sendo difícil fazer o ar sair e entrar pelo lugar certo, mas Joshua tentava com força, e tentar desse jeito estava fazendo sua cabeça doer, com os cantos da testa latejando. As marteladas fantasmas, criadas pela ilusão da sua mente, faziam o trabalho perfeito de tirar Joshua dos eixos, com o colapso batendo à porta quando percebeu que o efeito da cocaína ainda estava correndo por seu sistema, mesmo depois das danças longas e intensas.

Ele e Ren quase não tinham contato fora do palco, porque estavam sempre em extremidades opostas, mas Joshua enxergava Ren mexendo os pés e as pernas, olhando na sua direção do outro lado da coxia. Ele estava sério e parecia concentrado, ainda que transparecesse um pouco de cansaço, evidenciado pelo brilho transparente que escorria pela pele descoberta, a qual o figurino não cobria, mesmo com o ar-condicionado do teatro na temperatura mínima.

Joshua sentiu uma mão forte tocando-lhe no ombro e, quando se virou para olhar, depois de pensar se deveria mesmo fazer isso — com medo que encontrasse imagens criadas por sua consciência cheia de ansiedade, ao invés de algo real e sólido que pudesse tocar —, encontrou os olhos azuis cintilantes de Christopher.

— Duas sinfonias e você volta para o palco — ele disse, olhando diretamente para seu rosto, como se procurasse alguma coisa nele, qualquer coisa que comprometesse sua dança.

O peito de Joshua se encheu de pavor, pela primeira vez temendo que alguém, além de Ren, percebesse que ele estava chapado ou com os últimos resquícios de um impulso vicioso, mas Christopher apenas sorriu, bateu no seu ombro e balançou a cabeça.

— Você está indo melhor do que eu imaginava. É mesmo um bailarino para se orgulhar.

Então, ele afastou a mão do seu ombro e saiu, deixando Joshua com o coração fervendo dentro do peito até que escutasse o fim da sinfonia que antecedia a sua volta para o palco.

Joshua não conseguia sentir as pernas, o suor impregnado no figurino fazia com que a roupa grudasse inteira na sua pele, e esse incômodo estava deixando-o mole e fraco.

As orelhas foram o presságio de uma deturpação implícita. Implícita porque ela só existia na mente de Joshua.

Os dedos agitados correram pela roupa brilhante, tentando puxá-la para fora do corpo. Os brilhos começaram a crescer e a crescer, cruzando todo o tecido, transformando a roupa de Joshua em algo vivo e que respirava. Mesmo arranhando o máximo que podia, o figurino não saía do lugar, pelo contrário: o abraçava ainda mais. E era completamente desesperador ser tomado daquela maneira.

Joshua nasceu e cresceu de maneira egoísta, não dividindo nada com ninguém, mas agora estava hospedando Odile no corpo. Ela era sua roupa, sua máscara, e se expressava com vida própria, ignorando Joshua e seu coração angustiado.

— Josh, melhore essa cara, é hora de voltar para o palco.

O som da voz chegou úmido, ecoante e distorcido. Joshua se sentia dentro de um túnel, não distinguindo o som das rodas do trem das pessoas que iam e vinham. Balançou a cabeça, porque sabia que não poderia responder de outra forma, fechou os olhos e engoliu, sentindo, dentro da boca, a língua crescer, ocupando toda a extensão dela. Joshua sufocou, desesperado, mas não conseguiu falar nada. Não conseguiu mudar a expressão que tinha no rosto. Tudo derretia, inclusive seus olhos. Ren apareceu do outro lado, seguido de Anthony e, então, Noah, vestido com uma roupa pomposa e extravagante, que o deixava com ar de vilão. Eles olharam na sua direção, com os rostos aflitos, mas confiantes. Joshua segurou em algo gelado, recuperando as forças que não tinha mais e pisando, com um passo de cada vez, no palco. A sapatilha se tornou seu próprio pé. A madeira estava quente sob as solas suadas e o chão se tornou grama.

A plateia estava estarrecida, apreciando a história nunca antes contada.

Na visão do público, o amor perigoso e destrutivo era um pretexto épico para uma luta intensa em busca do amor eterno. Odette estava presa no feitiço de Von Rothbart, vivendo às margens do lago formado por suas lágrimas de solidão. Odile a visitava todas as noites, entregando seu amor e admiração com uma dança melancólica e intensa. No entanto, tomado pela traição, Von Rothbart orquestra uma caçada, pretendendo acabar com o amor proibido, que ali, no meio do bosque, havia nascido. O príncipe Siegfried, enganado e com a ideia maquiavélica que Odile teria sido enfeitiçada por uma bruxa cruel, ajuda-o sem pestanejar. Desse jeito, Odile e Odette precisam fugir, encontrando no desespero o único jeito de ficarem juntas.

O amor, infelizmente, não foi o bastante. O feitiço do cisne deveria ser retirado. Assim, esperançosa, Odile volta para tentar renegociar, e a tristeza, então, multiplica-se. Odile tinha sido amaldiçoada para ser como sua amada pela eternidade: um belo e sofrido cisne negro. A dor era tamanha, que Odette, sem ter notícias do seu amor, correu para seus braços de Odile quando se reencontraram. Von Rothbart vê sua chance ao tentar matar Odette e, pôr fim, de uma vez por todas, no que jamais deveria ter nascido. O que ele não esperava era que o amor seria corajoso e incondicional, e se demonstraria na forma de um sacrifício. Odile salva Odette, morrendo no seu lugar, e Odette, sabendo que uma vida sem Odile era o mesmo que rastejar pelo Inferno, afoga-se com ela.

Assim, estariam juntas para sempre.

Essa cena seria o foco. Joshua e Ren lutariam contra Von Rothbart e morreriam, um nos braços do outro.

Joshua ainda estava chocado com a grama que

crescia viva por entre a madeira e seus vãos corroídos pelo tempo, mas nada o preparou para a água que começava a transbordar o teatro, molhando a platéia, Ren e todo o resto, formando o tão famoso lago dos cisnes. A realidade e a mentira se misturavam na mente de Joshua, fazendo-o se perder completamente. As árvores uivavam com o vento, que somente existia na sua cabeça. Era puro e brilhante.

Joshua sentiu suas asas tremerem e sentiu nos olhos de Ren um amor profundo e irreverente.

A dança começou violenta. Ren se jogava nos seus braços, rodopiava e saltava, enquanto Joshua o condizia com a leveza de um cisne, sentindo na pele dele a sensação torpe de penas crescendo abaixo de onde seus dedos tocavam. Ren o olhava nos olhos, profundos e soturnos, como duas bolas sem vida, ao mesmo tempo que brilhava uma luz amarelo-fogo que parecia querer queimar todo o rosto de Joshua. Ren subiu em *relevé* antes de saltar, grudar uma perna na sua cintura e dobrar a outra embaixo em um semi triângulo longe do chão, tendo todo o peso do corpo dele no seu quadril.

Joshua ofegou, enxergando pontos luminosos em volta dos olhos quando a água do lago de lágrimas começou a tocar suas sapatilhas. Ele não queria colocar Ren no chão, não queria que ele se afogasse nas próprias lágrimas, mas se não o fizesse, o *Pas de Deux* não seria completo e a luta não seria iniciada. Quando Ren desceu, deslizando as pernas por suas coxas, ele abriu um *Grand Jeté* ao lado de Joshua, com os dois saltando na mesma altura, como se fossem um só dividido em dois corpos diferentes. Joshua sentia a sincronia, sentia a ansiedade e enxergava Ren com os olhos de Odile enquanto puxava-o para uma sequência de *Fouettés* e *Fouettés Relevé*, antes de Noah e Anthony voltarem para o palco. Ele estava torpe, imerso na sua dança com Ren, tentando ignorar a realidade sombria da água, da grama e das árvores chacoalhando contra o vento que vinha de todos os cantos do palco, querendo jogá-lo para algum lugar longe do centro.

Ren o tocava no rosto, no braço e, então, separava-se, dançando, elegante e cheio de suavidade em todos os passos. Era tão bonito de se olhar a forma como eles usavam todo o palco e não sobrava nada, a forma como Joshua tentava fugir do lago com medo de se afogar, enquanto Ren parecia segurá-lo no lugar, quando uma luz iluminou todo o corpo dele no centro do palco, pronto para entregar Odette de corpo e alma para Odile.

O coração de Joshua, ou melhor, o coração de Odile, já não tinha mais seu nome marcado de sangue. Era Odette e apenas Odette. Joshua se viu admirando Ren, com o rosto pálido pela maquiagem, mas ainda fodidamente inocente. A tristeza era pontuada por sobrancelhas tristes e olhar perdido, desfocando e focando, presa em luzes, em água e em sofrimento. Um estrondo veio da orquestra, indicando a chegada pesarosa de Von Rothbart. A música refletia o desespero dos dois cisnes amantes, temendo não só por seu amor, mas pela vida que soprava ainda pelo ar.

Von Rothbart dançava de um jeito mais pesado que Odile e Odette, com a expressão taciturna e vingativa, porque o balé não era unicamente a dança e o esforço, era sobre saber interpretar a dor da maneira mais pura e bela possível. A raiva nos olhos de Noah era real e Joshua sentiu-a, junto ao medo de ser esmagado por ele.

A cena teve continuidade, com a floresta se movendo com eles como se igualmente sentisse o desespero. Noah se lançava no palco, mostrando nos passos os ataques que investia em Odette e Odile.

Um desses ataques, ressoado na orquestra melancólica e fervorosa, foi letal, pretendendo atingir Odette.

No entanto, antes que pudesse fazê-lo, Odile se lançou no lugar dela, no lugar de Ren, sem pensar duas vezes, não atuando, mas, genuinamente, querendo protegê-lo.

A espada, nas mãos de Von Rothbart, atingiu seu estômago, perfurando a pele, abrindo espaço para o sangue quente escorrer, depois rasgando os músculos, queimando cada ponto nervoso que existia em Joshua, e passou, por fim, no vão dos ossos da costela, atravessando as costas.

Se o metal ficasse dentro dele talvez existisse alguma chance, mas Noah puxou a lâmina de volta, arrancando não só uma cachoeira de sangue, mas a vida de Joshua.

O ar parou de soprar e toda a floresta pareceu ser tomada por uma umbra de escuridão profunda. Joshua tentou respirar, mas a dor era tamanha que foi impossível completar a ação. Tocando o lugar, Joshua chorou, tremendo da cabeça aos pés ao sentir a mão afundar quente no seu próprio corpo, abrindo caminho para que mais sangue jorrasse pelos cantos da pele exposta. O enjoo que se seguiu atravessou-o com força, tornando suas entranhas cada vez mais frias e fluidas. A cabeça tonteou, perdendo o foco, e sombras pretas circularam seus olhos, abraçando Joshua em um abismo sem fundo, sem sons, sem cheiros e sem cores. Essa era a morte. Despencou nos braços de Ren, tomado por lágrimas e soluços, e desesperadamente tentou tatear o rosto do seu amor, querendo sentir seus lábios uma última vez antes de partir, mas tudo o que veio, em seguida, foi a água quente do lago, abraçando seu corpo dormente junto ao de Ren, na direção do fim.

E então, tudo se tornou o mais profundo e sombrio escuro.

Joshua sentiu uma quentura incômoda na bochecha repetidas vezes, levando sua cabeça para o lado, o que fazia as bordas da testa doerem. Joshua não enxergava nada, mas escutava vozes em volta do seu corpo, e ele achava que era o Inferno, barulhento e quente, porque uma pessoa como ele só poderia ir para lá depois de morrer por uma espada e ser afogado no lago de lágrimas feito por Odette.

*Josh.*

Ele escutou uma vez.

*Josh.*

E então, mais uma.

*Joshua, porra!*

Só na terceira vez que ele conseguiu abrir os olhos, porque a dor que sentiu na bochecha esquerda foi maior do que as de antes, como se a mão que colidiu com sua pele tivesse se enchido de ferro antes de acertá-lo.

A luz que chegou, antes de qualquer outra imagem ou forma, foi tão clara e cegante que foi capaz de secar seus olhos por um tempo. Era incômodo e o atingiu de supetão. Joshua abria e fechava as pálpebras, tentando se acostumar com o ambiente abafado, mas era difícil. O enjoo e a dor ainda se mostravam persistentes. Pensou que talvez o tivessem levado para um hospital e aquela luz, na verdade, era a vibração luminosa das máquinas e do teto absurdamente branco, mas não. Joshua não ouvia os beeps, muito menos sentia o cheiro dos remédios. Ele sentia o cheiro de Ren misturado com suor e maquiagem.

Aos poucos, tudo o que podia ver era o rosto contorcido e cheio de irritação de Ren perto do seu, com a mão dele indo e vindo na sua bochecha.

— O quê? Ren, cadê?

Foi só então que notou que estava sozinho com ele no camarim.

— Cadê o que, Joshua?

— Eu não morri? — Tateou a barriga mais uma vez, tomando coragem para olhá-la e, quando o fez, só tinha pele e músculo magro. Nenhuma ferida de espada nem sangue. Nada. — Eu fui atingido, Ren. Ele me matou.

— Você cheirou tanto antes de entrar no palco que seu cérebro derreteu. — Ren suspirou e rolou os olhos, afastando-se um pouco, parecendo querer olhá-lo de cima a baixo. — Fique quieto aí, eu vou chamar o Christopher e falar que você acordou. Apesar de você ter desmaiado no final, a plateia não percebeu e nós arrasamos.

E, então, Ren saiu do camarim, deixando Joshua sozinho, olhando para seu reflexo nos espelhos. Ele não enxergava mais Odile, era só sua própria imagem meio derrotada e disforme. A maquiagem ainda estava ali, mascarando seu cansaço nos tons de preto dos olhos de cisne e no batom preto intacto na sua boca. A maciez do sofá abraçou seu corpo, e Joshua tentou respirar profundamente para tentar relaxar, pensando no que Ren tinha dito antes de sair.

*Nós arrasamos.*

Ele abriu um sorrisinho quase sádico, sentindo o fluxo de sangue dentro do seu corpo aumentar em todas as partes dele, com aquela satisfação genuína de ter conseguido se alastrando por lugares que antes estavam derretendo por uma ansiedade estúpida, que não deveria existir dentro das suas entranhas, porque Joshua era o melhor de todos, e isso estava escancarado em tudo o que se propunha a fazer e não era novidade. Ele tinha arrasado, isso significava que a bolsa era sua.

— Que bom que você acordou. — Christopher apareceu no camarim. Ren andava atrás dele com um saco de gelo na mão, então parou atrás do sofá e empurrou o gelo na sua nuca, fazendo-o resmungar pelo incômodo. — Você desmaiou no final. Ninguém percebeu, só o Ren, mas isso fez parecer que você estava mesmo imerso no personagem.

— É porque eu sou bom em tudo que faço, até mesmo quando não tento fazer.

Ren revirou os olhos quando se sentou ao seu lado no sofá.

— Inacreditável. Você deixou todo mundo preocupado, porra.

Joshua deu de ombros.

— Eu arrasei, não arrasei? É isso que importa.

— Bom. — Christopher coçou a garganta, chamando a atenção dos dois. — Deixei ali perto da sua bolsa alguns biscoitos de água e sal. Sua pressão está baixa, vocês vão voltar para o palco, daqui a alguns minutos, para a distribuição das bolsas de estudos, e você precisa estar com uma cara boa.

Não respondeu, só deu de ombros mais uma vez e deixou que Christopher saísse do camarim, desta vez deixando-o com Ren que se levantou e começou a se despir do figurino, sem olhar para Joshua.

— Vá comer o biscoito e trocar de roupa.

— Você não manda em mim.

— Faça como você quiser.

Joshua segurou o gelo com mais força, olhando para os músculos rígidos das costas de Ren se movendo à medida que ele tentava tirar o figurino, até que estivesse só com o suporte escondendo seu pau. Joshua salivou, molhando a boca seca, quando Ren tirou o suporte e ficou completamente nu. Ele olhou rapidamente para a porta, só para se certificar que estava mesmo fechada, e então, caminhou até sua bolsa para puxar um conjunto de moletom e uma cueca.

Joshua tentou se levantar antes que ele conseguisse se vestir, mas seu esforço foi em vão e ele caiu pesado no sofá.

Escutou um risinho cheio de deboche de Ren.

— Estou te vendo pelo espelho — disse, passando a cueca pela bunda bonita, cobrindo-a com aquele tecido sem graça. — E é melhor você ficar bem quietinho aí, seu corpo está exausto, Joshua, e se você continuar desse jeito, não vai aguentar muito mais.

Joshua bufou, apertou o gelo com mais força na nuca e abriu as pernas, sentindo-se incomodado com o figurino. As asas estavam penduradas no cabideiro, com os figurinos dos outros meninos e, agora, o de Ren, destacando-se no meio de todos eles.

Ele pegou sua bolsa e os biscoitos e se aproximou, depois de terminar de se vestir, olhando-o com aqueles olhos brilhantes, que praticamente mandavam "coma e se troque".

— Esse biscoito é ruim — disse. — Não tem um biscoito melhor, não?

— Eu tenho *cookies* na minha bolsa. Mas você não come nada, vai querer mesmo?

— Quero.

Ren largou a bolsa de Joshua no sofá e caminhou até a sua, tirando lá de dentro um saquinho cheio de *cookies*. Fazia tempo que Joshua não comia *cookies*. Ele costumava comê-los quando era pequeno e sua mãe fazia-os para o lanche da tarde. A lembrança tinha cheiro de chocolate e chá doce, e Joshua sentiu os olhos arderem quando segurou um dos biscoitos entre os dedos.

— Qual o problema? — Ren segurou o gelo na sua nuca e, internamente, Joshua agradeceu por isso, porque o músculo do seu braço estava dolorido e precisando relaxar, largado ao lado do seu corpo. Joshua balançou a cabeça, mordendo um pedaço muito pequeno do biscoito, sentindo o estômago embrulhar. — Eu sei que é difícil para você comer, mas você desmaiou e isso vai te ajudar a se manter em pé por um tempo.

— Eu estou comendo. — Joshua não conseguia enfiar na boca mais do que uma mordida pequena, mas ele estava mesmo apreciando o cookie, mesmo com seu estômago tentando expulsar a única mordida que tinha engolido. — Você pretende ficar aqui me vigiando por quanto tempo?

— Não estou te vigiando.

— E o que está fazendo?

— Lá fora está um caos — Ren disse, afastando um pouco o gelo da sua pele, antes de voltar a colocá-lo lentamente. — Os meninos todos já se trocaram e estão nos fundos, conversando e descansando, o pessoal técnico está andando de um lado para o outro nos bastidores e no palco, para a montagem do palanque onde serão entregues as bolsas.

— E por que você não está com os meninos? — perguntou, mastigando mais um pedaço pequeno do cookie.

— Prefiro a calmaria do camarim, mesmo que você esteja nele.

— Eu estou calmo.

— Só porque desmaiou.

Joshua não gastou forças para discutir, estava cansado demais, sensível demais, remoendo-se em torno do que não deveria, então continuou observando Ren de longe, notando a curva bonita da cintura e o cabelo cheiroso. Alguns resquícios da maquiagem teatral ainda permaneciam na pele do rosto dele. Joshua o achou lindo. Tão lindo que seu estômago ardeu de um jeito ácido, odiando a sensação de admirar alguém que não fosse ele mesmo.

Mas a sensação de queimação durou pouco, perdendo-se no cansaço físico e no desgaste emocional.

Joshua se levantou, pesado, quase despencando no chão, apenas parando ao encostar a testa nas costas musculosas de Ren, com o cheiro da pele dele entorpecendo seus sentidos.

Joshua também o notou se enrijecer automaticamente, tremendo devagar. O coração batia tão forte que Joshua o sentiu mesmo pelas costas.

— Eu preciso ir — Ren murmurou, e o som foi tão baixo a ponto de se perder. Joshua o beijou sem pensar no que o toque representava, e a pele de Ren se arrepiou inteira.

— Sim — Joshua respondeu de volta, tão baixo quanto.

— E você precisa se trocar.

Joshua o beijou outra vez.

Era como uma tortura sentir Ren daquele jeito, querendo fechar os olhos e se restituir, mas eles não podiam. Não estando naquele estado. Não com a entrega das bolsas acontecendo.

E como se entendesse o recado, Ren se afastou, deixando Joshua sozinho no camarim para se arrumar.

Joshua parou ao lado de Ren no palco, e do seu outro lado, estava Lorraine, segurando a sua mão com força. Ela sorria e parecia orgulhosa, e Joshua não conseguia deixar de pensar que sua Odette deveria ter sido ela e que iria para a Royal com Ren e Lorraine ficaria na Bolshoi até conseguir sua própria bolsa. Ela tinha talento, então talvez não demorasse tanto. Todos os outros estavam próximos, esperando que Apolloni Petrov e um dos diretores da *Royal Academy of Dance* subissem no palco.

Quando eles subiram, foi inevitável prender a respiração. Eles tinham uma presença marcante, que sugava o restinho de forças que ainda possuía no seu corpo, e Joshua só não caiu em desespero porque Lorraine estava servindo de apoio para ele.

Apolloni Petrov segurava dois envelopes na mão, que pareciam brilhar do outro lado do palco, enquanto o diretor da Royal subia no palanque.

Joshua olhou para ele, não querendo encontrar os olhos quase cinzas do diretor, que os direcionava para a plateia. Ele sentia as mãos suarem contra a palma de Lorraine, as pernas fracas e medo de que talvez não conseguisse, mesmo depois de escutar de todos os bailarinos o quanto sua atuação como Odile tinha sido surreal, de um jeito que pareceu real. Joshua não duvidava que tivesse mesmo tão realista, porque ele enxergou Odile do início ao fim, até que desmaiasse nos braços de Ren.

— Em primeiro ponto, seria injusto não agradecer pelo belo espetáculo que tivemos hoje. Confesso que, de uma maneira não ofensiva, foi surpreendente assistir à releitura de um clássico tão conceituado. Em todos esses anos, nunca havia visto tamanha ousadia e dedicação. Se ouvisse de antemão que Odette e Odile se apaixonariam, mudando completamente o rumo da trama, teria considerado a ideia um absurdo. Até mesmo agora continuo boquiaberto, a delicadeza do *Pas de Deux* continuou intacta, e ouso dizer que ainda melhor. A força da dança, o brilho de talentos tão brutais quanto diamantes a serem lapidados fizeram cada segundo único. Quanto à mestria, me faltam palavras, e portanto, sinto que não preciso me estender. Dois bailarinos brilharam esta noite e não restam dúvidas quanto aos seus futuros promissores. A Joshua Jones e Ren Yamazaki eu entrego essas duas bolsas.

O diretor estendeu a mão na direção de Apolloni Petrov e, então, olhou para Joshua e Ren, mudamente pedindo que os dois se aproximassem.

Joshua soltou a respiração, não sabendo como conseguiu prendê-las por tanto tempo desde que ele começou a falar, com o medo real de não ganhar aquela bolsa praticamente estourando seus miolos. Mas agora ele estava sendo chamado para recebê-lo, e mais nada importava a não ser ele sendo, mais uma vez, o centro das atenções.

Caminhou lentamente até Apolloni Petrov, estendendo a mão para receber seu envelope contendo a bolsa para poder terminar suas aulas de dança na *Royal Academy of Dance*. Sentir aquele papel tocando seus dedos foi como tocar o céu. Joshua se sentia estando no paraíso, e as salvas de palmas que recebia do público eram como sinos celestiais exaltando sua glória eterna. Joshua era a porra de um deus e ninguém diria o contrário para ele.

Só que, quando Ren pegou sua bolsa e perguntou se podia ter um minuto, todos os sinos que tocavam na sua cabeça cessaram.

Ele não subiu no palanque, mas pegou o microfone e olhou para a plateia.

Nesse momento, Joshua sentiu a bile subir e esmagar sua garganta, como algo queimando correndo em sua pele.

— Sabe, eu pensei muito durante esse tempo que estou aqui, sobre tudo o que aconteceu comigo. Eu não sou americano, não recebi o mesmo treinamento que esses bailarinos incríveis que dançaram aqui hoje. — Ele apontou para cada um, Joshua sendo o último deles. — E não acho que consigo lidar com isso. Minha decisão não veio agora, mas depois de alguns meses conversando com meus pais sobre o meu futuro aqui em Nova Iorque, cheguei à conclusão de que isso não é para mim. Nada disso. Eu sou imensamente grato pela oportunidade e pela confiança. Conheci pessoas incríveis e talentosas e aprendi muito com elas — Ren parou e olhou para Joshua. Este estava fervendo, querendo socá-lo no rosto e mandá-lo calar a porra da boca, mas Ren abriu um sorrisinho na sua direção e continuou: — Bom, não com todos. Mas o que eu quero dizer com isso é que eu agradeço pela bolsa, mas não vou aceitar. Não pretendo viver da dança, ela sempre foi um passatempo e nada mais do que isso. E se me permitirem a ousadia, tem uma pessoa aqui hoje que merece muito mais do que eu.

Ren fez mais uma pausa e Joshua só não avançou nele por medo do diretor da Royal achá-lo desequilibrado o suficiente e tirar-lhe a bolsa. O diretor olhou para Ren, parecendo chocado e desconfortável, mas deu a ele um aceno para que continuasse.

— Quem seria essa pessoa, senhor *Rain*?

Joshua quis rir da pronúncia errada, mas mais uma vez, ficou quieto.

— Richard Moore.

Joshua arregalou os olhos, abriu a boca e segurou com força uma das coxias.

— E quem é esse, senhor *Rain*?

— Ele não dançou hoje, foi cortado por ser um homem preto, mas ele tem o mesmo talento que todos nós, talvez até mais, e merecia ter dançado conosco como todos os outros. O Richard está aqui hoje, bem ali. — Ren apontou para uma das coxias, na qual Richard estava parado com uma expressão completamente chocada no rosto, mas seus olhos azuis também pareciam brilhar com a emoção. Joshua bufou, cruzando os braços. — Rich, eu não sei se eles vão deixar que eu te entregue isso, mas você merece muito mais do que eu. Eu não quero estar aqui, não mais, e você quer e pode conquistar o mundo com seu talento limpo.

— Então, você está mesmo recusando a nossa bolsa? — o diretor perguntou, descendo do palanque. A plateia, antes tão eufórica com a entrega das bolsas, estava silenciosa, não se escutava um único ruído.

— Estou.

— Pois bem — ele disse, levantando o queixo. — Richard Moore, pode vir até aqui?

Richard saiu da coxia, com os olhos brilhando lágrimas salgadas, e assistir a tudo isso estava deixando Joshua inquieto, louco para puxar Ren e gritar com ele até sua raiva passar.

Quando Richard se aproximou, Ren deu batidinhas suaves nas suas costas, parecendo estar se divertindo com a situação que criou. Era nítido o constrangimento que causou para o diretor ao dar aquela maldita bolsa para Richard, com o suor refletindo nas suas têmporas e embaçando levemente os óculos caros e finos, de lentes redondas. Ele tossiu e sorriu, tentando passar confiança com a surpresa. Richard estava igualmente tenso, mas provavelmente agradecido a Ren pela chance que a injustiça havia tirado dele. O sangue de Joshua ferveu pelo menos mais cem graus, entrando em ebulição completa.

— Sim, senhor — Richard disse e, então, voltou a falar, embaralhado: — É uma honra, senhor.

O diretor tossiu mais uma vez.

— Vamos marcar uma reunião, quero vê-lo dançar antes de oferecer a bolsa.

Richard assentiu copiosamente.

Joshua quis matá-lo.

Quis matar todos ali.

— Claro, com certeza!

A plateia aplaudiu, fazendo com que o sorriso desgraçado de Ren brilhasse ainda mais, e Joshua gritou por dentro.

O diretor encerrou a entrega das bolsas com um agradecimento rápido e simples, movimentando todo o teatro. A circulação de pessoas abriu a brecha que Joshua desejava para ir até Ren, enxergando vermelho, ignorando todos que tentaram parabenizá-lo pelo caminho.

Não importava agora.

Nada além de Ren e sua estupidez importavam.

Chegando até ele e o pegando desprevenido, segurou-o pelo pulso, demonstrando toda a raiva que sentia e escondia por debaixo de uma máscara de impassividade, no aperto expressivo. Da sua boca não saía nada, o silêncio criava uma dor monumental e uma pressão ainda maior. Ren resmungava e tentava se libertar, mas Joshua apenas o apertou mais, quase arrancando o braço magro e forte com os puxões.

Levou-o à força até o banheiro masculino, no qual toda a frustração costumava se transformar em tesão reprimido, no qual Ren costumava se derreter nos dedos de Joshua.

Joshua o jogou contra a parede, e o impacto foi doloroso o bastante para parecer puxar Ren para a realidade.

— Que porra foi aquela?! — Joshua gritou, com os olhos tremendo de ódio, o corpo tenso e agitado e os pés duros batendo e caminhando, feito um furacão, no chão.

Ren massageou o cotovelo dolorido e suspirou, irritado com a aproximação brusca e desnecessária de Joshua.

— Do que você está falando, caralho?

Joshua não aguentou. A reação imediata foi rir de incredulidade, sem controle, puxando os cabelos para fora da cabeça. Apenas alguns fios caíram, o resto das mechas desgovernadas permaneceram, nublando parcialmente sua visão. Ren o olhava de maneira eletrizante, totalmente atraente. Joshua parou de rir, semicerrando os olhos, fazendo com que Ren mordesse os lábios em resposta. O sufocamento emergente e doloroso continuava.

— Você recusou a bolsa! Que merda! Que maluco faz algo assim? Você também queima dinheiro? Injeta água suja no lugar de heroína?! Eu tive que te aturar por todo esse tempo, enchendo a porra do meu saco, infernizando a minha vida com essa merda de rosto inocente, para te ver jogando tudo pelos ares, como um inconsequente fodido?!

O surto de Joshua era alto e rasgava o ar. Ren arregalou os olhos, assustado, parecendo extremamente bravo com tudo o que ouvia.

— O quê? — Ren respirou fundo antes de se descolar da parede, avançando em Joshua pela primeira vez. Colou o rosto no dele, boca com boca, enquanto dizia as palavras com violência: — Eu dei duro a minha vida inteira e cheguei aqui com um sonho, com esperança, e tive tudo isso amassado por você. Tive meus sonhos cuspidos e soterrados em terra molhada. Te vi acabar com vidas. Te vi acabar com a sua própria vida. Chorei e me acabei de tantos jeitos que você e sua prepotência jamais seriam capazes de entender. E isso, Joshua, esse redemoinho de ego, de sangue, de suor e pessoas puxando pessoas para o buraco, não é para mim. Eu não quero que meu amor pela dança seja manchado por tanta maldade e egoísmo. Esta é a minha decisão, e nada, muito menos você e seu ódio, vão mudar isso.

Joshua escutou tudo calado, cintilando lágrimas pelas bordas dos olhos, sem desviar a atenção de Ren por nada. E, de volta, como resposta, Ren esperava tudo, menos um beijo ardente. Joshua bateu seus lábios com força contra os dele, arrancando um suspiro esganiçado, e lambeu céu da boca, dentes, língua e mais língua. Joshua agarrava Ren com força, como se a mínima ideia de largá-lo fosse inconcebível. Havia raiva, sim, mas muito mais desespero e ansiedade. Ren devolveu o beijo, mas Joshua estava preso demais a uma sensação perigosa de dependência, enxergando-o como um viciado enxerga a cocaína, com o coração batendo, estrondoso e quente. A saliva escorria pelos queixos e a excitação aumentava a cada segundo. Era gostoso. Era intenso e lotado de adrenalina púrpura, mas também banhado de solidão.

Joshua havia passado a vida em Nova Iorque, sem quase nenhum amigo, vivendo à sombra de uma perfeição, até então, inalcançável, mas quando Ren o largou bruscamente, respirando pesado e com os olhos vermelhos e incrivelmente tristes, batendo a porta do banheiro sem olhar para trás, foi quando se sentiu mais sozinho do que nunca.

Apoiou-se na mesma parede que jogou Ren minutos atrás, desabando no chão, chorando todas as lágrimas que restavam no seu corpo.

Missão cumprida.

O show tinha acabado.

# A ÚLTIMA PLUMA

## UM ANO DEPOIS

Ren chegou em casa cansado, depois de filmar e editar mais um vídeo seu no estúdio de dança em que ensaiava três vezes por semana. Era uma rotina boa e tranquila, apesar de tudo, e só se tornava mais puxada quando precisava postar alguma coisa no seu canal, para não perder os seguidores que tinha conquistado com tanto suor e dedicação. Mais da metade deles vieram graças à sua apresentação na Bolshoi, no ano anterior, com Joshua, o que não foi muito surpreendente, dado à fama que ele tinha de ser bom no que fazia, então as pessoas esperavam de Joshua algo que ele conseguia dar em dobro e, consequentemente, tentaram enfiar essa pressão em Ren também.

Ele pensava muito em Joshua, no tipo de dança que fizeram juntos por um longo ano, até desistir de tudo e voltar para o Japão. Joshua era mesmo um bailarino fenomenal, mas Ren não conseguiria ficar muito mais tempo ao lado dele nem em Nova Iorque. Ele sentia falta de Richard, Katherine e Anthony, e só. Não chegou a se aproximar tanto de Lorraine, mesmo que a achasse uma boa garota, pois ser a amiga de Joshua fazia com que Ren duvidasse um pouco da sua índole e lealdade.

Estalou o pescoço e trocou o peso da bolsa de ombro, procurando dentro dela as chaves de casa para abrir a porta, enquanto pensava em como eles estavam. Mas mesmo tentando mascarar que pensar nos amigos era só uma desculpa para pensar em Joshua, também, Ren não conseguia se enganar muito, porque ele queria saber como Joshua estava se saindo na Royal, mas não tinha coragem de perguntar isso aos outros e Richard não ficou muito tempo lá para contar o que acontecia. Richard era como Ren, um bailarino livre, e a Royal não combinou com seu estilo, então ele cancelou a bolsa e foi tentar a vida na Broadway, como sempre quis.

Joshua provavelmente estava se dando bem, mesmo com todo o temperamento mesquinho e egocêntrico, pois aquele ambiente era sua segunda casa — ou talvez fosse a primeira. Em uma ligação de vídeo, havia descoberto, por Katherine, que Anthony e Lorraine tinham conseguido ir para a *Royal Academy of Dance*, então Joshua não estava sozinho. Mas Ren não tinha coragem para perguntar mais detalhes.

Entrou em casa, largou a bolsa no chão e passou a procurar com os olhos a mãe pelos cantos dos cômodos, mas estava tudo desligado e ela não parecia estar em lugar nenhum. Ren pensava muito nesses momentos, quando estava sozinho em casa, sobre o que sentiu enquanto apresentava "O Lago dos Cisnes" sendo Odette. Ele. Sendo a Odette. Era tão impossível de isso acontecer que até parecia loucura da sua cabeça, uma loucura adquirida pelo convívio com Joshua durante um ano inteiro, e às vezes se pegava pensando no que aconteceria se tivesse ficado, se tivesse aceitado a bolsa. Ren pensava muito no que estaria fazendo. No que ele e Joshua estariam fazendo. Provavelmente já teriam caído no soco mais vezes do que poderia contar, ou, talvez, estaria só caindo direto na cama dele. Ren não achava que conseguiria lidar com isso pelo resto da sua vida, com toda essa inconstância, e era por todos esses motivos que ele não surtava por ter voltado.

Estava bom assim.

— Ren!

Ele escutou a voz de Kiyoko vinda do andar de cima e suspirou quando percebeu que não estaria sozinho.

— Chegou uma correspondência para você lá de Londres.

Ren tirou os sapatos, empurrando-os para fora dos seus pés pelo calcanhar, e saiu do *hall* de entrada, aproximando-se da escada em que sua mãe estava.

— O que é?

— Eu não abri — ela respondeu, sorrindo. — Deixei lá no seu quarto.

— Obrigado, mãe.

Ren pegou sua bolsa novamente e passou por Kiyoko, como um furacão, até chegar no seu quarto, praticamente esquecendo de tudo o que estava pensando a respeito de Joshua.

Na sua escrivaninha, perto do seu abajur de luz amarela, estava um envelope lacrado. Era um envelope parecido com o que recebeu quando foi convidado para dançar na Bolshoi há um ano, e a sensação nostálgica que Ren teve não foi a mesma que sentiu antes. O frio na barriga não o deixou eufórico, nem quente ou animado. Ren sentiu uma ansiedade ruim, relacionada a tudo que sentia por Joshua, congelar suas veias e partir seus ossos, como pedras de gelos sendo esmagadas por picaretas.

Ele pegou o envelope, segurando-o com mais força do que realmente precisava, e enxergou com clareza o remetente, sufocando um gemidinho de apreensão que desceu rasgando sua garganta.

*Royal Academy of Dance.*

Ren andou alguns passos para trás, até que as costas dos seus joelhos batessem na borda da cama e ele caísse sentado no colchão macio que tanto sentiu falta quando estava em Nova Iorque. Olhou por alguns segundos para aquele nome, torcendo para que não fosse o que estava pensando que seria, ou ele não sabia se conseguiria recusar, mesmo que quisesse muito.

Seus dedos deslizaram muito lentamente pela folha, até o lacre, praticamente em câmera lenta, até que abrisse todo o topo e pudesse puxar o papel que estava lá dentro.

O padrão era o mesmo desde que cartas foram inventadas. Ren sabia muito sobre elas. Os olhos se perderam brevemente no início, em um "Caro" precedendo seu nome e sobrenome, na típica forma ocidental de chamar qualquer asiático. Revirou os olhos, tentando ignorar a ansiedade revoltosa que se formava na base da barriga. O almoço se revirou nas entranhas, queimando o estômago gelado. Ren soltou um riso desesperado, encheu o peito de ar, encolhendo o abdômen no processo, fermentando uma coragem difícil de se alcançar, e depois de uns segundos entorpecido, leu o que estava escrito no resto do papel, com os olhos passando pelas linhas e letras miúdas, porém ornamentais. O papel cheirava a camomila, era grosso e não permitia que o Sol passasse facilmente. Os detalhes deram importância para a mensagem e pesaram quinze toneladas na mente de Ren.

O que leu fez todo seu sangue borbulhar quente dentro das veias e artérias, gritando por coisas que Ren sabia que não poderia lutar contra. A cama, de repente, parecia dura, feita de cimento, ou talvez fosse apenas seu corpo, sensível pelo choque, tomando dores que não existiam. A bile subiu, fez morada na garganta seca. Ele teria que, mais uma vez, tomar uma decisão que poderia custar mais um ano da sua sanidade mental.

*Convidamos o senhor para participar da nossa apresentação de inverno, "O Quebra Nozes", como par de um dos nossos melhores bailarinos, Joshua Jones.*

Ren leu e releu, estava preso naquele pequeno trecho.

O nome de Joshua vibrava pelo papel, saltando da página, girando pela mente de Ren como um carrossel de filme de terror, com os cavalos coloridos dando lugar a monstros medonhos. Ren estava preso em um deles, girando e girando, revirando o inferno que passou na Bolshoi, mas também se lembrando da pele quente e molhada de Joshua, dos seus olhos felinos e do gosto da sua boca, rompendo todo o fôlego que Ren tinha dentro dos pulmões.

Não quis admitir que o fundo dolorido era, talvez, a saudade da adrenalina que só Joshua poderia causar dentro dele.

Em um ímpeto de coragem, discou o número informado no fim da carta, na sessão de "entre em contato".

A voz robótica, provavelmente de uma das secretárias, soou do outro lado da linha.

Ren tomou fôlego.

— Boa noite, meu nome é Ren Yamazaki. Eu recebi uma carta-convite para a apresentação de "O Quebra Nozes" e queria conversar sobre alguns detalhes, seria possível?

A conversa durou uma hora. Ou duas. Ren se perdeu no tempo. Mais ouviu do que falou, absorvendo as informações e ponderando o que precisava ser ponderado.

Ao desligar o telefone, sua expressão era calma e completamente irreconhecível. Visto de longe, ele se parecia com Joshua na forma de Odile, prestes a cair. Se ele cairia ou não, dependeria só dele e da resposta que daria.

Fim

# BIOGRAFIA

O balé sempre foi uma das maiores paixões de Gabriella, desde os 2 anos, quando entrou na sua primeira companhia de dança na sua cidade. Por mais que tenha dançado por mais de vinte anos, Gabriella encontrou refúgio na escrita ainda aos nove anos, quando começou a escrever *fanfictions* nos cadernos da escola, até se tornar o que é hoje. Nascida em Salvador, Gabriella viveu a vida inteira em Itabuna, uma cidade que investe muito na dança, tendo inúmeras academias de balé. Sua paixão cresceu junto com ela e, com isso, nasceu *Pas de Deux: Asas da Destruição*, a união de tudo o que ela mais gosta na vida: dançar e escrever.

guelbss

guelbs

# SIGA A EDITORA EUPHORIA NAS REDES SOCIAIS

*e fique por dentro de todos os lançamentos!*

**@editoraeuphoria**

**editoraeuphoria.com.br**